FÜR ROCCO

Danke für deine Liebe , Geduld und Verständnis.

und

FÜR MIDIAN

...geh und lebe!

ANNE C. SCHREYER

MAURO

...GEH UND LEBE !

Bibliografische Information der Deutschen Nationalbibliothek:
Die Deutsche Nationalbibliothek verzeichnet diese Publikation in der Deutschen Nationalbibliografie; detaillierte bibliografische Daten sind im Internet über http://dnb.dnb.de abrufbar.

© 2017 Anneliese C. Schreyer

Illustration:
Übersetzung:
weitere Mitwirkende:

Herstellung und Verlag: BoD – Books on Demand, Norderstedt

ISBN: 978-3-743192072

KAPITEL	SEITE
MAURO	7
UNRUHIGES FLORENZ	16
DER AUFTRAG	18
SCHLECHTE ZEITEN	27
FABIANA DIE ROTE	*30*
DIE 'ENGEL'	*42*
GUIDO	*49*
PRIOR GIROLAMO	*60*
DER 'OBERENGEL'	*68*
DIE WITWE NUNZIATA	*72*
DIE SPIELER	*77*
DER VERRAT	*82*
DER VERDACHT	*93*
ANKLAGE UND STRAFE	*96*
DAS GROSSE BRENNEN	*104*
SAVONAROLAS CARNEVALE	*110*
SANTA CROCE	*114*
OHNE HOFFNUNG	*129*
DAS WIEDERSEHEN	*135*
DIE GEBURT	*149*
KAPRIOLEN	*159*
DIE RACHE	*172*
IN SAN MARCO	*193*
LANDLUFT	*200*
DER AUSBRUCH	*209*
DIE FEUERPROBE	*217*
DIE HINRICHTUNG	*231*
MAURO...GEH UND LEBE	*235*
GEFÄHRLICHE SUCHE	*243*
BANDITEN	*255*
DER SPURENSUCHER	*265*
DIE BEFREIUNG	*271*
GINONNA	*280*
SCHWANGER	*297*

KAPITEL	SEITE
DORFGRÜNDUNG	308
WINTER IM APENNIN	330
ENDLICH FRÜHLING	342
EIN NEUES JAHRHUNDERT	356
ANKUNFT UND WIEDERSEHEN	375
GESTÄNDNISSE	394
ENDLICH VEREINT	405
NACHWORT	422

MAURO

Es begab sich in der Toskana, genauer gesagt im Florenz des Jahres 1496, als mit harter Hand massiv gegen die alte Pforte des Hauses geschlagen wurde. In dessen Inneren begann der feuchte Verputz von den Wänden zu rieseln.

„Öffnet! Im Namen Gottes und der Stadt Florenz!"

Die verhärmte Frau die trotz der Kälte schwitzend am offenen Herdfeuer stand und in einem rußgeschwärzten Kessel eine undefinierbare Brühe rührte, fuhr erschrocken zusammen und blickte angstvoll zur Türe. Sie trocknete ihre abgearbeiteten Hände an einem mehrfach geflickten, aber sauberen Kleid ab, und wischte sich eine vorwitzige Haarsträhne, welche sich aus der Haube gestohlen hatte, aus der Stirne und schaute fragend zu ihrem Sohn. Dieser saß, unsicher zum Eingang blickend, an dem aus rohen Brettern zusammengezimmerten Tisch und kaute an einem angeschimmelten harten Brotkanten. Bittend warf er einen verzweifelten Blick zur Mutter.

Der einzige Raum des Gemäuers war kalt und klamm. Der Schimmel kroch raumgreifend an den Wänden empor und auf dem notdürftig mit Brettern bedeckten Lehmboden huschten Ratten umher, die ebenso abgemagert waren, wie der vierzehn Lenze zählende Junge, der nun schuldbewusst auf den, vom langen Regen aufgeweichten Lehmboden starrte.

„Öffnet, oder wir schlagen das Tor ein!"

Verzweifelt blickte Mutter Adriana zu dem einzigen mit Pergament bespannten Fenster des Raumes, vor dem sich aber bereits dunkle Schatten bewegten.
"Mauro mein Sohn, du kannst nicht mehr fliehen, ich muss die Pforte öffnen. Verflucht seien alle Büttel!"

Wieder donnerte eine harte Männerfaust ungeduldig gegen die Türe, welche jetzt bereits gefährlich in den Angeln knarrte und ächzte.

"Meine Geduld ist am Ende! Öffnet die verdammte Türe Gevatterin Gelsino oder wir nehmen Euch verdammtes Lumpen Weib ebenfalls mit!"

„Mutter, ich bitte dich von ganzem Herzen... tu es nicht! Sie werden mich nach San Marco bringen; zu den 'Engeln' des Prior Savonarola. Ich will das nicht! Der Prior macht mir entsetzliche Angst!"

Das Eingangstor knackte laut und das Holzmehl der Wurmlöcher staubte zu Boden, als erneut dagegen geschlagen und getreten wurde. Waffen und Ketten klirrten bedrohlich.

„Es regnet wie aus Fässern..., verdammt seid Ihr Gevatterin! Wir werden wegen Eures Bengels nass bis auf die Knochen. Büttel! Schlagt die verfluchte Türe ein und fackelt anschließend das marode Gemäuer ab! Sollen Mutter und Sohn doch mit verbrennen, die Hauptsache ist doch, wir werden wieder warm."

„Wartet! Gnade ihr Herren, ich öffne ja." Weinend und sich an der feuchten

Wand abstützend humpelte Adriana zur Tür, schob den schweren eisernen Riegel zur Seite und hielt einen Moment inne. Der Frau schossen in diesem Augenblick Bilder, bezüglich der Verhaftung ihres Ehemannes durch den Kopf. Fast auf den Tag genau zwei Jahre war es nun her, dass ihr geliebter Ignazio denunziert und verhaftet wurde. Die Anklage lautete auf Gotteslästerung und Schändung seiner damals elfjährigen Tochter Giuliana. Dabei hatte ein – wie sie damals geglaubt hatten - guter und gottesfürchtiger Nachbar, aus Neid und Eifersucht auf den Erfolg des Stadtschreibers Ignazio, das kleine Mädchen mehrfach missbraucht, beinahe umgebracht und dann achtlos in ein Gebüsch geworfen. Das Kind war so verstört und eingeschüchtert gewesen, dass es nicht zu Gunsten des Vaters aussagen konnte und die, in den Prozess involvierten Nonnen, verbrachten sie umgehend in ein Kloster weit außerhalb von Florenz. Der Vater wurde im Beisein der Dominikaner, von den Bütteln so lange gefoltert, bis er gestand was er doch gar nicht getan hatte. Er wurde von den weltlichen Richtern wegen Unzucht, Gotteslästerung und Häresie verurteilt und zu Tode gebracht, in dem man ihm die Knochen zerschlug und ihn anschließend auf das Rad flocht. Da man sie als Ehefrau zwang, bei der Hinrichtung anwesend zu sein, gellten ihr noch immer seine

Schmerzensschreie in den Ohren und ließen sie nächtens aus Alpträumen aufschrecken.

Auch sie selbst wurde unter dem Vorwand, sie hätte alles wissen müssen und wäre vermutlich auch daran beteiligt gewesen gefoltert. Aus diesem Grund wurde ihr das rechte Bein mehrfach gebrochen, weshalb sie keine langen Strecken gehen konnte und auf die ständige Hilfe von Mauro angewiesen war.

Der Besitz der Familie: das Haus im Stadt Kern, der Landbesitz und die gesparten Florine (Goldmünzen) wurden beschlagnahmt und dem Orden der Dominikaner, bzw. dem Kloster von San Marco zugeführt. Mutter und Sohn zogen zwangsweise in ein marodes windschiefes Gemäuer, im verrufenen Armenviertel des doch so reichen Stadtstaates Florenz und sie hielten sich, mehr schlecht als recht, mit Hilfsarbeiten am Leben.

„Himmeldonnerwetter! Öffnet endlich!"

Adriana zuckte zusammen, schüttelte den Kopf um die Bilder der Vergangenheit zu verscheuchen und öffnete das Tor.

Vor ihr standen die unförmigen Gestalten der beiden, mit langen braunen Lederwesten gewandeten Büttel Enzo Fabiani und Adriano Brunese. Der Regen tropfte von ihren, mit groben Stichen genähten Lederkappen und das lange fettige Haar klebte strähnig an den hageren und stoppeligen Wangen. Die fleckigen Beinlinge starrten vor Schmutz und die hohen speckigen Stulpenstiefel steckten bis über die Knöchel, in aufgeweichten Morast und Unrat. In den schmutzigen Händen hielten sie schwere Ketten, mit welchen sie nun drohend rasselten.

Hinter den Bütteln stand ein triefend nasser Mönch, in der mit Schlamm besprizten schwarzweißen Kutte der Dominikaner und machte ein finster böses Gesicht.

„Ich bin Frate Matteo. Ich wurde geschickt um Euren Sohn wegen des Diebstahls eines Brotes festzusetzen." Mit einer herrischen Geste stieß er die arme Frau so grob zur Seite, dass sie auf die alten Bretter fiel, die den aufgeweichten Lehmboden bedeckten. Achtlos an der Frau vorbei gehend, betrat er mit angewiderten Gesichtsausdruck, den düsteren Raum.

„Wo befindet sich Euer gemeingefährlicher und nichtsnutziger Balg Gevatterin Gelsino? Wer weiß schon, was er außer dem Brot noch gestohlen hat. Er wird nun in Ketten gelegt und festgesetzt." Sich umsehend rief der Mönch in den Raum: "Komm aus deinem Versteck du Galgenstrick! Noch hast du ja Glück.., denn wegen deines Vaters bleibst du von einer Hinrichtung verschont."

Suchend und vor sich hin brummelnd, blickte der Mönch sich um. Viele Möglichkeiten um sich zu verbergen gab es ja nicht. Die Feuerstelle, ein zusammengefallener gemauerter Herd, zwei schmucklose morsche Holztruhen für die Kleidung, ein schiefes Regal für die Küchenutensilien und ein Brettergestell mit zwei, vor sich hin modernden Strohsäcken, in welchen sich selbst die Flöhe und Wanzen nicht mehr wohlfühlten.

„Bei allen Heiligen..., was für ein Verhau."

Der Mönch bemerkte eine kurze, schnelle Bewegung. Rasch wand er sich um, zog in der Bewegung ein altes Schwert aus seinem Habit hervor und hieb mit der Breitseite der scharfen Waffe auf den wackligen Tisch. Erneut hob er die Waffe, doch ein Aufschrei Adrianas, ließ den Kirchenmann inne halten. Sich zu ihr umwendend, blickte er die arme Frau fragend an.

"Weib..., habt Ihr mir etwas zu sagen?"

„Es war doch nur ein alter schimmeliger Brotkanten, der ohnehin nur dem Federvieh, als Futter hingeworfen worden war! Ich bitte Euch, im Namen aller Heiligen um Gnade, denn der Junge ist alles was mir von meinem Leben geblieben ist. Gnade..., um Jesu Christi willen, Gnade für mein Kind!" Schluchzend und mit einem Aufschrei fiel die gebrochene Frau vor dem Mönch auf die Knie und küsste demütig dessen schmutzigen Saum. Bitte... lasst mir mein

Kind!"

Mauro war unterdessen schlotternd vor Angst unter dem Tisch hervor gekrochen und hatte sich unsicher, aber tapfer vor seine Mutter gestellt. Mit angstvoll leiser Stimme bat er:

"Frate Matteo, bitte um Jesu Christi willen, verschont meine liebe Mutter. Sie hat, Gott allein weiß es, schon zu viel mitgemacht. Ich bitte Euch." Auch er fiel vor dem Mönch auf die Knie, „Was muss oder kann ich tun, um meine übergroße Schuld zu sühnen?"

Verblüfft darüber, dass sich der Junge trotz seiner Angst – ablesbar in seinen großen dunklen Augen – so couragiert und unerschrocken vor seine Mutter stellte, betrachtete der Dominikaner den Knaben von oben bis unten. Tapfer hielt Mauro dem klugen, forschenden Blick des Mönches stand. Anerkennend und voller Respekt meinte dieser „Mut hast du Bengel ja. Wenn du gebadet und sauber gekleidet bist...hm, eigentlich würdest du sehr gut in unsere Pläne passen. Möglicherweise könntest du...nun ja, warten wir erst einmal ab. Hier..." der Mönch legte nachdenklich einen kleinen Beutel, gefüllt mit Münzen auf den wackeligen Tisch und sah Mauro dabei eindringlich in die dunklen braunen Augen, "...du wirst für deine duldsame Mutter und dich Nahrung und anständige Kleidung kaufen und mache hier etwas Ordnung. Neue Bretter für den Boden, frische Strohsäcke und ein paar Möbelstücke, werde ich euch durch die Büttel zukommen lassen.Dein mutiger Einsatz für deine Mutter hat mich schwer beeindruckt und mir gezeigt, dass du tatsächlich nur Hunger hattest und dein fester ehrlicher Blick hat mit bestätigt, dass du ein guter, verlässlicher Junge bist. Ich lasse baldigst von mir hören. Bis demnächst und Gott mit Euch Gevatterin Gelsino."

So schnell wie die Büttel mit dem Mönch aufgetaucht waren, so schnell verschwanden sie auch wieder. Zurück blieben eine verblüffte Adriana und ein auf sich sehr stolzer Mauro.

Etwa zwei Wochen später,sah die Welt der beiden Gelsino ganz anders aus. Sie hatten - Frate Matteo sei Dank - in einer schmalen Gasse hinter dem Kloster und der Basilika Santa Croce, im Palazzo einer alleinstehenden alten Dame, ein neues Zuhause gefunden.

Endlich waren sie heraus aus dem, nach Kloake stinkenden verruchten Armenviertel; dem Stadtviertel der Gerber, Weber und abgehalfterten Huren, in dem wieder einmal die Pest zu Gast war.

Regelmäßig schickte Frate Matteo einige Münzen und er vermittelte Adriana Näharbeiten aus dem Kloster. Stets war dabei die Nachricht, sie mögen sich doch ruhig und zurückhaltend verhalten, er würde gar bald die Dienste Mauros benötigen. Dienste die ihm und

Mutter Adriana, ja sogar dem hingerichteten Vater Ignazio einen Platz im Himmel bei den Engeln, sichern würde. Möglicherweise könne man auch die arme Giuliana aus dem Kloster holen und wieder bei der Mutter belassen.

Der vierzehnjährige Mauro gab sich alle Mühe, den Forderungen des Mönches gerecht zu werden und dabei steigerte sich seine Neugierde, in kaum noch auszuhaltende Dimensionen. Schnell aber kam der Tag, an dem diese endlich gestillt werden sollte.

UNRUHIGES FLORENZ

Man schrieb das Jahr 1496 und ständige Unruhen erschütterten Florenz. Die Armut, die Not und der Hunger wuchsen im gleichen Maße, wie die zur Schaustellung des Reichtums und die Ausschweifungen zu nahmen. Die Geschlechtskrankheiten unter den Besitzenden und die Pest und die anderen Seuchen in den Armenvierteln, hielten reiche Ernte. Die rivalisierenden Banden der verschiedenen Stadtviertel, denunzierten sich gegenseitig oder sie schlugen sich gleich die Köpfe blutig. Die Patrizierinnen liefen ebenso wie die edleren Kurtisanen, mit durchsichtigen Stoffen bedeckt oder gar mit nackten Brüsten und mit Schmuck, Preziosen und trotz der Wärme in Pelze gekleidet über die Straßen, Gassen und Plätze von Florenz.

Die illustre Gesellschaft des Adels und die Privilegierten kamen auf geschmeidig grazilen Rössern, in Edelstein besetztes wertvolles Tuch gekleidet, Beutel voller Florine (florentinische Goldstücke) an den Gürteln und wertvollen Waffen, an ebensolchen geprägten Sätteln, bis in den Dom geritten. Bis hinein in die Kirchen; ja sogar bis in die Vorhallen der Klöster boten aus Armut und Hunger, Lustknaben und Mädchen weit unter zwölf Jahren, ihre erotischen Dienste an. Es wurde von den ärmsten

Hütten, bis in die Palazzi und höchsten Kreise gelogen, betrogen, gestohlen, gehurt und gemordet quer durch alle Stände.

Papst Alexander VI. Borgia, kümmerte das nicht. Er hatte nur Augen für seine junge Geliebte Giulia Farnese und gelegentlich für die Vanozza, Mutter seiner Kinder und für Rom. Wen kümmert da schon Florenz mit dem er ohnehin, wie mit vielen anderen Städten im Dauerunfrieden lag.
Einen gab es dem das schöne Florenz am Herzen lag; doch dieser kümmerte sich zu viel, zu sehr und zu gut..., der Prior von San Marco: Girolamo Savonarola, der Bettelmönch aus Ferrara.

Doch soweit ist die Geschichte um den jungen Mauro noch nicht, erst muss er sich noch beweisen.

DER AUFTRAG

An einem Spätnachmittag im August des selben Jahres, ertönte das eher seltene Geräusch von Pferdehufen in der kleinen kaum fünf Ellen messenden Gasse hinter dem, zum Teil noch im Bau befindlichen gewaltigen Gebäudekomplex des Franziskaner Klosters von Santa Croce.

Sachte wurde der bronzene Türklopfer am massiven Tor des Hauses angeschlagen und leise erklangen die Stimmen zweier Männer, als Adriana das Tor öffnete.

Mauro, der eben erst nachhause gekommen war begrüßte zuerst, mit einer herzlichen Umarmung seine Mutter und dann die beiden Gäste. Frate Matteo stellte seinen Begleiter vor: „Dies ist Bruder Lionardo aus Ravenna, der nur deinetwegen seine muffige Zelle und auch sonstiges verlassen hat. Mauro mein Sohn, wir benötigen gar dringlich deine Hilfe. Doch warten wir noch einen Moment bis unser Packmuli hier eintrifft." Angestrengt blickte Frate Matteo, gegen die untergehende Sonne das Gässchen entlang und schimpfte ungeduldig:

"He Rocco, wo bleibst du denn du Langweiler?Vorwärts, wir haben nicht die Zeit der Ewigkeit, du Lausejunge."

„Aber aber Bruder, was sagt Ihr da? Die Ewigkeit kennt doch keine Zeit." Tadelnd blickte Lionardo den Mitbruder an und drohte ihm scherzhaft mit dem erhobenen Zeigefinger.

Das keuchende Fluchen einer Kinderstimme war zu vernehmen, begleitet von einem merkwürdigen kratzen und schaben.

Neugierig trat Mauro auf die Gasse, um den Ursprung der Geräusche zu ergründen. Ein herzhaftes lautes Lachen entrang sich, angesichts dessen was er sah, seiner Kehle. Ein schmächtiges schwarzhaariges Jüngelchen, zog mit aller Kraft am Geschirr eines schwerbeladenen bockigen Eselchens, welches mit seiner schweren, breit ausladenden Last zwischen den Häusern feststeckte. Jedes mal wenn Rocco kräftig am Geschirr zog, glitt er im Morast aus und plumpste mit seinem Hinterteil auf den schwammigen und rutschigen Boden.

„Mistvieh, Hurenbock... komm endlich! Nun komm schon oder bei Gott, ich schwöre dir, dass du in der Wurst endest! Vorwärts du Satansbraten!"

Das ganze Ziehen und Fluchen nutzte nichts. Das arme Tierchen steckte mit seiner Last zwischen den Gebäuden fest und kam weder vorwärts, noch ging es zurück. Im Gegenteil...der Esel versank mehr und mehr in dem matschigen Boden, während der wieder einsetzende Regen in großen kalten Tropfen herunter klatschte. Das nun einsetzende Schreien des hilflosen Tieres, klang beinahe so, als würde es um Hilfe rufen.

Mauro und sein weiches Herz konnten das nicht mehr mit anschauen und so lief er zu dem mittlerweile weinenden Rocco und machte diesem den Vorschlag, gemeinsam das Tierchen zu entladen, damit es weiter gehen könne. Mühsam wuchteten die beiden Jungen die schweren Truhen herunter und trugen sie ins Haus.

Mauro verkniff sich dabei die Frage, ob die beiden Frati wohl Bleibarren in die Truhen gepackt hätten, denn die Antwort 'ihr müsst an euren Aufgaben wachsen', ahnte er bereits voraus. Nun hielt Mauro dem Grautier eine Rübe unter die Nase und siehe da es trottete, von seiner Last befreit, willig hinter den beiden Jungen her. Den Rest des umfangreichen Gepäcks trugen, nachdem sie Rocco entlohnt und weggeschickt hatten, die beiden Mönche ins Haus, wo Adriana sie bereits mit trockenen Tüchern erwartete.

Ein wärmendes Feuerchen prasselte im Kamin, ein Kessel mir heißem gewürzten Wein stand auf dem Tisch und während die Mutter und Mauro die geleerten Platten und Schüsseln von der Tafel räumten, lehnten sich die beiden Glaubensbrüder satt und zufrieden auf ihren Stühlen zurück.

Lionardo rieb sich stöhnend den aufgetriebenen, schmerzenden Bauch Nahezu tonlos meinte er:

"Bruder, so eine Köchin bräuchten wir im Kloster! Wenn ich mir vorstelle, es wäre Fastenzeit..., was für einen göttlichen Bohneneintopf mit Hammel hätten wir verpasst."

„Bruder, Ihr sollt doch den Namen des Herrn nicht missbrauchen, aber dem zum Trotz, Ihr habt wahrlich recht, sagen wir es war himmlisch!" Matteo furzte und rülpste zur Bestätigung laut und vernehmlich.

Lionardo schluckte den Tadel von Matteo hinunter und schickte ein stilles Gebet um Vergebung gegen die Decke des Raumes.

Beide begannen nun, ein sattes und schläfriges Gähnen zu unterdrücken; doch wirkte das gleichmäßige prasseln des Feuers und das leise rauschen des Regens wie ein Schlafmittel, denn als Mutter und Sohn zurück kamen, kündete lautes Schnarchen und Geräusche die vom Genuss der Bohnen herrührten, vom gesunden Schlaf der beiden Dominikaner.

Die Sonne war soeben aufgegangen und es versprach, nach Wochen des Dauerregens, endlich einmal ein trockener Tag zu werden. Die Mutter werkelte bereits seit Stunden in der Küche am offenen Feuer und der Duft von frischem Hirsebrei durchzog das ganze Haus und kitzelte Mauro in der Nase so, dass er erwachte. Sein Magen knurrte ihm wie ein angriffslustiger Wolf, weshalb es eilig in seine Beinlinge schlüpfte und sich das kittelartige Hemd überwarf. Eilig hastete er zu dem Brunnen im Innenhof, um sich dessen kaltes Wasser über den schläfrigen Kopf laufen zu lassen. Dann rannte er in die Küche, wo die beiden Frati bereits erwartungsvoll und gut aufgelegt am Tisch saßen und auf ihre gefüllten Schüsseln warteten. Mauro begrüßte die Mutter mit einer herzlichen Umarmung und gab dann den Dominikanern, freundlich lächelnd die Hand.

„Guten Morgen Bruder Matteo, guten Morgen Bruder Lionardo, habt ihr gut geschlafen? Ich platze bereits vor Neugierde, welche Aufgabe ihr für mich vorgesehen habt."

„Gemach mein Junge, in der Ruhe liegt Kraft. Es wird nicht einfach und überschaubar für dich werden. Lass erst deiner Mutter die Ehre zuteil werden, ihre Kochkünste erneut zu loben."

Schweigend schmatzend und sichtbar genussvoll, löffelten alle vier ihre Schüsseln leer. Nach einem höflichen, satten Aufstoßen, stand Frate Matteo auf und öffnete mit einem riesigen Schlüssel eine der beiden Truhen.

„Komm her du Galgenstrick..., sag was siehst du hier drin?"

„Bücher und ich sehe viele Pergament-Rollen, eine Schreibkiste und..., nein Frate Matteo, dass könnt Ihr mir doch nicht antun! So groß war mein Verbrechen nun auch wieder nicht. Ich fürchte mich vor diesem Menschen zu

Tode...bitte nicht nach San Marco, nicht zu Prior Girolamo. Bitte glaubt mir, ansonsten würde ich alles für Euch tun, nur nicht zu diesen Kindern, den 'Engeln' von San Marco, nicht zu diesen scheinheiligen..."
Mauro wand sich an seine Mutter, die hinzu gekommen war und blicke sie um Vergebung bittend an „ verzeih mir bitte den ungebührlichen Ausdruck Mutter..., kindischen Arschkriechern und hinterhältigen Denunzianten."

Frate Lionardo, der ihnen ebenfalls gefolgt war, trat hinzu und er versuchte zu vermitteln. Um die Wogen zu glätten, erklärte er:

"Doch mein Junge, genau das erwarten wir von Dir, aber lass dir hierzu einiges unterbreiten," beruhigend strich der alte, im Dienste Gottes ergraute Mönch, dem Jungen über das wuschelige, lange Haar und blickte ihm verständnisvoll in die dunklen, nun angstvoll aufgerissenen Augen.

"Glaub mir Mauro, auch ich habe Angst vor Prior Savonarola, vor seinen gefährlichen Verrücktheiten und deren Folgen, die für uns alle nicht absehbar sind. Viele denken so wie wir und meinen, sie könnten nichts dagegen tun, aber wir können das und allen voran du. Komm setz dich zu mir alten Mann und höre aufmerksam unseren Plan."

Doch noch ehe der Mönch beginnen konnte, verabschiedete sich Bruder

Matteo mit mahnenden Worten.

"Ich muss, ehe man mich vermisst, zurück nach San Marco. Gevatterin Gelsino..., habt meinen großen Dank für Speise und Nachtlager. Mauro, gehorche deiner Mutter und höre auf meinen Glaubensbruder. Lerne gut und befolge seine Worte, denn wenn alles so kommt wie wir es planen, wirst du deinen Mut und deinen Einsatz für die Befreiung von Florenz, nicht bereuen. Bruder Lionardo, Ihr kennt ja unsere Kontaktperson besser, als jeder andere. Meint Ihr es wird funktionieren?"

„Gewiss doch und ich werde ihr auch unseren Schützling zuführen. Ich habe nur noch keine Ahnung wie."

„Nun ja, lasst der Natur ihren lauf. Irgendwann muss ohnehin aus dem Lausbuben, ein Mann werden Bruder," lachend verließ Frate Matteo das Haus und ließ einen vor sich hin schmunzelnden Lionardo, einen verständnislos dreinblickenden Mauro und eine ahnungsvolle, Unheil witternde Adriana zurück.

„So mein Junge, zurück an die Arbeit. Packen wir die Truhe aus und beginnen mit dem Unterricht."

„Unterricht? Aber wieso, warum und was?"

„Ja mein Kind, ich möchte ja nicht sagen, dass du dumm wie ein Esel bist, aber deine Mutter sagte mir, dass du seit dem gewaltsamen Tod deines Vaters keinen Unterricht mehr bekommen hast.

Nun musst du innerhalb kürzester Zeit, Latein und griechisch lesen und schreiben lernen; die wichtigsten Begriffe des Kirchenrechts verinnerlichen und du wirst von mir persönlich eingewiesen, in die Strukturen und zu erwartenden Aufgaben der Kindermiliz des Priors..."

Hastig unterbrach Mauro die Ausführungen „... aber warum, wieso? Ich kann doch keiner Fliege etwas antun, was erwartet Ihr Frate Lionardo?"
„Zu aller erst lässt du den Frate und die Fremdenanrede 'Ihr' weg. Ich weiß das dies eine Respekt Frage ist, aber es wirkt sich störend aus. Mein Junge, nenne mich doch einfach Padre(Vater). Ich denke nämlich, dass Vater und Sohn leichter miteinander umgehen können, meinst du nicht?"

Auch wenn Mauro nicht alles ein leuchtete, so nickte er doch mit dem Kopf und strich sich mit einer unbeholfenen Geste, eine vorwitzige Strähne seines Haares aus den Augen.
„...und um deine Frage zu beantworten, du wirst durch Personen, welche du zu gegebener Zeit treffen wirst lernen, so zu tun als würdest du kämpfen und zuschlagen. Du wirst bei den Kindern, den kleinen Soldaten Gottes oder wie sie sich selbst nennen 'Engeln', als Spion eingeschleust. Du wirst deinen Mund geschlossen, dafür aber Augen und Ohren umso weiter geöffnet haben. Wir, die Gegner Savonarolas müssen alles

wissen, um noch größeres Unheil verhindern zu können. Du musst lernen richtig zu lügen, zu betrügen, zu stehlen und zu plündern, um anschließend der Kontaktperson, der du noch begegnen wirst mitzuteilen, wohin die 'Beute' verbracht werden soll. Wir müssen unsere so vielfältige Kultur und vor allem die wertvollen alten Schriften, vor dem Zugriff und der Vernichtung durch diesen Fanatiker Savonarola bewahren." Lionardo nahm einen Schluck Wein, ehe er fortfuhr.

"Aber zunächst musst du deine Höflichkeit, die ich übrigens sehr schätze unterdrücken. Du musst dir außerdem einige deftige Schimpf Worte und das Fluchen aneignen. Mauro, nicht alle sind so hilfsbereit, höflich und freundlich wie du. Du bekommst es mit überwiegend wurzel- und haltlosen Straßenkindern zu tun, die keinerlei familiäre Bindung und Unterstützung kennen. Es gibt also immens viel zu tun und wir haben auch nur sehr wenig Zeit. Lass uns nun also, mit Gottes Hilfe beginnen." Erschöpft hielt der alte Mönch inne und nahm noch einen großen Schluck von dem Wein, den Adriana nach geschenkt hatte.

SCHLECHTE ZEITEN

Der Sommer war extrem heiß und trocken gewesen. Wochenlang hatte kein Tropfen Wasser die ausgedorrten rissigen Felder berührt, das Vieh keinen Halm mehr gefunden und es stand schreiend vor Durst und Hunger, abgemagert bis auf die Knochen, auf den verbrannten Weiden.
Das Obst und die Oliven waren, auf Grund der Trockenheit, unreif von den Bäumen gefallen und ganze Olivenhaine, Felder und unzugängliche Wälder hatten in Flammen gestanden. Doch auch die Menschen hungerten und man hatte mit Angst und Schrecken, auf den nahenden Winter geschaut. Besonders bedroht waren die großen Städte. Florenz stöhnte unter dem massiven Zustrom von Flüchtlingen vom Lande. Auch die letzten Brunnen drohten nun zu versiegen.
Die vermeintlich unter Kontrolle gebrachte Pest brach, neben anderen Seuchen, wieder aus und die ständigen Erhöhungen der Steuern, steigenden Kirchenabgaben und Teuerungen führten immer mehr Menschen in Armut und Not.
  Dann zu Ende Juli, begann es zu regnen. Der Himmel schien nachholen zu wollen, was er im Frühjahr und Sommer nicht hatte geben wollen. Tag und Nacht schüttete es wie aus Fässern. Der Arno trat wieder über die Ufer und viele Menschen in den Armutsvierteln

ertranken.

Ende Oktober setzte eine, für die Jahreszeit ungewöhnlich starke erneute Hitzewelle ein...
Im Dom wetterte der Prior von San Marco, Girolamo Savonarola gegen die vermeintlichen Auslöser dieser Hungers und Seuchennot: Alexander VI. Borgia und und seine ganze Sippe. Der Prior verfluchte ihre Prunksucht, Hurerei und die unmoralischen Ausschweifungen.

Die Stadt platzte aus allen Nähten, denn noch immer strömten die Fremden herein, da es sich bis weit in das Umland hinein herum gesprochen hatte, das am Klostertor von San Marco, von den Brüdern Suppe und Brot verteilt würden.

Der Prophet Gottes, wie Savonarola sich selbst nannte, rief von der Kanzel die 'civitas Dei', den Gottesstaat aus. Ebenso rief er dazu auf alle müssten, so wie es ihm seine Visionen befohlen hätten, enthaltsam und asketisch wie er selbst leben und täglich Buße tun. Denn nur so, könne der Gottesstaat wachsen und sich ausbreiten.

Savonarolas 'Engel auf Erden' organisierten auf sein Geheiß hin, Kinderprozessionen zu Ehren der Mutter Gottes und tausende von Kindern und Halbwüchsigen nahmen weiß gekleidet, mit aufgemalten roten Kreuzen und mit Kerzen in den Händen daran teil. Aus allen Stadtteilen und Dörfern der Umgebung, kamen diese Bitt- und Bußprozessionen, betend und Psalme singend, auf der Piazza della Signoria an um von dort, vereint weiter zum Dom zu ziehen.

Gegner des Priors und dessen Plänen, darunter auch viele seiner Glaubensbrüder (Dominikaner), Franziskaner, Adlige, ebenso die bekämpften Spieler, Huren, Goldschmiede und Teppichhändler bewarfen die 'Engel' mit Steinen, Unrat und harten Schimpf Worten.

FABIANA DIE ROTE

Trotz aller chaotischer Zustände in der altehrwürdigen Stadt und der sengenden Hitze, saß Mauro oft stundenlang über seinen Büchern, Schriften, Studien und Notizen.

Vater Lionardo war mehr, als nur zufrieden mit seinem gelehrigen Schüler, der alles in sich auf sog wie ein Schwamm. Schmunzelnd stellte der Mönch eine Abwechslung der besonderen Art in Aussicht, was ihm einen entsetzten Blick aus Adrianas dunklen Augen einbrachte.

Mauro warf auf Geheiß seines Lehrers, die schwarzweiße Kutte der Dominikaner über und zog deren Kapuze tief über die Augen. Langsam und leise schlichen die Beiden durch die enge Gasse; wobei sie teilweise die Luft anhalten oder sehr flach atmen mussten, da vom Arno der infolge der unnatürlichen Hitzewelle kaum Wasser führte, ein fürchterlicher Gestank herüber geweht wurde. Der Junge nahm sich zum wiederholten male vor, Vater Lionardo der sehr belesen war, nach dem Grund der Wetterkapriolen zu fragen.

Schließlich blieben sie an der Ecke der gotischen Kirche und der Piazza stehen, um Luft zu schöpfen, um sodann ihren Weg nach San Marco fortzusetzen. Dies aber, hätten sie besser nicht getan, denn kaum machten sie sich auf den Weg über die Piazza, stürmten auch schon einige Franziskaner, bewaffnet mit schweren Eichenknüppeln, auf sie los.

„Verschwindet ihr Hunde Gottes! Haut ab zu eurem abartigen Sau Schwanz von Prior und verpisst euch aus unserem Stadtviertel! Aber flott... oder wir gerben euch, euer scheinheiliges Leder! Als ob es nicht genug damit ist, dass dieser Hungerhaken Savonarola, uns seine teuflischen 'Engel' zum Betteln herschickt, nein... da treiben sich auch noch seine Anhänger hier herum!" Drohend und zähnefletschend schwangen sie ihre massiven Knüppel.

Mauro stand wie angenagelt da, vermochte keinen Finger zu rühren und der Angstschweiß lief ihm den Rücken hinab, um sodann brennend im After zu versickern. Verzweifelt rief Vater Lionardo ihn immer wieder zu, doch weg zulaufen, aber die Angst und der Schrecken vor diesen aggressiven Franziskanern, ließ ihn versteinern. Wütend krakelten die angetrunken wirkenden Mönche weiter und kamen dabei immer näher.

„Bestellt diesem Weihwasserpisser, dass wir uns gegen ihn zu wehren wissen und uns an die Signoria (Stadtregierung), die Medici und gegebenenfalls an den heiligen Vater wenden werden, um ihn..., Savonarola, als Scharlatan und Lügner zu entlarven.

Gebt endlich Fersengeld und verschwindet!"

Frate Lionardo versetzte Mauro eine schallende Ohrfeige, um ihn aus seiner Erstarrung zu erlösen.

"Lauf mein Junge...!"
Der junge Mann rieb sich die brennende Wange, sah sich um, erkannte die Gefahr und er rannte los. Einer der Knüppel sauste auf die Stelle, auf der Mauro soeben noch gestanden hatte und zersplitterte krachend auf dem schmutzigen Pflaster. Drohend und die Beiden weiterhin verfolgend, schwangen die fünf Mönche weiter ihre Prügel und machten sich schwankend an einen erneuten Angriff.

Mauro und Lionardo rannten über den Kirchenvorplatz und erreichten schließlich die schützenden Häuser, zwischen denen sie untertauchten.

„Puhhh, das war verdammt knapp Vater, aber hättest du nicht weniger fest zuschlagen können?"

Der Junge rieb sich die misshandelte Wange, auf der sich die fünf Finger von Lionardos Hand abzeichneten.

„Ich hatte eine erbärmliche Angst," söhnte Mauro und hielt sich die stechende Seite „und wohin jetzt Vater?"

„Verzeih meinen festen Schlag mein Sohn, aber als dieser Mönch so auf dich zu stürmte, fürchtete ich um dein Leben." Sanft strich er über Mauros wirres Haar, „Auf zu unserer Kontaktperson...," grinste er verschmitzt „zu

Fabiana der Roten. Der Überraschung die ich dir versprach."

„Na danke, mit Überraschungen wurde ich heute schon genug beschenkt," maulte der Junge verstimmt.

„Nun stell dich nicht wie eine Mimose an. Machen wir aus dir einen Mann."

„Vater, wie meinst du das?"

„Das mein Sohn, wirst du gleich sehen und erleben."

Am Rande des Bezirks von San Marco, in einer etwas dunklen schmuddeligen Seitengasse, befand sich ein kleiner Palazzo, der auch schon bessere Zeiten gesehen hatte. Dieser war Eigentum einer gewissen Antonia Pazzo, welches natürlich nicht ihr richtiger Name war..., ihres Zeichens Besitzerin dieses Freudenhauses; weshalb im Eingangsbereich Tag und Nacht ein Öllicht brannte.

Der Mönch Lionardo sah sich zuerst gehetzt um und zog dann, den widerstrebenden Mauro schnell in den Schatten der Arkaden.

"So komm doch endlich! Ich weiß ja, dass du noch nie in einem solchen Hause warst. Wenn du nicht willst oder kannst, brauchst du ja nicht 'bügeln'. Aber zum Teufel..." schnell schlug Lionardo ein Kreuz und schickte einen, um Vergebung heischenden Blick gen Himmel, „...wir müssen uns auch nicht von Savonarolas überall herum schnüffelnden Spitzeln erwischen lassen.Er würde uns ohne mit der Wimper zu zucken, exkommunizieren lassen und als abartig auf den Scheiterhaufen bringen."

Etwas gereizt und übernervös stieß Vater Lionardo, den jungen Gelsino in den Eingang des Etablissements und weiter in den überhitzten schwülstigen Salon.

Mauro fand sich leicht benommen und vollkommen verunsichert in einem, von zahlreichen Kerzen erleuchteten, intensiv nach Honig und Kräutern duftenden Raum wieder. Auf dicken geknüpften Teppichen und mit Samt und Seide bespannten Ottomanen, räkelten sich einige, in durchsichtige Gewänder gehüllte, ansonsten aber nackte Frauen jeglichen Alters und unterschiedlichster Hautfarbe.

Dem Jungen wurde heiß und kalt gleichzeitig. Seine Wangen glühten und seine Ohren hatten die Farbe der Kardinal Gewänder angenommen. Der Mund ward ihm vor Aufregung ganz trocken und eine beklemmende Atemnot setzte ein, als sich eine schöne ältere Frau, mit breit ausladenden Hüften und gewaltigen aber doch festen und nackten Brüsten auf ihn zu wälzte. Überängstlich und ungeschickt machte der Junge einige Schritte rückwärts, um der weiblichen Fülle auszuweichen und strauchelte dabei über eine hochstehende Teppichkante. Mit den Händen nach einem Halt suchend, streifte er die nackte Brust, warf sich zurück und fiel rücklings zwischen die schlanken Schenkel, einer wohlgeformten Frau, deren obere Gesichtshälfte, unter einer schwarzen Maske verborgen war. Die Geheimnisvolle schlang von hinten ihre nackten Arme um den, vor Aufregung zitternden Vierzehnjährigen und der rot geschminkte Mund, kam näher und näher...

„Bella Fabiana, wartet... Geduld, Mauro hat noch keinerlei Erfahrung, also lasst uns ein Zimmer aufsuchen, ehe uns der Knabe vor Angst noch stirbt."

Vater Lionardo hatte zwischenzeitlich die Kapuze von dem ergrauten Schädel genommen, Signora Pazzo mit einem herzhaften Kuss auf den blanken Busen begrüßt und einen Obolus für sich und Mauro entrichtet. Währenddessen schlichen die anderen Grazien, sich Obszönitäten zurufend, mit abschätzenden Blicken um den Jungen herum.

Vater Lionardo, der das Geschehen um Mauro herum kritisch beobachtete, rief leicht verärgert und doch mit unterdrücktem Lachen:

"Komm her zu mir und höre auf zu schlottern! Bella Fabiana beißt nicht, sie verzehrt Grünschnäbel wie dich auf der Stelle."

Die rothaarige Maskierte erhob sich, ohne den Jungen aus ihren Armen zu entlassen. Sie überragte ihn um mehr als eine Kopflänge und drehte ihn nun zu sich herum, um Mauro anschauen zu können. Ihre Brust, der ein betörender Duft nach Milch und Honig entströmte, befand sich dadurch direkt vor seinen Augen. Rasch drehte der Jugendliche seinen glühenden Kopf zur Seite und blickte seinen Mentor aus Ravenna hilfesuchend und mit Tränen gefüllten Augen an.

„Donna Fabiana, lasst ihn um Himmelswillen los, denn wenn er vor Angst stirbt, war die Arbeit von Monaten umsonst. Lasst uns endlich nach oben gehen und dieses unwürdige Possenspiel beenden."

Unter dem Lachen und den zotigen Sprüchen der anderen 'Damen', erklommen Lionardo, Fabiana und Mauro die breite Treppe in den ersten Stock; weiter einen kurzen Gang entlang, in ein sehr karg eingerichtetes Zimmer ,wo die Frau einen verborgenen Mechanismus betätigte, worauf sich eine nicht erkennbare Türe öffnete. Sie betraten einen langen, dunklen, zugigen Gang und nach einer weiteren geheimen Türe, standen sie in einem großen, lichtdurchfluteten und gemütlichen Raum. Von der Türe, durch die sie gekommen waren, war nichts mehr zu sehen.

Mauro, der an eines der großen Fenster trat stellte fest, dass sie sich nunmehr in einem Palazzo, an der Straße nach San Marco befanden.

Fabiana riss sich mit einem erleichterten Aufseufzen die dunkle Maske vom Gesicht und – zu Mauros Erstaunen – die rote Perücke vom Kopf, warf beides in eine Ecke und hängte sich einen wärmenden Umhang, um ihre makellosen Schultern. Dann drehte sie sich, mit beiden Händen das dunkelblonde, lange Haar lockernd zu Vater Lionardo um und lächelte ihn liebevoll an.

„Du kommst spät Babbo (liebevolle Form von Papa), ich hatte schon Angst es sei etwas geschehen und du hast uns schon lange nicht mehr besucht. Bitte setze dich doch...", sie warf Mauro einen bösen Blick zu „und du Dumm Beutel, hast beinahe unsere mühsam aufgebaute Tarnung auffliegen lassen! Babbo, hast du ihn denn nicht eingeweiht?"

Verlegen uns schuldbewusst blickte der gemaßregelte Junge zu Boden, während Lionardo antwortete:

"Leider war die Zeit zu knapp mein Kind, er hatte noch eine ganze Menge zu lernen. Man hat ihm und seiner Mutter sehr übel mitgespielt und trotzdem sind sie so unbedarft und naiv. Glaub mir, ich kam mir schon vor wie ein Verbrecher, als ich den armen Jungen wegen eines schimmeligen Brotkanten festnehmen lassen wollte; doch wegen der drängenden Zeit hatte ich keine andere Wahl" und zu Mauro gewandt „Söhnchen, nun mache schon deine Futterluke zu. Nein, Fabiana ist keine der Huren, sie hat zur Tarnung nur so getan und ja, sie ist meine Tochter. Aber...sie hat herrlich mitgespielt und dich erschreckt. Du hättest dein Gesicht sehen sollen..." lauthals brach das, solange unterdrückte Lachen aus Vater Lionardo heraus und auch seiner Tochter liefen die Tränen des Frohsinns über die blühend frischen Wangen.

Fassungslos starrte der junge Mann auf die Beiden, die ihm gegenüber saßen und er war noch immer dabei, das eben Gehörte zu verarbeiten, als eine weitere kaum sichtbare Türe geöffnet wurde. Ein hünenhafter, beinahe schwarzer Mann betrat mit einem voll beladenen Tablett und einem breiten Grinsen, dass die schneeweißen Zähne blitzen ließ den Raum.

Mit einem Aufschrei „der Teufel!" verschwand Mauro hinter einer Truhe und nur die vor Schreck aufrecht stehenden Haare, waren noch zu sehen.

„Babbo, das Kind ist so voller Angst...er taugt nicht für unsere Zwecke! Beim geringsten Anzeichen von Gefahr scheißt er sich die Beinlinge voll; er wird uns noch alle in Gefahr bringen und verraten."

„Mauro, komm sofort her..., wie kannst du mich nur so enttäuschen? Jacobo N'gari, ist getauft und Christ wie du, sag nur du hast noch nie einen Mann von der anderen Seite des Meeres gesehen?"

„Doch, ich habe schon welche gesehen...nur, ich bin fürchterlich erschrocken. Der Mann ist so riesig, es tut mir sehr leid. Signore Jacobo, ich bitte Euch um Vergebung und auch Ihr Signora Fabiana...vergebt mir. Die letzten Monate musste ich so viel Neues erfahren und unendlich viel lernen...bitte verzeiht mir."

Erneut wurde die Türe geöffnet und ein etwa dreizehnjähriges Mädchen, in Begleitung eines Turban Trägers trat ein.

„Wenn ich vorstellen darf, meine Enkelin Lucia und ihr Beschützer und Lehrer Mehmet Turkman, ein Muselmane..." Lionardo schloss das Mädchen liebevoll in seine Arme und begrüßte anschließend Memet mit einem festen Handschlag. "Setzen wir uns, ich habe dem jungen Mann hier, noch einiges zu erklären. Mauro, wie du vielleicht bemerkt hast, ist dies meine Familie. Ich war nicht immer Mönch..., erst als meine geliebte Frau Carmela starb ,erreichte mich der Ruf Gottes und ich bin bei den Dominikanern eingetreten. Obwohl die Ordensregeln und Savonarola verlangten ganz im Glauben aufzugehen und alles hinter sich zu lassen, habe ich den Kontakt zu meiner Tochter, meinem Fleisch und Blut ,nie ganz verloren."

Der Mönch holte tief Luft, wischte sich eine Träne der Erinnerung von der Wange und sprach dann bedächtig weiter.

„Ihr Ehemann, der Spitzenhändler Sebastiano Manuzzio, wurde 1494 während des Triumphzuges des Franzosen Königs Karl VIII., nahe der Ponte Vecchio im Arno ertränkt. Sein Geschäft das sich auf der Brücke befand, wurde geplündert und zerstört. Also brachte ich meine Tochter und ihr Kind hier unter, um ihnen nahe zu sein. Fabiana glaubt, dass die Gefolgsleute Savonarolas an dem Mord an ihrem Ehemann, beteiligt waren und nun kämpft sie getarnt als Hure, gegen diese. Du mein Junge wirst nicht unser einziger Spion sein, denn auch Lucia wird mitmischen. Ihr werdet als Bruder und Schwester stets gemeinsam agieren und aufeinander Obacht geben. Doch zunächst wirst du einige Wochen hier wohnen..., bis kurz vor dem Carnevale. In dieser Zeit wirst du von Memet und Jacobo, das faire Kämpfen und Täuschen lernen. Hast du noch Fragen mein Sohn?"

„Was wird aus meiner Mutter? Sie braucht doch meine Hilfe."

„Keine Angst mein Sohn, wir die Gegner des Prior sind viele, ganz gut organisiert und weit verzweigt. Der angesehene Cavaliere, der Giudice (Richter) Pietro di Vitali wird sich, getarnt als ihr Verehrer, um sie kümmern. Außerdem haben wir ihr ein junges Mädchen namens Aliena zur Seite gestellt. Der Richter wird Verbindung zu uns halten, da er jederzeit an jedem Ort, selbst im Kloster, Zugang hat. Du hast den Winter über Zeit, dich an all das Neue zu gewöhnen.

Ich kehre nach San Marco zurück und kontaktiere euch wieder wenn es an der Zeit ist, euch bei der Kindermiliz einzuschleusen. Alles verstanden?"

Mauro nickte und Vater Lionardo verkündete: "So..., jetzt habe ich Hunger und ihr doch sicherlich auch. Fabiana mein Kind, lass auftragen."

DIE 'ENGEL'

Der Winter begann mit Regenfällen ohne Ende .Wasser gab es jetzt mehr als nur genug. Der Arno trat wieder einmal über die Ufer und überschwemmte die Armenviertel, in denen die Seuchen weiterhin reiche Beute fanden. Das Ungeziefer, allen voran die Ratten kamen auf ihrer Flucht vor dem Wasser bis in die Patrizierhäuser, Palazzi und Klöster. Hunger und Not beherrschten das Weihnachtsfest und den Jahreswechsel zum Jahr 1497..., ein Schicksalsjahr!

Die 'Engel' von Savonarolas Kinderarmee hielten Bibellesungen, verteilten Brot und von den Reichen gespendete und gestohlene Kleidung an die Ärmsten der Armen.

Mitte Januar standen Mauro und Lucia in weiße, mit einem roten Kreuz bemalte Kittel gehüllt und in Begleitung von Vater Lionardo, vor dem Kloster von San Marco. Unsicherheit, wenn nicht sogar Angst, spiegelte sich auf ihren angespannt wirkenden und schmal gewordenen Gesichtern.

„Kommt, gehen wir..." der ergraute Mönch nahm die Beiden rechts und links an die Hand und betrat mit festen, energischen Schritten das Kloster. Da Vater Lionardo sie angekündigt hatte, wurden sie eingelassen und fanden sich in einem Gang, vor einer massiven geschnitzten Holztüre wieder. Nun warteten sie darauf, eingelassen zu werden.

„Großvater, ich muss mal..." nervös trat Lucia von einem Bein, auf das andere.

„Ab jetzt bin ich Frate Lionardo und nicht dein Großvater! ...und du musst jetzt nicht." Ärgerlich und schmerzhaft, drückte der Mönch die Finger der Kinder zusammen. "Still und beherrscht euch jetzt," zischte er zwischen seinen Zähnen hervor, da ein Novize soeben die Türe öffnete.

Inmitten des Raumes voller wertvoller alter Bücher und Folianten stand ein Mönch, die Kapuze tief in die Stirne gezogen.

„Kommt näher Bruder Lionardo, wen bringt Ihr mir da?"

„Mauro und Lucia ein verwaistes Geschwisterpaar, dass keinerlei Angehörige mehr hat." In Gedanken bat Lionardo Gott, die geheiligte Jungfrau und seine Tochter Fabiana um Vergebung für diese Notlüge.

Der den Kindern fremde Mönch schob seine Kapuze vom Schädel und wand ihnen sein Gesicht zu. Da die Beiden ahnten wer der Mann war, dem Lionardo soviel Ehrerbietung entgegenbrachte, liefen ihnen Schauer der Angst über den Rücken. Bei dem Anblick des hageren Gesichtes, fielen ihnen die unzähligen Geschichten ein, die über den Prior kursierten.

Scharfe eng zusammen stehende Augen blickte klug und forschend in die verängstigten Augen der Jugendlichen.Die Nase ragte wie der Schnabel eines Adlers, aus dem asketisch hageren Gesicht. Das Kinn scharf geschnitten und energisch, nahezu eigensinnig wirkend und der Mund, dessen leicht aufgeworfene Lippen schmal zusammengepresst waren und der sich nun öffnete...

"Willkommen ihr Engel der königlichen Jungfrau Maria und Jesu Christi, des Königs von Firenze (Florenz)..., seid gesegnet." Er blickte fragend zu Lionardo „...und wo werden Eure Schützlinge wohnen Bruder?"

„Ich werde sie den liebevollen Händen der Witwe Nunziata Versini übergeben. Sie wohnt hinter dem Dom, da haben es die Kinder nicht weit zu Euch, verehrter Prior und ich kann weiterhin ein Auge auf sie haben."

„Bravo, nur so bleiben die Geschwister zusammen und werden nicht getrennt. Ihr Beide kommt dem nach zur Domgruppe meiner Engel von San Marco." Savonarola drehte sich zu einem Schreibpult, an welchen normalerweise die Mönche alte Schriften kopierten und fuhr den dort stehenden Schreiber Frate Franco, harsch an:

„Holt mir sofort den Anführer meiner Kindermiliz, meinen Oberengel Guido, sofort!"

Eilig und katzbuckelnd machte sich der Angesprochene auf den Weg, um den gewünschten Jungen zu suchen.

"Bruder Lionardo, Ihr habt die Geschwister doch aufgeklärt über das, was sie zu tun haben werden und was ich von ihnen erwarte?"

„Das habe ich verehrter Prior, das habe ich," leise aufseufzend aus Sorge um die Beiden, wischte der Mönch seine schweißnassen Hände an der Kutte ab und blickte mahnend zu den Kindern.

„Zeigt doch meinen neuen Engeln...," Girolamo Savonarola strich den Beiden zärtlich und gedankenverloren über das Haar „die wundervollen Fresken, die Angelico so liebevoll gemalt hat und findet Euch, nach dem Angelus Gebet im Refektorium ein. Die Kleinen werden hungrig sein und wir müssen ihnen, zur Ehre von Jesus Christus und sein geheiligten Mutter, Vater und Mutter ersetzen. Nun geht...und Gott mit euch."

„Auch mit Euch Prior Girolamo..." mit einer tiefen Verbeugung, dem Beugen des Knies und dem schlagen des Kreuzes verabschiedeten sich die Drei vom Prior von San Marco.
Die Kinder, ja sie waren noch Kinder, weshalb auch Lucia das Kloster betreten durfte, bewunderten das Bauwerk des Klosters; die steinernen Figuren der Heiligen und die farbenfrohen, aber ernsten Szenen aus dem Leben der Heiligen und der Gründer des Ordens, in unnachahmlicher Weise auf Wände und Decken gemalt von dem Mönch Angelico.

Zur gleich Zeit bekam der Anführer der 'Engel' Guido, ehemaliger Strauchdieb und Anführer einer Straßenkinder Bande, welche bereits sämtliche vorstellbare Verbrechen begangen hatte, vom Prior die Pläne für den nächsten Tag.

Aber erst hatte er Order erhalten, nach dem Essen die Zöglinge Lionardos, bei der Witwe Versini abzuliefern. Ferner sollte er der Alten für die Betreuung und die Versorgung der Kinder, einige Münzen, Brot und Kleidung übergeben.

Während sich Mauro und seine 'Schwester' Lucia die Fresken betrachteten und sich dabei angeregt unterhielten, trafen sich in einer geschützten Ecke die Glaubensbrüder Lionardo und Matteo, um leise über den Stand der Dinge und die politische Lage von Florenz zu diskutieren.

„Lionardo bitte, bleibt außerhalb des Konvents und kümmert Euch um Eure Tochter und die beiden Kinder. Dieser Ketzer Savonarola hat verstärktes Fasten angeordnet auch außerhalb der Fastenzeit. Er erwartet, dass wir alle so asketisch leben, wie er selbst. Er meinte, dass stärke den Glauben und den Charakter und dies könne auch satt machen. Wenn wir es hier im Kloster können, kann es auch Florenz und mit der Zeit das ganze Land, alle Staaten, ja die ganze Welt. Nur so entstehe in aeternum die civitas Dei (Auf ewig der Staat Gottes). Durch seine Brotverteilungen steht die Bevölkerung noch immer hinter ihm und seinen 'Engeln'. In der Signoria (Stadtverwaltung) und der Händlerschaft brodelt es gewaltig. Gebe Gott, das es nicht ausbricht wie ein Vulkan..., denn dann kommt es zum Bruderkrieg. Gott steh uns allen bei!"

Händeringend und mit dicken Schweißperlen auf der Stirn blickte Matteo seinen Freund verzweifelt an.

„Glaubt mir..., da draußen ist es auch nicht besser. Die Frauen will er aus dem öffentlichen Leben verbannen und es geht das Gerücht um, dass es diesem Fanatiker am liebsten wäre, wenn die Frauen sich verschleiern würden, wie die Weiber der Muselmanen. Er lässt von den 'Engeln' an den Stadttoren und den Zugängen zum Dom Sperren errichten, um den Adel und die Kaufleute auszunehmen und zu berauben. Er legt sich mit den Borgias, allen voran Alexander VI. und den Medici an. Wie ist das möglich? Er hat ganz Florenz im Würgegriff und trotz allem ist der Dom noch immer brechend voll, wenn er predigt. Doch sieh dir die Leute an wenn sie den Dom verlassen..., voller Angst vor den Höllenqualen des Teufels und die steten Teuerungen, geben den Menschen den Rest."

„Ach Lionardo," seufzte Matteo „dass allerschlimmste aber ist..., für das kleinste Vergehen gibt es drastische Strafen, bis hin zum Scheiterhaufen. Die Büttel und Henker wissen nicht, wann sie wieder normal zum Schlafen kommen. Doch still jetzt, die Kinder kommen zurück...!" Matteo begrüßte den Jungen herzlich.

„Mauro mein Lieber..., Gott zum Gruße! Ach wie sehr vermisse ich doch die Kochkünste deiner lieben Mutter...," wobei er mit laut knurrenden Magen aufstöhnte und die Kinder liebevoll in die Arme schloss.

GUIDO

Guido, der junge Rebell und 'Oberengel' Savonarolas, kam von der Witwe zurück. Für ihn selbstverständlich, hatte er der herzensguten Frau alles, außer den Münzen gegeben. Als Anführer der 'Engel von San Marco' war er der Meinung, dass die alte Vettel genug besaß, um die Geschwister durchzufüttern. Grob und mit vielen deftigen Flüchen, hatte er Mauro und Lucia bei der Witwe abgeliefert und ihnen für den Fall das sie ihm, dem Anführer nicht gehorchen sollten, deftige Prügel angedroht.

"Euch geht es auf jeden Fall wesentlich besser als mir. Ich muss in einem Verschlag unter der Hintertreppe des Klosters schlafen. Dort ist es feucht, schmutzig, schimmelig und saukalt, außerdem benutzen mich einige Mönche so oft als Frauenersatz, dass mir meine Rückfront glüht und ich kaum zu Laufen vermag. Ihr dagegen, bekommt täglich die feinsten Leckereien und ich muss mich mit dem begnügen, was mir die gefräßigen Mönche übrig lassen, also bringt mit gefälligst jeden Tag etwas zum Futtern mit, sonst..." drohend schwang Guido seine Fäuste und ging dann seiner Wege.

Noch in der Dunkelheit des nächsten Tages trommelte der selbsternannte An-

führer die zwei Menschlein, aus ihren warmen Pfühlen (Strohsäcke) gebot ihnen, sich anzukleiden und ihm zu folgen. Vor dem Haus der fülligen Witwe, wartete bereits eine Gruppe von Kindern. Nur wenige von ihnen hatten, so wie Mauro und Lucia warme Überwürfe und festes Schuhwerk an; doch die Mehrzahl war barfuß oder hatte die kleinen Füße in Lumpen gewickelt und sich löchrige, alte Decken übergeworfen.
In der Nacht hatte es gefroren und etwas geschneit, so das sich die Atemfahnen der Kinder lange in der kalten Luft hielten.
„Auf zum Kloster von San Marco..., dort wartet der Padre mit Brot, heißer Suppe, warmen Decken und dem morgendlichen Segen auf uns! Wo sind meine beiden Adjutoren (Gehilfen) Cesare und Carlo? Nicht da, na die können was erleben. Kinder bleibt zusammen und passt auf die Kleineren auf!" Er kam sich ungeheuer wichtig und erwachsen vor.

Im Pulk lief die Gruppe der etwa zwanzig Kinder, im Alter von fünf bis sechzehn Jahren, zum nahe gelegenen Dom. Nach dem Löffeln der wässrigen geschmacklosen Suppe, dem überwerfen der noch weißen Umhänge und dem Segen, fand der im Dienst Gottes glatzköpfig gewordene Padre, auch noch ermahnende Worte für die Kinder und Jugendlichen.

„Guido, du bist der Älteste und der

Anführer dieser heruntergekommenen Bande... nimm dir zu Herzen: ihr sollt nicht prügeln oder gar töten, sondern helfen und schlichten. Ihr sollt nicht stehlen und plündern, sondern Spenden für die Armen und Siechen sammeln und verteilen, ihnen Trost spenden durch das Vorlesen aus dem geheiligten Buch Gottes und gleichzeitig die Mitmenschen ermahnen, an ihr Seelenheil und an das Wort Gottes zu denken. Erinnert sie auch daran, die Predigten des Prior von San Marco zu befolgen. Habt ihr Kinder alles verstanden?"

„Ja Padre..." ertönte es im Chor und nur Guido grinste hämisch in sich hinein, denn er hatte von Savonarola einen ganz anders lautenden Auftrag erhalten und er war gewillt, seinem großen Meister bedingungslos zu gehorchen.

An der Hinterseite der großen, hohen Klostermauer befand sich eine Bogenförmige Aussparung. Warum der Baumeister dies getan hatte, wusste niemand mehr. Aber vielleicht doch dazu bestimmt, eventuellen Selbstmördern eine letzte Ruhestätte, im Schatten Gottes zu gewähren.

In dieser Aussparung, dem Exerzierplatz wie Guido ihn nannte, sammelte er seine Untergebenen um sich, um sie 'exerzieren' zu lassen. Der Rebell Gottes, wie Savonarola liebevoll zu ihm sagte, unterbreitete hier seinen Vasallen die geheimen Anordnungen des

Prior.

„Ragazzi (Leute) unserem allseits verehrten Herrscher von San Marco folgend, werden wir heute die Zurschaustellung und Nacktheit der Weiber bekämpfen!" Unendlicher Stolz wallte in dem jugendlichen Tunichtgut auf. Da er weder lesen noch schreiben konnte und es auch nicht wollte, saugte er die Worte Girolamos auf wie ein Schwamm und gab sie, sich dabei ungemein wichtig vorkommend, beinahe wortgetreu wieder.

„Bevor wir ihre halbnackten oder gar nackte Brüste bedecken, greift ihr euch die Ohrgehänge, Ketten, Nadeln und Diademe, vergesst auch nicht die Perücken und Pelze. Achtet auch auf Ringe, Gürtel und Beutel voller Florine. Die zweite Gruppe achtet auf die männlichen Begleiter: Geldkatzen an Gürteln, Waffen, Ringe und alles wertvolle. Reißt diesen arroganten Laffen die seidenen Tücher und die Spitzen ab, sie sollen für ihre Überheblichkeit büßen. Und auch für die Jüngsten habe ich eine Aufgabe!"

Um erwachsener zu wirken, baute sich Guido in seiner ganzen Größe vor den kleinen Kindern auf und blickte sie, mit erhobenen Zeigefinger und hypnotisch aufgerissenen Augen an. „Ihr kleinen Geister werdet zwischen den Beinen des reichen, adligen Gesindels herum kriechen, so das sie über euch stolpern und fallen, wenn sie flüchten wollen."

Schnell griff der junge Mann in ein mitgeführtes Säckchen und warf einige, in Honig kandierte Wildfrüchte unter die Kinder. Er begriff sofort, weshalb ihn sei großes Vorbild dies angeraten hatte; es gab ihm Macht über die Kleinen und Schwächeren und da die Kinder mehr 'dolce gusto' (Süßes) wollten würden sie ihm, den armen Straßenjungen Guido folgen und alles für ihn tun. Unverschämt grinsend bestimmte er noch, dass die neu hinzu gekommenen 'Geschwister' Mauro und Lucia, den Wagen mit den erbeuteten Sachen zu ziehen hätten.

„Auf zur Piazza Santa Maria Novella..., die Armen warten mit leeren Mägen und die Reichen mit vollen Beuteln auf uns!"

Psalmen singend trabte die Gruppe der Piazza zu. Von den Mauern widerhallend erklangen immer wieder die Rufe zu Ehren der Mutter Gottes und die Gebete zu Jesus Christus, dem König von Florenz. Trommler und Sack-Pfeifen-Bläser aus den kleinen schmutzigen Nebengassen gesellten sich zu dem wunderlichen Aufzug. Prozessionen gleicher Art, Bußprediger und Flagellanten stießen aus den anderen Stadtteilen dazu. Ein infernalischer Lärm aus tausenden von Kinderkehlen und unzähligen Instrumenten erfüllte die altehrwürdige Stadt Florenz.

Was für ein Geschiebe und Gedränge.

Schützend legte Mauro seinen Arm um die, einen Kopf kleinere und verängstigte Lucia.

"Du musst keine Angst haben, ich bin ja bei dir. Nach der Messe, die der Zelot (Glaubenseiferer) Savonarola selbst hält, werden die Menschen sich schnell wieder verlaufen und nachhause eilen. Er wird ihnen wieder einmal einhämmern, dass sie Buße tun und überflüssigen Tand vernichten sollen. Gleichzeitig wird er erneut alle Teufel der Unterwelt herauf beschwören und mit fürchterlichen Höllenqualen drohen. Wir Beide werden noch erleben, dass er ganz Firenze in vorchristliche Armut zurück wirft."

Der Junge schob seine 'Schwester' vorsichtshalber in eine ruhige, dunkle Mauernische. Leise begann das Mädchen mit ihrem Begleiter zu schimpfen.

„Mauro, sag nicht solche Sachen; wenn man dich hört..., der Pranger ist nicht weit."

Vor ihrem Versteck war eine Prügelei zwischen den 'Engeln' und einigen jungen Adligen ausgebrochen. Zu Mauros Entsetzen, blitzten unterschiedlich lange Dolche und Messer auf. Die beiden Kinder drückten sich noch tiefer in den Schatten der Mauernische und warteten verzweifelt, mit geschlossenen Atem und angehaltener Luft, auf das Ende der blutigen Keilerei. Nach einer Weile öffnete Mauro seine Augen und lauschte... nichts.

„Lucia, wir können weiter!" Nur eine abgebrochene Klinge und einige dunkle Flecke erzählten noch von dem Vorfall.

Stunden später hatte sich der kleine Leiterwagen der Gruppe mit konfiszierten, aber auch gestohlenen Sachen gefüllt. Pelze, wertvolle mit Gold und Edelsteinen bestickte Kleidung, Schmuck, Waffen und mit florentinischen Silberdukaten und Goldflorinen gefüllte Beutel und Geldkatzen türmten sich auf dem wackligen Gefährt. Der draufgängerische Guido drückte dem verblüfften Mauro einen der erbeuteten Degen, dessen Griff von Edelsteinen nur so funkelte, in die rechte Hand und er befahl ihm dabei, den gefüllten Wagen, notfalls mit seinem Leben zu verteidigen.

„Bürschchen, wenn dir auch nur ein Stück verloren geht oder gestohlen wird, dann fürchte um dein Leben..." Der junge Rebell, dem das Blut über den linken Arm lief, bediente sich mit einem Beutel Münzen und ließ diesen, in einem mitgeführten, vermutlich ebenfalls gestohlenen Lederbeutel verschwinden. „...und dies ist für meine Unkosten. Ihr Beide verbringt die 'Beute' direkt nach San Marco. Mauro, beaugapfel mich nicht so langsam..., ich sagte sofort!" Verschlagen grinsend und zu allem bereit, verschwand Guido vergnügt pfeifend im Gewühl der Kinder.

„Gott sei es gedankt, er ist weg!

Komm Lucia..., liefern wir den Ramsch ab ,ich mag nicht mehr und auch dir sehe ich an, dass du sehr müde bist. Gehen wir danach zur Witwe Nunziata, wir müssen gar dringlich etwas essen. Was glaubt dieser Rüpel Guido eigentlich, wie lange so eine wässrige Suppe anhält, wenn man den ganzen Tag Zugesel spielt."

Rasch spannten die Beiden eine alte, fadenscheinige Decke über die Schätze im Inneren des Wagens und eilten dann, schnellen Schrittes in Richtung San Marco davon.

Im äußeren Hof des Klosters angelangt sahen sie, dass auch aus den anderen Stadtvierteln gut gefüllte Wagen angekommen waren und so mussten sie sich, in die lange Warteschlange einreihen. Lucia hatte sich auf der dünnen Decke, wie ein Igel zusammen gerollt und war mit den Zähnen klappernd und mit knurrenden Magen eingeschlafen. Mauro folgte dem lüsternen Blick eines zahnlosen alten Mönches und bemerkte das der Rock Lucias, während des Schlafes weit über die Knie hochgerutscht war. Mit einem nie gekannten Gefühl der Zärtlichkeit, zog er ihr das Kleidungsstück - sehr zum Missfallen des Mönches - wieder über die Knöchel und bedeckte dann Lucia mit seinem Umhang.

Endlich... nach einem gefühlten Tag, kam der Wagen des Jugendlichen an die Reihe und die noch immer schlafende

Lucia, wurde von den Novizen unsanft auf den aufgeweichten und zerfurchten Boden gestoßen. Hilfsbereit sprang Mauro hinzu und hob seine kleine Freundin, laut vor sich hin schimpfend auf.

„Rücksichtsloses Pack, habt ihr denn überhaupt kein Gefühl mehr? Was ist das für ein Volk, dass so mit seinen Kindern umspringt!?" Schnell musste er sich ducken, da einer der älteren Mönche mit der Hand auszog und dann zuschlug. Der Schlag hätte, dem Luftzug nach, den jungen Mann von seinen Füßen gerissen. Schnell stellte er sich auf die andere Seite des Wagens.

Nun begann das große sortieren: Schmuck, Münzen und Edelsteine wanderten in eine gewaltige abschließbare Truhe, die mit breiten, eisernen Bändern beschlagen und bereits gut gefüllt war. Bilder, Bücher ,Instrumente und Kleidungsstücke fanden ihren Weg auf ein großes Fuhrwerk hinter einem Ochsengespann.

„Was geschieht eigentlich mit den Sachen Frate Pietro?" Angesichts des Auftrages von Vater Lionardo, die Augen und Ohren offen zu halten, war der junge Mann sehr neugierig.

„Abgesehen davon, dass dich Schlauberger das alles einen feuchten Dreck angeht, hat unser hochverehrter Prior, etwas ganz besonderes, eine neue Art von Karnevale vor..." lachend legte der junge Laienbruder, der kaum älter als Mauro sein mochte, dem etwas abseits stehenden Savonarola den letzten Pelzüberwurf von Mauros Wagen über die mageren Schultern. "...hier Prior, Auf das Ihr nicht friert."

Mit einer wütenden Geste riss dieser sich den Überwurf herunter, warf ihn voller Abscheu auf den Wagen und verpasste, bereits im weggehen begriffen, Frate Pietro eine schallende Ohrfeige.

"Tut so etwas nie wieder mein Sohn, es würde Euch sehr schlecht bekommen. Ich gehöre nicht zu jenen, die Wasser predigen und Wein saufen."

Mauro war klar, er musste das Gehörte so schnell wie nur irgend möglich weiter geben. Zu Fabiana der Roten, Lucias Mutter? Nein, dass war zu gefährlich, er könnte ihr Versteck und ihre Tarnung verraten. Blieb nur noch, der ihm unbekannte Freund seiner Mutter; der angesehene Cavaliere und Giudice (Richter) Pietro di Vitali der, nach der Auskunft von Vater Lionardo, ein fähiger und unbestechlicher Mann sein sollte.

„Können wir nicht doch zu meiner Mutter? Bitte Mauro..." Lucia war den Tränen nahe und sah ihn flehend an.

„So sei doch vernünftig meine Kleine..." liebevoll legte er den Arm um ihre Schultern und zog sie tröstend an sich, wobei sein Herzschlag sich beschleunigte „wir würden ihr Leben und das der Anderen gefährden. Das kannst du doch wirklich nicht wollen. Aber sieh doch..." er streckte den Zeigefinger aus und wies zum großen Klosterportal „da drüben steht dein Großvater mit einem Brot und er winkt uns zu sich. Komm, gehen wir zu ihm." Die Ellenbogen benutzend, kämpften sich die Kinder zu Vater Lionardo durch.

An diesem Abend starb, im Armenviertel am Arno,,einsam und von allen verlassen die Bettlerin Filippa. Ihr von Hunger und Fieber ausgemergelter Körper war übersät von dunklen, bläulich schimmernden Flecken und an den Leisten und in den Achseln, waren die Lymphknoten bis zum Platzen geschwollen. Die Ratten turnten über ihren toten, verwesenden Körper und begaben sich auf Futtersuche.
Nach einigen Wochen der Pause, waren das Wasser und die verfluchte, teuflische Pest zurück gekehrt; denn auch in den benachbarten Hütten und Katen, wanden sich die Ärmsten der Armen fiebernd, in der tödlichen Umklammerung dieser heimtückischen Krankheit.

PRIOR GIROLAMO

Der Prior von San Marco, derzeit Heimstatt von siebenunddreißig Mönchen, neunundzwanzig Laien Brüdern und Novizen, sowie unzähligen heimatlosen Knaben im Alter von fünf bis vierzehn Jahren, stand am Fenster der umfassenden Bibliothek des Dominikaner Klosters und blickte nachdenklich hinunter in den Innenhof mit dem Kreuzgang. Dort standen einige Glaubensbrüder und diskutierten heftig gestikulierend. Unter ihnen auch die Frati Lionardo und Matteo, vertieft in ein Gespräch mit dem Priester des Klosters: Padre Giaccomo.

Der Prior ahnte, dass sich der Diskurs der Brüder auf seine neuen Verordnungen, die denn mehr Befehle waren, bezogen. Da man sich ohnehin beinahe in der Fastenzeit befand, empfanden die Brüder die Anordnungen von Sparsamkeit und Askese, als unzumutbare Härte... denn sie besagten, dass sie nicht auf Strohsäcken, sondern in ihre Kutten gehüllt auf dem nackten Boden nächtigen sollten. Auch sollte nur noch Wasser statt Wein, Most oder Bier getrunken werden. Suppe und Brot gab es auch nur noch einmal am Tag und zu den Stundengebeten und Messen, sollte es weitere Stunden mit Mildtätigkeit und Bußübungen geben.

Der Prior öffnete das mit Blei verglaste Fenster zum Kreuzgang in der Hoffnung, den Inhalt der Gespräche erlauschen zu können. Zu seinem großen Bedauern, vernahm er aber nur ein Geräusch, dass wie weit entfernter Kriegslärm klang und so verstand er kein Wort von den, so aufgeregten Diskussionen.

Tief enttäuscht rief er deshalb nach seinem Sekretarius und Schreiber Marco Farese, einen Laienbruder.

„Marco, kommt sofort her!Lauscht und sagt mir dann, was dies für ein infernalischer Lärm ist und woher dieser kommt. Man versteht ja seine eigenen Gedanken nicht mehr.

"Es sind die Kleinen Prior..." und nach einem verständnislosen Blick Savonarolas, „ Vater, es ist Eure Kindermiliz, Eure weißen Engel!"

Etwas seltsames geschah mit dem bleichen, asketischen Gesicht des Priors; seine harten Züge entspannten sich und die schmal zusammen gepressten Lippen, teilten sich zu einem wonnigen Lächeln. Die kräftigen Zähne blitzten auf, wobei seine stechenden Augen zu leuchten begannen. Das ganze Gesicht des Kirchenmannes schien von innen heraus zu strahlen.

"Nun denn, so werde ich halt nicht erfahren worüber meine geliebten Mitbrüder so aufgeregt diskutieren." Seufzend wollte er das leicht klemmende Fenster schließen, doch sein Sekretär hielt ihn davon ab.

„Vater Prior, ich kann doch als Laienbruder ebenfalls in den Kreuzgang und mich ein wenig umhören. Endlich kann ich Euch vergelten, dass Ihr mich von der Selbsttötung abgehalten und mich dem Orden zugeführt habt." Bittend fiel der Sekretär auf die Knie und küsste devot den Saum von Savonarolas dunkler, rauer Kutte.

„Nun mein Sohn, wenn du mich so unterwürfig darum bittest, so will ich dir deinen Wunsch nicht abschlagen. Geh nur, ich verbleibe hier am Fenster und du kannst mir später von dem Gehörten berichten."

Segnend legte er seine schmale Hand auf den Scheitel des Schreiberlings und entließ ihn sodann, mit einem huldvollen Nicken. Als er dann das Fenster schließen wollte musste er da es klemmte, mit der Hand gegen den Rahmen schlagen. Trotz seines relativ hohen Alters und des umgebenden Lärms, vernahm Lionardo das klappernde Geräusch und er blickte mit zusammengekniffenen Augen nach oben.

Demut vorgaukelnd verbeugte sich der grauhaarige Mönch, in die Richtung des Priors und stieß dabei unauffällig seinen Freund und Mitbruder Matteo an. Mit fast geschlossenen Lippen murmelte er undeutlich:

„Vorsicht Freunde..., Girolamo hört mit, lasst uns in den Vorhof gehen und nachsehen, was uns die Kinder gebracht haben. Ihr wisst doch, wir müssen die alten, fremden Schriften und Dokumente für die Nachwelt bewahren."

Müde lehnte sich der Prior von San Marco an einem Regal der Klosterbibliothek an, strich sich mit der flachen Hand über das Gesicht und ließ seinen drängenden Gedanken freien Lauf. Bilder seiner eigenen Kindheit und Jugend tauchten vor seinem geistigen Auge auf.

Oh, wie schön und beschaulich war es doch in seiner Geburtsstadt Ferrara. Wie ruhig und gemächlich, aber auch interessant war seine Kaufmannslehre gewesen und dann plötzlich und ohne irgendwelche Anzeichen oder Auslöser: der eindringliche Ruf Gottes. Die Tränen seiner geliebten Mutter brannten noch heute in seiner Seele, aber er konnte ihr, einer Frau, doch nichts erzählen von den Visionen, die ihn heimsuchten und quälten oder von der Stimme, die ihn nächtens folterte mit den Worten: 'Diene mir Girolamo! Verbreite mein Wort, meinen Willen..., du bist meine Stimme!'

Nacht für Nacht ging das so und er wusste seinerzeit nicht, ob Wahrheit oder Wahn und er entschied sich für die Realität der Stimmen. Auf Grund dessen, entschloss er sich den Kaufmannsberuf an den berühmten Nagel zu hängen und er hatte mit dem Studium der Theologie begonnen. Der Mönch schloss seine Augen und er sah sich selbst 1482 in Florenz beim

Studium..., wieder sah und hörte er den Hohn und Spott seiner Kommilitonen, wegen seines heimatlichen Dialektes, der Sprache seiner Kindheit. In seinem Kopf vernahm er noch heute ihre höhnischen uns spottenden Stimmen. 'Girolamo, so sprich doch deutlicher oder halte dein Maul!'-'Savonarola, so rede doch lauter, du nuschelst und kein Mensch kann dich verstehen!'- 'Was zum Teufel, ist das nur für eine Sprache, in der Ihr segnen wollt. Legt endlich Euren Dialekt ab und achtet auf Euren Gang oder seid Ihr etwa berauscht?'-'Haltet um Gottes Willen Eure ständig zitternden Hände ruhig, Ihr verschüttet ansonsten Christi Blut... ungeschickter Tölpel!'.

Das diese Ungeschicklichkeit auf seine Unsicherheit wegen der Lästereien zurückzuführen war, verstand niemand und seine unbeholfene Erklärung, wollte niemand hören.

Bei diesen unangenehmen Erinnerungen, stiegen dem Prior die Tränen der Wut, der Verbitterung und auch der Enttäuschung über sich selbst und seine Unzulänglichkeit in die Augen.

Mit einer Mischung aus Trotz und Scham auf seine damaligen Schwächen, wischte er sich hastig mit dem Ärmel seiner Kutte über die Augen und sah sich verschämt um. Lob und Dank sei Gott dem Allmächtigen...er war allein. Er war alleine mit all den uralten, handgeschriebenen Büchern und Schriften und seine Gedanken schweiften wieder ab in die Vergangenheit.

1487 veranlasste der prächtige Lorenzo di Medici, Girolamos Rückkehr nach Ferrara. Man hatte ihm Aufsässigkeit und Rebellion vorgeworfen und weshalb? Doch nur deshalb, weil er gegen die sexistischen, abartigen Ausschweifungen und gotteslästerlichen, obszönen Praktiken am Hof des mächtigsten und reichsten Mannes von Florenz gewettert hatte. Leise murmelte der Mönch vor sich hin.

„Ich habe doch nicht die Unwahrheit berichtet, voller Abscheu und Ekel haben meine Augen gesehen..." Bei dem Erinnerungen an die furchtbaren Bilder und die abartigen Praktiken, deren Augenzeuge er bei einem Besuch im Palazzo Medici geworden war, stieg ihm die Schamröte ins Gesicht und bitterer Gallensaft in den Mund.

Als Strafe - Lorenzo der Prächtige, hatte den Papst beeinflusst oder bestochen – wurde er als Bettelmönch für Jahre auf die Straße gejagt. So tippelte er von Herzogtum zu Herzogtum, von Stadt zu Stadt um das Wort Gottes zu verbreiten und um mildtätige Spenden zu sammeln. Die Erinnerung daran ließ seine Füße in den einfachen Sandalen noch immer schmerzen und brennen. Langsam ließ der Prior sich am Regal herabgleiten, um sich auf den kalten, mit Stroh bedeckten Steinboden niederzusetzen. Wieder blickten seine stechenden Augen ins Leere, um sich in seiner Vergangenheit wiederzufinden.

Auf der Straße und unter den Ärmsten der Armen, hatte er seinerzeit die passenden Worte gefunden, nach denen er noch heute wirkte und arbeitete.

„Die Kirche muss gezüchtigt werden,denn nur so kann sie sich erneuern und das muss bald geschehen." (Überlieferter Originaltext von Savonarola)

Das und nur das,,hatte er auf seiner Wanderschaft durch die Lande,,laut und deutlich gepredigt und wieder wurde er, seiner Meinung nach, verspottet und verlacht.

Im Jahre 1490 hatte ihn die Leitung des Dominikaner-Ordens wieder nach Florenz befohlen und dort befand er sich endlich am Ziel seiner Wünsche; er wurde zum Prior gewählt. Nun konnte er den mahnenden, manchmal auch befehlenden Stimmen in seinem Inneren Folge leisten und die Erneuerung der Kirche vorantreiben. Hart wurde an die Türe zur Bibliothek geklopft.

„Vater Prior, ist alles in Ordnung? Warum meldet Ihr Euch nicht? So antwortet doch...Vater! Vater Prior...!"

Erschreckt zuckte der Angerufene zusammen und nur langsam kehrte sein Geist aus der Vergangenheit zurück. Er erhob sich und schüttelte sich, als müsse er die Bilder und die Bürde der Wanderschaft abschütteln. Müde schlurfte er zur Tür und öffnete seinem Sekretarius.

„Nun Bruder, du siehst es geht mir vorzüglich. Was gibt es aus dem Kreuzgang zu berichten? Sprecht schonungslos."

„Es tut mir sehr leid Prior... leider konnte ich nichts in Erfahrung bringen. Die Mitbrüder waren bereits in den äußeren Hof gegangen, um den 'Engeln' zu helfen. Die Kleinen haben heute reiche 'Beute' gemacht.

DER 'OBERENGEL'

Der Rebell des Priors und Führer der Engel von San Marco Guido, stand breitbeinig im äußeren Hof des Klosters und schwang wütend eine versilberte Reitpeitsche über den Köpfen, der ihm anvertrauten Kindergruppe.

"Schneller ihr faulen Säcke! Ladet endlich die Bücher, Klamotten und Bilder auf den großen Leiterwagen. In einigen Tagen ist Karnevale und dann brauchen wir einen Riesenhaufen um..."

Die Kinder starrten ihn fragend an: „Warum? Zu was? Weshalb lässt du uns im ungewissen Guido, was wird geschehen?" Der junge Mann spürte seine Macht und kostete sie voll aus.

„Das geht euch nichts an ,ihr seid noch viel zu klein! Arbeitet und sammelt gefälligst weiter oder es gibt heute keine Honigfrüchte!" Resignierend sortierten die Kinder weiter und stellten dabei ihre Vermutungen in den Raum.

„Vielleicht wird alles unter den Armen verteilt..." oder „Es wird verkauft und..."

„Haltet endlich eure Fresse und arbeitet, zum Teufel nochmal!"

„Aber Guido, was ist das für ein Ton und Gebaren? Vergiss nicht unsere Vereinbarung..." der hinzu getretene Prior hob mahnend den Zeigefinger und blickte seinen Schützling strafend an.

Dieser zog seinen Kopf zwischen die Schultern und seine unschöne Kindheit, lief wie ein Kaleidoskop vor ihm ab.

Schon seine Geburt, so hatte man ihm erzählt, muss ungewöhnlich gewesen sein. Abgehalfterte Huren hatten ihn halbtot und mit der Nabelschnur um den Hals, aus dem Hochwasser tragenden Arno gefischt. Eine der Frauen, die wenige Tage zuvor entbunden hatte, nährte ihn und zog ihn, nachdem ihr eigenes Kind dem Fieber erlegen war, an Kindes statt auf. Er konnte kaum stehen, da schickte ihn die Hure zum Betteln und zum Stehlen auf die Straße.Er wurde herum geschubst,geschlagen und getreten.Mit zunehmenden Lebensjahren begann er, sich seiner Haut zu wehren.Ein Dolch ähnliches Messer wurde sein ständiger Begleiter und Guido zögerte auch nicht, diesen zu benutzen.

An seinem zwölften Geburtstag oder besser Fund Tag, hatte er es übertrieben. Er wollte den Freier seiner Ziehmutter bestehlen; doch dieser erwischte ihn und prügelte ihn windelweich. Einer der brutalen Schläge brach Guido zwei Rippen und im heftig aufwallenden Schmerz, zog er das Messer aus dem Stiefel und stach blindwütig zu. Blut und das Gekröse des, nicht unbekannten adligen Freiers ergossen sich auf das schmutzige Pflaster und Guidos gestohlene Schuhe. Lautes Schmerzgebrüll des Opfers und das schrille Kreischen der Ziehmutter, riefen die Büttel auf den Plan, doch auch eine Gruppe Mönche kam geeilt. Unter diesen befand sich Girolamo Savonarola, der sofort bemerkte, dass der Junge unter der Heftigkeit des Schmerzes gehandelt hatte. Rasch erkannte der Mönch das ungeheure Potenzial und Straßenwissen des Jungen und er beschloss, dieses für seine Zwecke zu nutzen.

Guido kannte – so wie kaum ein Anderer – die verborgensten Freudenhäuser und die versteckten Plätze der Spieler, er wusste wo verborgenes Vermögen zu finden war und wo Wertgegenstände gehortet wurden. Da der Prior bereits zu dieser Zeit gewisse Pläne verfolgte, kam ihm dieser Wissensschatz sehr entgegen. Er versprach Guido Straffreiheit und Schutz, ernannte ihn zum Oberengel und schickte, ihm weitgehend freie Hand lassend, auf Beutezüge. Durch diese relative Eigenständigkeit, kam der Bengel sich ungeheuer wichtig vor und wurde immer überheblicher.

Niemand ahnte das sich der junge Mann bereits ein kleines Vermögen auf die Seite geschafft hatte und er nur zu Savonarola und seiner Sache hielt, um sich später ein angenehmes und arbeitsfreies Leben als Herr gönnen zu können. Doch das Schicksal holt jeden ein und straft die, die gegen die Gemeinschaft und deren Werte leben.

DIE WITWE NUNZIATA

Endlich waren Mauro und Lucia bei der Witwe am Domplatz angelangt. Beide waren todmüde, aber die Witwe hatte bereits einen kräftigen Eintopf mit ordentlich Fleisch darin – niemand wollte wissen woher sie dieses, in diesen schlechten Zeiten hatte – gekocht und in die Schüsseln der Kinder gefüllt.

„Esst meine Kleinen, ihr seid Beide so schrecklich dünn."

Doch der Kopf von Lucia sank, als Folge der Müdigkeit, beinahe in die Schüssel und Mauro stöhnte.

„Verzeiht Mutter Nunziata, aber ich habe keine Ahnung wie ich essen soll. Meine Hände sind vom Ziehen des Wagens so voller Blasen, dass ich den Löffel nicht zu halten vermag und ich habe den Eindruck das meine Arme so lang sind, dass sie am Boden schleifen. Wir möchten nur noch schlafen.

Als die Beiden ihre Strohsäcke aufsuchen wollten, versagten Lucias Beine den Dienst und der Junge musste sich an der Wand abstützen. Liebevoll trug die Witwe das Mädchen zu ihrer Schlaf Statt und deckte es beinahe liebevoll zu.

„Schlaft wohl..., meine armen Kleinen."

Es war noch stockdunkel und eiskalt

an jenem Morgen im Februar 1497, als Guido und seine beiden Gehilfen in das Haus der Witwe eindrangen, die arme und hilfsbereite Frau mit der Garotte (Käsedraht) drosselten und sie scheinbar tot, auf einen Karren warfen. Rumpelnd eilten sie mit ihrer Last über das glitschige Pflaster, hin zum Arno und als sie sich des leblosen Körpers entledigt hatten, kehrten sie in das Haus zurück und taten so, als sei nichts geschehen. Einige Zeit später wurden Lucia und Mauro unsanft aus den Betten geworfen.

„Raus ihr faules Gesindel! Wo ist dieses Weibsbild von Witwe? Das Haustor stand weit offen und von der Alten ist keine Spur zu finden. Los ihr Schlafmützen macht euch fertig, wir müssen los! Morgen ist Fasnacht Dienstag und der Vater Prior hat..., nun macht schon!"

Müde und wie gerädert kleideten sich die Beiden an und folgten mit kleinen Augen dem, sich ständig umsehenden Guido.

Signora Nunziata Versini, stieg hustend und prustend aus den eisigen Fluten des Arno. Aufstöhnend rieb sie sich den Hals, dessen feiste Konsistenz ihr vermutlich das Leben gerettet hatte. Sie hatte die Hand voller Blut und begann fürchterlich zu frieren. Verzweifelt klopfte sie an einige Türen, um doch wenigstens eine Decke zu erhalten; doch niemand öffnete oder die Türe wurde ihr vor der Nase zugeschlagen. Beim achten Haus hatte sie endlich Glück, denn dort befand sich die Praxis des Medico Sergio Volpe und dieser rief auch sofort seinen Freund und Nachbarn, den Apotheker Fausto Berini hinzu.

Die Beiden begannen ohne lange zu fragen, die vor Kälte schlotternde und blau gefrorene Frau zu entkleiden, zu wärmen und zu verbinden. Auf die Fragen wer sie sei und woher sie komme, ernteten die beiden Männer nur verständnisloses Kopfschütteln. Die Gevatterin erinnerte sich weder an ihren Namen, noch an ihre Herkunft. Schließlich brach sie weinend zusammen und die beiden Männer schleppten den fülligen Körper zu einem Bett. Dort flößte ihr der Medico einen Schlaf fördernden Kräuteraufguss ein und deckte sie warm zu. In der Küche seiner Wohnung diskutierte er mit seinem Freund Fausto, über den ungewöhnlichen Fall.

„Diese Signora macht mir nicht den Eindruck, eine Hure oder Verbrecherin zu sein Apotheker. Was also könnte geschehen sein?"

„Nun, vielleicht gehört sie zu den Hellseherinnen oder Hexen, von denen neuerdings soviel die Rede ist und sie hat irgend jemanden etwas schlechtes vorhergesagt oder unerwünschtes prophezeit?"

„Mein Freund, du als aufgeklärter

Mensch und Apotheker, solltest an so einen Unsinn wie Hexerei und Kartenlegen nicht glauben...!"

„Tue ich ja auch nicht, aber die anderen! Zum Beispiel die, die diese Frau so zugerichtet haben," unterbrach er den Medico, „es sieht doch ganz eindeutig, nach einer Verletzung durch eine Garotte aus oder was meinst du?"

„Ja, da könntest du recht hab..." ein furchtbarer Aufschrei aus dem Krankenzimmer, ließ sie ihren Diskurs beenden und in das Zimmer eilen. Dort saß die arme Frau, rot vom Fieber im Bett und schrie immer wieder in herzzerreißendem Ton:

„Die Kinder... Mauro, Lucia... rettet die Kinder!"

„Ob sie wohl die ihren meint?" Der Apotheker rieb sich die, vom vielen Rotwein gerötete Nase und strich sich über die beginnende Glatze.

„Natürlich du Saufkopf... oder denkst du, sie sorgt sich derart um fremde Kinder?" Der Medico fühlte den rasenden Herzschlag seiner Patientin, legte besorgt die Stirn in Falten und bemerkte: „Wir werden es aber nur erfahren, wenn sie das Fieber überlebt. Wer weiß denn schon wie lange sie, in dem eisigen Wasser gelegen und anschließend herumgeirrt ist. Ich hoffe wir werden es erfahren, ich hoffe es sogar sehr. Mir gefällt diese Frau."

Doch die Aufklärung sollte noch eine ganze Weile dauern.

DIE SPIELER

Nachdem Lucia und Mauro so unsanft geweckt worden waren, drängten Guido und seine beiden Vasallen vehement zum Aufbruch. Das Mädchen suchte im ganzen Haus nach der Witwe. „Signora, Mutter Nunziata, wo seid Ihr? Wir haben Hunger und müssen los!" Unterdessen steckte Guido, Mauro einen kurzen Dolch zu.

"Los nimm ihn! Es kann sein, dass du ihn benötigst...," dann gab er den Beiden einen Kanten alten Brotes und drängte, „los jetzt, wir haben keine Zeit um auf die alte Hexe zu warten."

„Mutter Nunziata ist keine alte Hexe, sondern eine liebenswerte und großzügige Pflegemutter..." entgegnete Lucia entrüstet und er griff erschauernd die kalte Hand ihres Freundes.

„Jaja, kann schon sein, dass sie großzügig ist...," entgegnete Guido grinsend und dachte dabei an den Beutel voller Münzen und an die Schmuckstücke, die sich in seiner umgehängten Ledertasche befanden. Das leise Suchen und Stöbern im Schlafraum der Alten, hatte sich für ihn, mehr als nur gelohnt.

Durch schmale Gassen, schlichen die fünf Jugendlichen in die Richtung des Viertels, der Huren und Spieler. Ängstlich blickte das Mädchen in die dunklen Ecken und Winkel. Der Freund legte den Arm um ihre Schultern und zog sie schützend an sich. Plötzlich blieb Guido stehen und sah sich nervös um.

„Hier ist es..." flüsterte er, „das Mädchen bleibt hier draußen und wartet auf uns."

„Nein, ich bleibe nicht alleine hier, ich bleibe an Mauros Seite..." protestierte Lucia laut. Guido holte aus und hieb seinen Handrücken auf den Mund des Mädchens. „Halt dein Maul, du dämliches Weib-Stück oder willst du die Sodomisten (Homosexuelle) und Spieler warnen?" Drohend und lauernd fuchtelte er mit seinem Messer vor ihren Augen herum.

Mauro schlug ihm auf den Unterarm, worauf Guido die Stichwaffe entfiel. Tröstend nahm er seine Freundin, deren Lippen voller Blut waren, in seine Arme.

„Verdammter Rohling, hast du denn überhaupt ein Herz?"

„Das wirst du Bürschchen mir noch büßen und du kannst mich mal; ich habe meinen Auftrag vom Prior persönlich erhalten und er rechtfertigt mich und alles was ich tue. Also... hör auf zu jammern du Memme."

„Entweder gehen wir alle oder keiner," antwortete Mauro.

„Auf eure eigene Verantwortung und jetzt haltet endlich die Klappe!"

Der Straßenrebell kramte einen eisernen Schlüssel aus den tiefen seiner

Ledertasche und steckte ihn vorsichtig in das Schloss; wobei er mit der anderen Hand seinen beiden Handlangern, Cesare – ein Waisenjunge aus dem Piemont – und Carlo – ein kleiner Sizilianer mit großer Nase, weit abstehenden Ohren und dem krausen schwarzen Haar der Mauren - merkwürdige Zeichen machte. Mit einem harten Tritt, öffnete er die Türe und die Drei stürmten ohne Rücksicht, auf die im Weg stehenden Mauro und Lucia, das Haus.

Mauro fiel die drei steinernen Eingangsstufen hinab auf das rutschige Pflaster und Lucia wurde mit in den Raum gerissen.

„Ex est in nomine Dei e Savonarola!" (Es ist aus, im Namen Gottes und Savonarola) Unendlich Stolz auf die paar lateinischen Worte, die er aufgeschnappt hatte, stürmte Guido den einzigen Raum im Erdgeschoss des Hauses.

„Leck mich doch am Arsch du Rotznase, ich bin am gewinnen!"

Der Kupferstecher Antonino Ferro, hieb seine letzte Karte auf den Tisch „...so ihr Gesindel, nun zahlt mal!"

Mit ihm am Tisch saßen die Franz-Männer (Franzosen) Pierre Laconte und Louis Mercier, die umgehend ihre Spielschuld beglichen, da sie das mörderische Temperament ihres Mitspielers kannten.

Im hinteren Teil des Raumes, etwas abgetrennt durch eine dünne Holzwand, würfelten die Suchtspieler Fabio Maurese, Peppe und Enzo Malaguti, mit dem Goldschmied Franco Astorino, der sturzbetrunken war. Fabio zeigte mit seinem Finger, der seit Monaten kein Wasser mehr gesehen hatte, auf die drei herein stürmenden Jungen und lachte schallend los.

"Seht euch doch nur diese hirnverbrannten Bengel an..., wollen uns gestandene Männer bedrohen!" Brüllendes Gelächter erfüllte den, nach billigen Wein, Knoblauch, Urin und sauren Erbrochenen stinkenden Raum. Nur der an der Wand lehnende Metzger Giaccomo Picco, ahnte das heraufziehende Unheil und schnappte die, sich vor Schmerz windende Lucia. Guido hatte sie, ob mit Absicht oder nicht, gegen den sich wölbenden kleinen Busen getreten.

„Komm mein Täubchen... an meine Brust, du bist meine Sicherheit..." Das Gelächter und die Beschimpfungen gegen die jugendliche Bande nahm zu und obszöne Formen an.

„Komm her mein Junge, ich bringe deine Rückfront zum jubilierenden Glühen und du mit deinen abstehenden Ohren, du hast einen so schönen Mund und diese kräftigen vollen Lippen, so richtig schön zum..."

Guido stieß einen schrillen Pfiff aus und die Hintertüre des dreckigen Raumes flog mit einem Knall an die Wand. Mehrere junge Männer, einige Büttel und eine handvoll Soldaten, stürmten in die die Spielhölle.

Die 'Engel von San Marco, Savonarolas Kindermiliz, nahmen den Spielern und Zockern ihren mitgeführten Besitz ab und stürmten dann den ersten Stock um mit den sich hier vergnügenden Sodomisten desgleichen zu tun. Die Büttel und Soldaten hingegen, nahmen die Männer fest und legten sie in Ketten.

DER VERRAT

Stöhnend erhob sich Mauro und rieb mit schmerzverzerrtem Gesicht, die dicke Beule an seinem Hinterkopf. Taumelig und mit glasigen Augen setzte er sich auf die unterste Stufe, am Eingang des Hauses der Spieler. Plötzlich sprang er erschrocken auf.

„Mein Gott, Lucia..., Lucia wo bist du?" Ein unvermittelt einsetzender Schwindel, ließ ihn zurück auf die Stufen sinken, von wo ihn ein kräftiger Tritt in den Rücken, zurück auf das schmierige Pflaster beförderte. Ein feister bulliger Mann stürmte an ihm vorbei; es war der Fleischer Giaccomo Picco der sich, das heftig wehrende Mädchen, wie ein halbes Schwein über die Schulter geworfen hatte.

„Mauro, so hilf mir doch..." kreischte Lucia weinend.

Lachend verschwand der Mann mit seiner leichten Last in einer der zahlreichen Gassen, die zum Ufer des Arno führten.

Mühsam und mit einem verwirrenden Dreher im Kopf rannte Mauro hinter ihnen her, verlor sie aber bald aus den Augen und blieb schließlich erschöpft an eine Mauer gelehnt stehen.

„Meine kleine Lucia, ich werde dich finden und dann lasse ich dich nie wieder los," murmelte er außer Atem und mit vor Angst um sie, heftig klopfenden Herzen.

Freilich konnte der junge Mann dem Fleischer nicht folgen, denn dieser war in der Hintertüre, eines ihm bekannten Bordells verschwunden. Dort warf er die mittlerweile Vierzehnjährige auf ein schmutziges, verwanztes Bett und in die Arme einer nicht mehr ganz jungen Vettel.

„Halt sie fest Graziana, sie hat mich beim Spielen gesehen und sie gehört zu den merkwürdigen 'Engeln' des Kutten Pissers Savonarola. Glaub mir meine Schöne, ich habe keine Lust auf dem Reisighaufen geröstet zu werden."

Da Lucia mit viel Schwung auf das Bett geworfen worden war, waren ihre Röcke nach oben gerutscht und gaben nun die Nacktheit zwischen ihren strampelnden Beinen preis.

„Was für ein verführerisches Fötzchen..., darin würde sich mein Schwanz schon wohlfühlen..." lachte der Feiste mit einem lauernden und gierigen Blick. "Graziana halt die kleine Schlampe fest!"

„Um Christi Willen, neiiin!" Lucia schrie vor Angst laut auf, „Donna Graziana so helft mir doch..., meine Mutter ist doch eine wie Ihr...!"

„Kind sag mir, wer ist deine Mutter und wo schafft sie an?", fragte die Vettel sanft zurück und schlug dabei dem Fleischer, der soeben in Lucia eindringen wollte brutal auf sein

erigiertes Glied. Dieser taumelte mit schmerzverzerrtem Gesicht zurück und rutschte mit stieren Blick, seine blaurot anschwellende Männlichkeit festhaltend an der Wand herunter, auf den erstaunlich sauberen Boden.
Dankbar blickte Lucia die alte Hure an, ehe sie antwortete. "Meine Mutter ist Fabiana die Rote und sie ist im Haus der Antonia Pazzo."

„Hm..., ich glaube zu wissen das deine Mutter, nur dem Schein nach zu uns gehört und ich vermeine vernommen zu haben, dass sie Informationen weitergibt, die dem Kampf gegen unseren Feind Savonarola dienlich sind. Wie nennt man dich Kind?"

„Ich bin Lucia."

„Also Lucia, nun hör schon auf zu zittern. Solange ich bei dir bin, wird dir hier niemand etwas tun. Was hattest du eigentlich, so ganz alleine im Haus der Spieler zu suchen gehabt?"

„Ich war doch gar nicht alleine, sondern mein Freund Mauro und noch drei, von des Priors 'Engel' waren bei mir. Mein Freund und ich, wurden als Spitzel bei ihnen eingeschleust."

Leise klappte die Zimmertüre ins Schloss. Der Fleischer war zwar wie ein getretener Hund, aber voller Rachegedanken im Kopf gegangen. Während er stöhnend die Treppe hinab humpelte, murmelte er hasserfüllt vor sich hin.

„Ich werde deine süße unschuldige Fut schon noch bekommen..." und bei dem Gedanken daran und trotz der massiven Schmerzen, bekam er wieder einen Ständer, der ihn nochmals laut aufstöhnen ließ.

Graziana die sich in der Zwischenzeit bekleidet hatte, nahm Lucia bei der Hand.

"Komm Kind, gehen wir deinen kleinen Freund Mauro suchen, sollten wir ihn nicht finden, werde ich dich zu deiner Mutter bringen.

Breitbeinig humpelnd machte sich Giaccomo Picco auf den Weg nach San Marco. Trotz seiner Angst vor dem Prior, wollte er diesem die Informationen über seine Gegner zukommen lassen. Er hatte bei Graziana genug gehört um sich, seiner Meinung nach, von seiner Schuld und seinen Sünden freikaufen zu können.

Nach einiger Zeit des Wartens, stand er erschauernd und unsicher vor dem gefürchteten Prior, dessen unergründliche Augen den Fleischer verächtlich musterten.

„Nun..., was habt Ihr mir so gar dringliches zu vermelden?"

„Verehrter Prior..." stotterte der Mann leise „ich habe Kunde von einem Verrat gegen Euch und Eure Sache."

„So sprecht und zwar kurz und knapp, ich habe nicht all zu viel Zeit und nur wenig Geduld, denn Euch haftet noch der Geruch der Lust und der Sünde an...und sprecht wahrhaftig, denn sonst ist Euch der Strick gewiss."

„Ich habe Kunde über ein Haus der Lust, in dem eine gewisse Fabiana die Rote, ihre Dienste anbietet. Jene Fabiana scharrt Leute um sich, die Euch verehrter Prior Böses wollen. Es sind auch Menschen mit dunkler Haut und Muselmanen dabei; dem muss doch Einhalt geboten werden."

„Wer führt dieses sündige Haus, wo ist es und was erwartet Ihr für Euren Verrat?"

„Betrieben wird es von einer gewissen Antonia Pazzo und es befindet sich nahe der Ponte San Nicolo und was ich mir erhoffe? Nun...es ist die Vergebung meiner Sünden und eine Reinwaschung davon."

„Das könnt Ihr haben." Laut rief der Prior, der zwar den Verrat liebte,nicht aber den Verräter, nach seinen Vertrauten und einzig wirklichen Freunden; den Frati Domenico und Silvester. Leise unterhielt er sich eine Weile mit ihnen. Angestrengt versuchte der Fleischer wenigstens einige Worte zu erlauschen, doch da das Gespräch in lateinischer Sprache geführt wurde, verstand er keine Silbe. Prior Girolamo Savonarola wandte sich ihm wieder zu, erteilte ihm den Segen, aber nicht die so sehnlich erwartete Absolution und hieß ihm, doch nun endlich zu gehen. Die Frati nahmen ihn zwischen sich und dem Fleischer schwante alles Unheil der Welt.

Während sich der Verräter noch in San Marco befand, suchte Mauro im ganzen Viertel nach Lucia und der Zufall wollte, dass er sah wie der Mann, der das Mädchen getragen hatte, das Haus der Lust durch die Vordertür verließ. Leise und mit gezücktem Dolch, betrat er das Gebäude und er versteckte sich schnell hinter einer Truhe, als er Schritte und Stimmen auf der Treppe vernahm.

„...kleinen Freund Mauro suchen, sollten wir ihn nicht finden, werde ich dich zu deiner Mutter bringen."
Das Herz des Jungen schlug einen Trommelwirbel vor Freude und Erleichterung. Er stellte sich an den Fuß der Treppe und musste nicht lange warten, bis eine ältere, wohl gepolsterte Frau mit dem Mädchen an der Hand um die Ecke kam.

„Lucia, mein Engel..." rief er voller Freude und mit leuchtenden Augen. Diese ließ Grazianas Hand los, stürmte die Treppe herab und flog in die ausgebreiteten Arme Mauros. Wie ganz selbstverständlich, fanden sich ihre jungen Lippen zu einem ersten, scheuen Kuss.

„Kinder, bei allem Verständnis, wir haben jetzt keine Zeit für Zärtlichkeiten! Wir müssen schnellstens Donna Antonia und Donna Fabiana warnen. Dieser ungehobelte Fleischer..., ich denke er will Rache. Mein Junge, hast du gesehen in welche Richtung er gelaufen

ist?"
„Ja, er rannte in die Richtung von San Mar..." Hastig wurde er von der Hure unterbrochen.

„Lucia, mein Engel..." rief er voller Freude und mit leuchtenden Augen. Diese ließ Grazianas Hand los, stürmte die Treppe herab und flog in die ausgebreiteten Arme Mauros. Wie ganz selbstverständlich, fanden sich ihre jungen Lippen zu einem ersten, scheuen Kuss.
„Kinder, bei allem Verständnis, wir haben jetzt keine Zeit für Zärtlichkeiten! Wir müssen schnellstens Donna Antonia und Donna Fabiana warnen. Dieser ungehobelte Fleischer..., ich denke er will Rache. Mein Junge, hast du gesehen in welche Richtung er gelaufen ist?"
„Ja, er rannte in die Richtung von San Mar..." Hastig wurde er von der Hure unterbrochen.
„Tempo ihr Beide, wir haben keine Zeit mehr zu verlieren!" Sie nahm die Jugendlichen bei den Händen „...damit wir uns nicht verlieren..." und hetzte

los; denn trotz Savonarolas Verbot trieben sich allerhand Gaukler, geldgierige Kaufleute und anderes Gesindel in Florenz herum. „...schneller, wir werden Schleichwege nehmen müssen um schneller durchzukommen!"

Der bevorstehende Karnevale hatte Menschen aus der ganzen Toscana nach Firenze gelockt so, dass die schmalen Straßen und die Gasthöfe überquollen.

Im winzigen Gärtchen des Medico Sergio Volpe saß zur gleichen Stunde, in dicke Decken gehüllt, eine blasse Frau und starrte Löcher in die kalte Februarluft. In den klammen Händen hielt sie einen großen Becher, mit eiskalt gewordenen Holundertee.

Am Erdgeschoss-Fensterchen des kleinen Arzthauses, stand der Hausherr mit seinem Apothekerfreund Fausto und beobachteten die arme Frau.

„Mein Freund Giftmischer, ich weiß mir tatsächlich keinen Rat mehr. Das verflixte Fieber ist zwar zurück gegangen, aber die Ärmste isst kaum etwas und des nächtens wälzt sie sich, mit rasendem Herzen und von Alpträumen geplagt in den Laken. Ständig ruft sie nach Mauro und Lucia. Wenn wir wenigstens wüssten, wer die Beiden sind hätten wir schon viel gewonnen, aber des Tages mit den Namen konfrontiert, schüttelt sie nur den Kopf und schaut mich verständnislos an. Wenn ich ihr doch nur helfen könnte..., sie gefällt mir von Tag zu Tag mehr."

„Verrennt Euch nicht in Eure Gefühle Sergio, vielleicht ist sie gebunden oder gar eine Mörderin. Denkt an die Verletzung ihres Halses..., denn ich bleibe bei der Vermutung, dass es eine Garotte war die ihr diese Verletzungen zugefügt hat." Hart stieß er seinen Nachbarn in die Seite. „ Sieh mal wie es in ihrem Gesicht arbeitet, was mag ihr wohl durch den Kopf gehen?" Doch der Medico hatte gar nicht zugehört und nach einem Tuch gegriffen.

"Fausto, schau doch hin..., sie weint." Sergio hastete vor das Haus, „Signora, was ficht Euch an? Warum diese Tränen?" Besorgt legte er die Hand auf ihre Stirne und rief aufgeregt nach dem Apotheker. „Berini kommt und helft mir, sie muss wieder ins Bett! Das Fieber ist wieder da! Oh mein Gott, oh mein Gott hilf ihr!"

Und wieder begann die Namenlose nach den Kindern zu rufen, während diese sich nur zwei Straßen weiter, mit Graziana durch das Gewühl kämpften.

Am Ponte San Nicolo angekommen, stießen Graziana und die Kinder auf eine Menschenansammlung, die grölend einen Aufzug von Dominikanern begleitete. Viele der aufgebrachten Leute, hielten faustgroße Steine in den Händen und sie brüllten tobend, heftig aufgestachelt von den ebenfalls anwesenden Bütteln.

„Steinigt die dreckigen sündigen Huren!" Denn Savonarola hatte am Vortag im Dom gepredigt die Hurerei sei eine, der neuen Tod Sünden.

Mit vor Angst nahezu schwarzen Augen erblickte Lucia ihre Mutter, erkennbar an ihrer kupferroten Perücke, gebunden und zwischen zwei Mönchen. Ebenso sahen die Beiden ihre Lehrer Jacobo N'gari und Mehmet Turkman mit Lederriemen gebunden, in dieser merkwürdigen Prozession.

Lucia wollte soeben nach ihrer Mutter rufen,,als sich sanft eine schmale Altmännerhand von hinten auf ihre geschundenen Lippen legte.

„Still Kind,,sonst nehmen sie dich auch noch mit."

„Großvater..., bitte bring mich weg, bring uns alle hier weg. Ich habe entsetzliche Angst."

Zärtlich und verständnisvoll nahm Vater Lionardo seine dreizehnjährige zierliche Enkelin auf den Arm, drehte sich zu Mauro und Graziana und sagte leise, kaum vernehmbar:

„Komm mein Junge und auch Ihr Signora, kommt mit, hier ist es zu gefährlich. Ich bringe euch zu Signora Gelsino, Mauros Mutter. Hinter Santa Croce, im Schatten der Franziskaner seid ihr bis zum Morgen sicher.

Es war tief in der Nacht;d. Die beiden Jugendlichen hatten fest und traumlos in Adriana Gelsinos Armen geschlafen, als jemand hart und anhaltend an das Eingangsportal des Hauses hämmerte.

Die junge Frau welche Adriana zur Hand ging öffnete misstrauisch. Aliena unsanft an die Wand drückend, stürmte Frate Matteo in das Gebäude. Nach Atem ringend rief er keuchend aus: „Wo ist Lionardo und der Giudice (Richter)di Vitali..., ich muss sofort mit den Beiden sprechen!"

Sofort wurden die Männer aus dem Schlaf gerissen und saßen nun bei einem heißen, gewürzten Wein in Adrianas Küche.

„Nun sprecht schon Bruder Matteo, was gibt es denn so dringliches, dass du uns um unseren wohlverdienten Schlaf bringst? Los sag schon..." ungeduldig wippte Lionardo mit dem Fuß und auch der grauhaarige Richter versteckte seine Ungeduld hinter einem ausgiebigen Gähnen, während Adriana verbissen ein Wäschestück ausbesserte. Aufgeregt begann Frate Matteo zu berichten.

DER VERDACHT

„Stellt euch nur vor die Witwe Versini, bei der die Kinder untergebracht waren, ist spurlos verschwunden und auf ihren Kissen...," Matteo räusperte sich ausgiebig und spuckte ins Feuer, dass es nur so zischte „haben die Büttel Blut gefunden. Eine Truhe, die scheinbar ein bescheidenes Vermögen enthielt, war aufgebrochen und man fand, in einen Spalt gerutscht noch zwei Dukaten. Auf Grund dessen, haben die Büttel das ganze Haus durchsucht und auf den Kopf gestellt. Unter dem Kissen Mauros haben sie einige Münzen, darunter auch ein Goldstück gefunden..."

„Das kann doch nicht sein..." unterbrach Adriana aufgebracht „der Junge hatte noch nie mehr, als ein paar Kupfermünzen!"

„Weib bitte, lasst mich erst ausreden! Gleichzeitig aber hat dieser 'Oberengel' Guido, in einer Schenke mit Geld um sich geworfen, als sei es unerschöpflich und dann ist er auch noch in das Haus der Witwe Nunziata eingezogen. Mein gesunder Menschenverstand sagt mir, dass da etwas nicht stimmen kann. Woher hat dieser Herumtreiber und Tunichtgut soviel Geld und warum versucht er, es Mauro in die Schuhe zu schieben? Er erzählt überall, dass es unser Junge mit seiner kleinen, geilen Hexe gewesen sein soll. So nun habe ich erst einmal Durst und ihr könnt überlegen und euch den Kopf zerbrechen, wie wir Mauro aus dieser Misere heraus holen können." Erschöpft lehnte der Mönch sich zurück und schloss einen Augenblick die Augen.

„Einerseits muss der Junge unbedingt zurück nach San Marco und die Sache klarstellen..." Vater Lionardo rieb sich nachdenklich das stachelige Kinn „andererseits, dieser Guido ist ein mit allen Wassern gewaschener Gauner..., er wird zig Zeugen anbringen die ihn zur fraglichen Zeit, am anderen Ende von Florenz gesehen und gesprochen haben wollen. Es ist eine mehr als schwierige Situation für Mauro. Cavaliere..., was meint Ihr als Richter dazu?" Auch Adriana blickte von ihrer Näharbeit auf und sah ihren Freund Pietro, den Giudice bittend an.

„Bitte hilf meinem Kind gegen diesen unverschämt verlogenen Hundsfott..., um unserer Liebe willen." Lionardo blickte verblüfft von Adriana zum Cavaliere.

„Habe ich irgend etwas verpasst?" Der Richter schaute verlegen die Frau an und antwortete, verschwörerisch leise.

„Noch sollte es ja niemand wissen, aber ja, wir tragen uns mit Ehegedanken, doch dazu später, es gibt vorerst dringlicheres. Ihr habt recht Lionardo... es ist schwierig aber nicht unmöglich, den kriminellen Bengel zu überführen. Hat er nicht auch zwei Handlanger? Diesen Cesare und soviel ich weiß einen kleinen, auffällig aussehenden Sizilianer?"

Die Mönche Matteo und Lionardo meinten zustimmend nickend:„...und Beide haben eben soviel Dreck am Stecken, wie Guido."

„Nun, genau da greifen wir an. Diese beiden Rotznasen lasse ich festnehmen und spiele sie so gegeneinander aus, dass sie unabhängig voneinander, gegen Guido aussagen werden. Das muss aber unter uns hier bleiben, ebenso wie mein Verhältnis zu Mauros Mutter. Ansonsten würde ich als unglaubwürdig befangener Richter gelten und ich könnte nichts mehr für unseren Jungen tun. Bitte Liebste wecke deinen Sohn, ich nehme ihn gleich mit und stecke ihn in eine Zelle. Nicht weinen Adriana...es ist zu seinem eigenen Schutz und ich bleibe auch in seiner Nähe. Es wird dem Jungen nichts geschehen, dass verspreche ich dir bei meiner Ehre und dem Leben unseres ungeborenen Kindes." Sanft und zärtlich strich er bei diesen Worten über den sich leicht wölbenden Leib Adrianas.

ANKLAGE UND STRAFE

Um kein Aufsehen zu erregen waren sie eilig zu Fuß nach San Marco gegangen und standen nun außer Atem im Innenhof des Klosters. Guido schien nur auf Mauros erscheinen gewartet zu haben, denn kaum hatte er ihn erblickt, schrie er schon los.

„Da ist ja der verlogene Mörder der armen Witwe Nunziata! Lasst ihn in Ketten legen! Mörder, Mör..." Eine schallende Backpfeife von Vater Lionardo, unterbrach die heraus gebrüllte Anklage.

„Du Tunichtgut..., weißt du denn nicht, dass nur der Dieb selbst am lautesten schreit, haltet den Dieb? Giudice, waltet Eures Amtes und nehmt den Kerl fest! Cesare und den Sizilianer Carlo haben wir ja bereits in Gewahrsam."

Guido riss entsetzt die Augen auf und wurde kreidebleich. „Carlo war es! Er hat die Garotte benutzt und die alte Vettel mit Cesares Hilfe in den Arno geworfen. Ich bin unschuldig! Ich habe nichts getan, denn ich war in einer Schenke an der Ponte Vecchio und habe Würfel gespielt!"

Der Richter di Vitali hatte zwischenzeitlich die Hosentaschen von Guido geleert und machte sich nun daran, mit der Ledertasche das Gleiche zu tun. Zum Vorschein kamen drei gezinkte

Würfel, ein paar Goldflorin, zwei goldene Ringe mit Edelsteinen besetzt, eine ebensolche Kette ,eine gut gefüllte Geldkatze und... eine Garotte.

„Nun mein Junge..., du kannst wählen zwischen einer Hinrichtung wegen falschem Spiel und Diebstahl oder wegen Mordes an der Witwe..." der Richter zeigte auf den Inhalt der Tasche.

„Die Würfel habe ich gefunden und den Schmuck und die Münzen habe ich beim Einsammeln mit den 'Engeln' behalten und noch nicht den Mönchen ausgehändigt..." heulte Guido los.

„Wir müssen ihn vorerst laufen lassen Bruder Lionardo, wir haben keine eindeutige Handhabe gegen ihn, leider..." flüsterte der Cavaliere in das Ohr des Mönches und laut zu dem jungen Mann: „du kannst gehen Guido. Aber halt..., der Inhalt des Beutels bleibt hier und wage es nicht, nochmals das Haus der Witwe zu betreten!"

„Vater Lionardo, ich war es nicht. Wirklich..., ich schwöre es beim Leben meiner Mutter und meiner Schwester Giuliana" weinend blickte Mauro den väterlichen Freund an. "Bitte hilf mir Vater und auch Ihr Giudice, ich bitte Euch von ganzem Herzen."

„Wir wissen alle, dass du es nicht warst mein Sohn..." beruhigend strich der Richter über den Kopf Mauros, "ich bringe dich jetzt in eine Mönchszelle; dort bist du erst einmal sicher. Frate Matteo wird darauf achten, dass dir kein Leid geschieht. Denn es ist so: Guido ist der Liebling von Savonarola und du wirst verstehen, dass deshalb alle Beweise gegen ihn, hieb und stichfest sein müssen. Es darf auch niemand wissen, dass du dich im Kloster aufhältst. Verhalte dich bitte leise Mauro, es ist nur zu deinem eigenen Schutz."

Die Folterknechte zeigten den Festgenommenen Carlo und Cesare ihre Werkzeuge und an einem Delinquenten, es war der Fleischer Giaccomo Picco, deren Anwendung. Die beiden Jungen standen schweißgebadet, bleich und wie festgenagelt da und starrten mit der Faszination des Grauens auf das Geschehen. Jeder Schrei des Gemarterten erzeugte bei ihnen eine Gänsehaut, die ihnen unangenehm kribbelnd über den Körper lief.

„Nun die Herren..., habt ihr mir nichts zu sagen?" Fragend blickte der Richter, der sie am Kragen festhielt, in die verschlagenen Gesichter der beiden jungen Männer.

„Cesare und Guido waren es..." schrie der Sizilianer Carlo laut und pisste sich dabei ein.

Aus Angst laut mit den Zähnen klappernd stotterte Cesare: „Ma... mag ja s...s...sein, a...aber duuu ha...hast die Lei... eiche mit Gu...ido in de...en Arno ge... geworfen!"

Nach einem Nicken des Giudice zogen die Henkersknechte den Fleischer, mit auf dem Rücken gebundenen Händen, an diesen in die Höhe, worauf sich dessen Arme mit einem laut vernehmlichen Knacken und einem jaulenden Aufschrei des Mannes, aus den Schultergelenken lösten. Ein unangenehmer Gestank breitete sich aus und auf Cesares Hose erschien ein großer brauner Fleck, während Carlo sich würgend übergab.

„Ist das jetzt die Wahrheit oder wollt ihr erst euer Wissen über die Kunst des Folterns vertiefen? Und nun sagt ihr mir, wo genau ihr die arme Frau in den Arno hinein geworfen habt, aber sofort..." ungeduldig und mit den Gedanken bei Adriana und Mauro ‚tippte der Cavaliere mit der Fußspitze auf den besudelten Boden.

"Es ist die Wahrheit..." heulten Beide gleichzeitig los, „wir haben die Alte von der Ponte San Nicolo geworfen. Guido hat die Beute, die er bei der Vettel gemacht hat, nicht mal mit uns geteilt. Er hat gesagt..., dafür bekämen wir bei ihm im Haus der Alten, ein vernünftiges zuhause und müssten uns nicht mehr unter den Treppen von den Mönchen vögeln lassen. Bitte, bitte nicht foltern, wir sprechen die Wahrheit!"

„Habt Ihr das Schreiber?"

„Ja Giudice, soll ich es noch einmal verlesen?"

„Keine Zeit...wir müssen noch vor Sonnenaufgang diesen Guido finden und die Anklage vor Savonarola verlesen.

Büttel, sperrt die Beiden bis zur Abstrafung ein! Aber getrennt!"

In einer verkommenen Schenke nahe des Doms saß ein Mönch mit tief in das Gesicht gezogener Kapuze vor seinem Weinhumpen und schien zu schlafen, aber das tat er nicht. Frate Lionardo beobachtete unter dem Kapuzen-Rand hervor und mit zusammen gekniffenen Augen, das verbotene Würfelspiel am Nachbartisch.

Ihn interessierte nicht das Spiel an sich, sondern die Spieler und davon einer ganz besonders...Guido. Immer wenn dieser mit dem Würfeln an der Reihe war, verschwanden nahezu unauffällig die Würfel in einer kleinen Tasche im inneren seines linken Ärmels und ebenso unauffällig, fanden andere aus dem rechten Ärmel in die Hand des jugendlichen Kriminellen. So gewann er Spiel für Spiel und Münzen unterschiedlichen Wertes türmten sich vor Guido. So ging das bereits seit einiger Zeit.

Lionardo hatte schon vor einer ganzen Weile, einen noch unbedarften Novizen,,mit einer Nachricht zu Giudice di Vitali gesandt und er erwartete nun dessen Erscheinen. Ein gedankliches Stoßgebet verließ den Raum, als die Situation zu eskalieren drohte.

'Herr im Himmel und heilige Mutter Gottes, bitte lass die Büttel und den Richter rechtzeitig erscheinen.'

„He! Guido...du bist ja ein Betrüger! Ich komme schon noch dahinter wie du das machst, denn soviel Glück kannst du nicht haben."

„Wenn du nicht verlieren kannst Sebastiano, dann spiele nicht und nenne mich bloß nicht mehr Betrüger! Ihr könnt mich ja durchsuchen..." erwiderte der junge Mann dem Muskelprotz, doch sein Blick glitt unruhig suchend durch den Raum und blieb mit Erleichterung an der Gestalt eines schmächtigen Männleins hängen.

„Hallo Enzo komm doch mal her! Sag, habe ich jemals falsch gespielt? Sag die Wahrheit!" Flehend und dabei heimlich das Zeichen des Bezahlens machend, blickte Guido den Schwindsüchtigen an. Dieser lächelte frech und behauptete: „Wer sagt denn so etwas..., du doch nicht, niemals! Kann ich einige Runden mitspielen?"

„Aber ja doch Enzo, komm setz dich neben mich, vielleicht bringe ich dir Glück." Übermütig lachend spielte die Runde weiter, nur jetzt gewann der Neuling, ein Mitglied Guidos früherer Bande. Vater Lionardo bemerkte die Beruhigung auf dem Gesicht des jungen Falschspielers und er atmete erleichtert auf. Doch wo bei allen Heiligen, blieb nur der Richter?

Es war kurz vor Sonnenaufgang an jenem denk- und merkwürdigen Karnevalsdienstag im Jahre des Herrn 1497, als Lionardo begann hinter seiner vorgehaltenen Hand zu schmunzeln. Er hatte mit seinem, trotz des Alters, guten Gehör leises klappern von Pferdehufen, das klirren von Waffen und das dumpf holpernde Geräusch einer fahrenden Charette vernommen.

Die Türe der Schenke öffnete sich und ein weiterer, ungewöhnlich beleibter Dominikaner betrat die Bühne des Geschehens...,es war Richter di Vitali und er nickte Lionardo beruhigend zu. Das war das ausgemachte Zeichen! Der echte Mönch erhob sich, streifte seine Kapuze vom fast kahlen Schädel, streckte seinen Zeigefinger gegen den Tisch der Spieler und schrie dabei laut: „Und es sind doch Falschspieler!" Enzo und Guido rafften eilig die Münzen vom Tisch zusammen und bei der überhasteten Bewegung, fielen die präparierten Würfel aus dem Ärmeln. „...und ein Mörder ist auch darunter!"

Der Richter hatte unterdessen die Kutte abgestreift und nun sah man, dass sich darunter auch ein Büttel befunden hatte. Laut rief di Vitali: „Soldaten...aufgepasst!"

In die Spieler kam urplötzlich Bewegung und sie versuchten durch die Fenster zu flüchten. Allein, es blieb beim Versuch denn die versierten Häscher erwarteten sie bereits. Guido und Enzo zogen Messer, sie wollten ihre kriminelle sündige Haut so teuer wie nur möglich verkaufen. Mit gekürzten Piken schlugen die Soldaten ihnen die Stichwaffen aus den Händen und banden sie mit nassen Lederriemen.

„Ist mir einerlei, mein Leben ist ohnehin bald zu Ende, wenigstens bekomme ich noch ein gutes Henkersmahl," rief der schwindsüchtige Enzo.

„Vergiss es mein Junge, nicht von den Dominikanern..." lachte Vater Lionardo ungewöhnlich boshaft.

„Ich bin total unschuldig und habe überhaupt nichts getan," jaulte Guido und trat dabei um sich.

„Das glaubt dir niemand mehr, deine Kumpane Carlo und Cesare haben ausgepackt und wir glauben ihnen. Sie werden die Gnade des Erhängens erhalten. Dich Mörder, Betrüger und Lügner aber, erwartet das alles reinigende Feuer..." Richter di Vitali sagte dies voller Abscheu und Ekel „denn wenn man bedenkt wie viele Seelen deinetwegen erschlagen, gerichtet und verbrannt worden sind, hast du dir das Feuer redlich verdient.

DAS GROSSE BRENNEN

Der Tag begann mit einem tiefhängenden Himmel, aus dem einige Schneeflocken fielen. Es war nasskalt und vor dem Gebäude der Signoria war eine lange Reihe von Galgen und beinahe ebenso viele Scheiterhaufen errichtet worden. In der Mitte des Ganzen befand sich ein gewaltiger Haufen, jedoch abgedeckt mit Reisig. Müde schlurften die Dominikaner – sie hatten die ganze Nacht für den Aufbau benötigt – herum und legten letzte Hand an. Da die Brüder auch Brot und Suppe verteilten, befand sich viel Volk auf der Piazza della Signoria. Die Stimmung war, im Gegensatz zu den vorjährigen Karnevalstagen gedrückt, aber auch erwartungsvoll.

Die Frati Lionardo und Matteo, begleitet von den Padri Paolo und Massimo rannten, anscheinend geschäftig, um das große Gebilde und ließen dabei unauffällig Bücher und Dokumente, unter ihren Umhängen verschwinden.

Jubelrufe wurden laut und Beifall brandete wie eine Welle auf und er reichte dem Platz...Prior Savonarola, gefolgt von den Frati Silvester und Domenico, sowie dem Schreiber und Sekretarius Marco betraten das, eigens für sie errichtete Podium.

„Beginnen wir mit den Abstrafungen und anschließend mögen dann die Festlichkeiten beginnen. Doch zuerst die kleineren Vergehen, diese möge mein 'Oberengel Guido verlesen. Wo ist er? Marco,geht ihn suchen..."

„Verzeiht mir Vater Prior, aber Ihr braucht ihn nicht suchen lassen. Guido ist unter den Delinquenten für das Feuer..." unterbrach Richter di Vitali Savonarola.

„Aber dies kann doch nur ein Irrtum sein! Giudice, bringt den Jungen sofort zu mir, ich will ihn sprechen und mit eigenen Ohren hören..." entgegnete fassungslos der hagere Mönch.

Unter dem Gejohle der Menschenmenge, schleppten die Büttel den jugendlichen Verbrecher zum Prior. Da zu den harmlosen Verhörmethoden auch das Schlagen gehörte, waren des Jungen Gesicht und Hals blaurot verfärbt; doch auch die schweren Ketten an Händen und Füßen, hatten schmutzig verkrustete Schwellungen hinterlassen. Aus einer langen Risswunde am Kopf, sickerte pausenlos das Blut und lief ihm brennend in die Augen. Die Tränen, das Blut und der Rotz, der ebenfalls unablässig aus der gebrochenen Nase lief, bildeten einen unappetitlichen Brei auf den verängstigten Zügen des jungen Mannes. Hart warfen ihn die Büttel vor die nackten Füße des Priors.

Entsetzt starrte der Mönch in das Gesicht Guidos und wischte ihm dann, beinahe liebevoll mit dem Ärmel seines

Habits, über das geschundene Antlitz.

„Oh mein Guido, was hast du nur getan? Sag mir...warum sollst du brennen?" Die schmerzerfüllte enttäuschte Stimme des Priors zitterte bei dieser Frage. „Willst du beichten mein Sohn?"

„Vater Prior..." weinte Guido „wozu beichten, ich komme sowieso nicht in den Himmel. Ich habe unter Eurem Namen gelogen, betrogen, gestohlen und gemordet und auch andere dazu verleitet..., aber bitte," Guido rutschte auf seinen Knien zum Prior, hob den Saum des Habits vom Boden und küsste demütig die nackten Füße „bitte erspart mir das Feuer." Savonarolas Gesichtszüge verhärteten sich und nur wer ihn sehr gut kannte, entdeckte den Schmerz der Enttäuschung in seinen Augen.

„Nun gut, mögen dir die Flammen erspart bleiben, der Strick wird es nicht. Marco verlest Ihr bitte die Urteile."

Am Ende dieser Verlesung, baumelten elf Gehängte an den Galgen; unter ihnen auch das verbrecherische Trio Guido, Cesare und Carlo. Aufgepeitscht forderte die Menschenmenge noch mehr Hinrichtungen und Blut. Auf der Piazza herrschte ein unglaubliches Chaos und Soldaten mussten sich immer wieder, zu teils tödlichen Schlägereien durchkämpfen. Nur die ehemaligen Bandenmitglieder von Guido hatten sich still, um nur ja nicht aufzufallen, in die

Seitengassen verdrückt.

Nun verlas Frate Silvester die Urteile für die Scheiterhaufen, die sich unter dem Jubel der Zuschauer schnell füllten. Auf einem dieser Haufen stand eine Frau, deren rote Perücke im Widerschein der Feuer hell aufzuleuchten schien.

Kurz vor Beginn der Hinrichtungen war Vater Lionardo mit Lucia an der Hand, im Kloster von San Marco erschienen.

„Nun Bruder Matteo, was macht unser Schützling?"

„Mauro schläft, soll ich ihn wecken?"

„Aber ja, es würde auffallen wenn er nicht unter den 'Engeln' wäre. Wie gerne würde ich den Kindern und auch mir selbst, den Anblick der Hinrichtungen ersparen. Das Leben ist so unendlich hart und grausam mein Freund...,sie ist doch mein Kind,warum nur soll sie brennen?"

„Ja Lionardo, dieses Leben ist wirklich grausam und ungerecht, ob dieser Wahnsinn wohl jemals endet?"

So standen nun die beiden Mönche, ein jeder mit einem Kind an der Hand inmitten der 'Engel' auf der, von schmierigen Qualm, Angst-, Entsetzens- und Jubelschreien erfüllten Piazza della Signoria, inmitten von Florenz.

„Fabiana Manuzzio, genannt die

Rote..., du bist überführt der Hurerei, des Betruges und als Schmiedin der Mordpläne an unserem allseits hochverehrtem Prior. Hiermit übergebe ich dich, dem alles reinigendem Feuer. Gott sei deiner armen sündigen Seele gnädig."

Auf einen Wink von Savonarola, wurde die Frau mit Pech bestrichen und der Scheiterhaufen entzündet. Wie zur Salzsäule erstarrt und zu keiner Bewegung fähig, blickte Vater Lionardo in das angstverzerrte Gesicht seiner Tochter Fabiana und ein keuchender Laut entschlüpfte seinen Lippen, als er bemerkte, dass Lucia sich von seiner Hand gelöst hatte.

„Um Jesu Christi Willen Lucia...! Neiiin!" Es war zu spät. Todesmutig hatte die Vierzehnjährige, mit einem Messer in der Hand, den Scheiterhaufen erklommen und versuchte nun die Mutter zu befreien. Ungeachtet dessen, entzündeten die Büttel das Feuer, dass auch das Mädchen sofort er fasste.

Lucia konnte ja nicht ahnen das ihre geliebte Mutter bereits nicht mehr am Leben war. Einige der Mönche von San Marco, die die rigorosen Methoden des Prior nicht gut hießen hatten den, zum Scheiterhaufen verurteilten Frauen, kurz vor der Hinrichtung einen Becher mit einem Gifttrunk gereicht.

Mauro hatte sich ebenfalls von der schützenden Hand Matteos losgerissen, hatte einem gutbetuchten Zuschauer seinen Mantel entrissen und stürmte nun, die Ellenbogen benutzend, durch die rasende, feiernde Menge auf seine Freundin zu. Mit einem Ruck riss er sie vom brennenden Holzstoß, streckte den Büttel der das verhindern wollte mit einem Faustschlag nieder und erstickte mit dem erbeuteten Mantel die Flammen auf Lucias Kleidung.

Auf der Haut des Mädchens erschienen große Brandblasen. Die schlimmsten Verbrennungen zeigten sich jedoch an den Beinen, den Unterarmen und auf dem fast kahl gesengten Schädel und nur am Hinterkopf befanden sich noch Fransen ihres wunderschönen, dunkelblonden Haares. Hilflos weinend hielt Mauro seine wimmernde Freundin in den Armen und auch er fühlte den schrecklichen Schmerz, der ihm beinahe das Herz sprengte.

Atemlos, leichenblass und mit Tränen überströmten Gesicht, kam Vater Lionardo gelaufen. „Mauro, geh sofort mit Bruder Matteo zurück zu den 'Engeln'. Beiße deine Zähne zusammen..." und leiser „ich bringe Lucia zu deiner Mutter, sie wird wissen was zu tun ist. Aber du, du musst zu deinem eigenen Schutz am Carnevale des Prior teilnehmen." Zärtlich schlug der alte Mann seine Enkelin in seinen Umhang, nahm sie auf die Arme und trug das wimmernde Mädchen durch verborgene Winkel und Gässchen zu dem Haus Adrianas.

SAVONAROLAS CARNEVALE

Reihenweise hatten sich die, den Scheiterhaufen am nächsten stehenden Zuschauer, ob des stinkenden schwarzen Qualmes und dem Geruch von verbranntem Fleisch übergeben. Vorsichtig, um nicht auf dem Erbrochenen auszugleiten und ausgesprochen langsam, gingen Frate Matteo und Mauro zurück zu ihrem Platz unterhalb der Tribüne des Priors. Dieser hatte mit einer entsetzlich langen Predigt über die Sünden der Spieler, Huren und der Menschen im Allgemeinen begonnen und war nun langatmig und umständlich dabei, einen Vortrag über Sinn und Zweck der bevorstehenden Fastenzeit zu halten.

„...und ihr müsst verzichten, auf allen Luxus und Tand! Lebt keusch und in der Askese, denn nur so wird in aeternum (auf ewig) die civitas Dei (der Gottesstaat) entstehen. Coram publico (vor aller Welt) rufe ich zum totalen Verzicht auf. Wir werden das Handeln dieses Borgia, der sich heiliger Vater nennt und voller Sünde lebt, ad absurdum (die Unsinnigkeit einer Tat) führen. Viribus unitis (mit vereinten Kräften) werden wir diesen größten Sünder vor dem Herrn, von seinem goldenen Thron stoßen. Nel nomine del padre, del figlio e dello spirito santo, amen." Etwas außer Atem und mit stechendem Blick Mauro musternd, streckte Savonarola sich zu voller Größe und rief mit sich überschlagender Stimme: „In diesem Jahr wird es keine Feiern und Lustbarkeiten mit ekelerregenden Ausschweifungen geben, aber ich versprach euch, die Erfüllung meiner Vision..., einen Scheiterhaufen der Eitelkeiten! Und so wie hier auf der Piazza della Signoria, sollen in allen Stadtteilen von Florenz..., in ganz Italien..., ja auf der ganzen Welt... die Fegefeuer der Eitelkeiten brennen. Sie sollen hoch auflodern und für die Besitzenden schmerzhaft sein, so wie das Fegefeuer für eure sündigen, unwürdigen Seelen. Werft hinein all euren überflüssigen Tand, eure Bücher und Bilder, Instrumente und Spielsachen; kurzum alles was der Kurzweil und der sogenannten Erbauung dient. Euer Tun wird euch auf ewig einen Platz in Gottes Herrlichkeit sichern. Lasset uns beginnen!"

Mit einem hintergründigen Lächeln, nahm der Prior wieder Platz und gab, einem ihm ergebenen Mönch den Wink, den großen Haufen in Brand zu setzen. Anschließend musterte er nachdenklich Mauro und flüsterte leise mit seinem Sekretarius. Dieser verschwand gemessenen Schrittes und kam kurz darauf mit einem, etwa sechzehn Lenze zählenden jungen Mann zurück. Die Stimme dämpfend, unterhielt Savonarola sich mit ihm und wies dabei mehrmals in

Mauros Richtung, wobei das verschlagene Lächeln des Straßenstrolchs mehr und mehr zunahm. Mit Tritten und die Ellenbogen einsetzend, bahnte der Jugendliche sich seinen Weg zu Mauro und Matteo.

„Frate Ihr mögt gehen wohin es Euch beliebt, doch erst erwartet Euch der Prior mit neuen Aufgaben," dann wand er sich an Lionardos Schützling „hallo Mauro... hahaha..." der Junge bog sich vor Lachen „hahaha... du glotzt wie ein Ziegenbock, wenn er zur Schlachtbank geführt wird. Ist das lustig, hahahaha." Plötzlich wurde seine Mimik verschlagen und lauernd. „Ich bin der neue 'Oberengel' und ich weiß Bescheid über dich, deine kleine Hure und Frate Lionardo; ich bin mir nur bei Frate Matteo nicht sicher, ob auch er ein Verräter ist. Wir werden sehen. Hast du Angst vor mir? Du kennst mich doch!"

Natürlich hatte Mauro ihn erkannt. Es war der Calabrese Gino und er war weitaus schlimmer, als es Guido jemals gewesen war.

Mauro stand der Angstschweiß auf der Stirne und sein ohnehin leerer Magen, krampfte sich schmerzhaft zusammen.

„Natürlich kenne ich dich, du warst doch ein Freund Guidos..." „Ein Freund? Hahahaha... so kann man es auch nennen, aber ehrlich gesagt bin ich froh das er weg ist..., er ist viel zu freundlich mit deinesgleichen umgegangen. Genug geplaudert, los jetzt, es gibt Arbeit..." er versetzte Mauro einen harten, schmerzhaften Stoß in die Rippen „wir müssen im Viertel hinter Santa Croce jemanden abholen, dem der Prior nicht besonders gewogen ist."

Dem Ziehsohn Lionardos, stieg bittere Galle in den Mund. „Gino, ich muss unbedingt etwas essen..." versuchte Mauro Zeit zu schinden und er sah sich suchend nach Frate Matteo um.

„Nach dem verräterischen Mönch, brauchst du nicht zu suchen, der ist schon in seiner Zelle eingesperrt, hahahaha... und wenn du tatsächlich solchen Hunger hast...," der Calabrese wies auf den qualmenden Scheiterhaufen von Fabiana, „da ist genug geröstetes Fleisch, bedien dich! Hahahaha." Dem abartigen Gino liefen die Lach-Tränen über das Gesicht.

Mit einem trockenen Würgen beförderte Mauro den aufsteigenden Gallensaft auf die Schuhe Ginos und würgte kurzatmig weiter. „Madonna, was für eine Sauerei! Schätze dich glücklich, dass wir keine Zeit haben, denn Prior Savonarola will heute noch mehr Scheiterhaufen brennen sehen. Nun mach schon, sonst..." er verpasste Mauro eine so harte Ohrfeige, dass dieser mehrere Tage auf dem rechten Ohr kaum etwas hörte.

SANTA CROCE

"Komm lasse dich festbinden, auf das wir uns im Gewühl hier nicht verlieren..." Gino kramte in seinen Hosentaschen und brachte einen ebenso schmalen, wie auch haltbaren Lederriemen zum Vorschein, den er um des Jungen mageren Körper schlang und auf dem Rücken festband.

Verzweifelt blickte Mauro sich um, wem konnte er noch Vertrauen? Da fiel sein suchender Blick auf Giudice di Vitali, der bereits seit einiger Zeit versuchte, dem Jungen ein Zeichen zu geben. Kaum hatten sie Blickkontakt, da nickte ihm der Richter beruhigend zu. Ein Seufzer der Erleichterung entrang sich Mauros Kehle.

"Nun sag nur nicht, dass du auch noch müde bist du fauler Sack..." und wieder bekam er von Gino einen Tritt in den verlängerten Rücken.

"Ja, ja ich komm ja schon..." verzweifelt mühte der junge Mann sich ab, den Lederriemen dessen Knoten sich immer enger zog zu lockern. Mühselig langsam schlängelten sich die beiden Jungen durch die nachdrängende Menschenmenge. Viele verbrachten noch ihren scheinbar überflüssigen oder nutzlosen Tand zum Fegefeuer der Eitelkeiten. Ganze Möbelstücke fanden, unter dem Beifall der Umstehenden, ihren Weg ins Feuer, dass vermutlich noch bis in die Nacht hinein brennen würde. Sie vernahmen viele Dialekte und Meinungen und sie mussten durch die diskutierenden Gruppen lange Umwege in Kauf nehmen.

So brauchten die Beiden von Stundengebet zu Stundengebet, um die Piazza della Signoria zu überqueren und stießen schließlich auf eine große Gruppe Gaukler, die Savonarolas Verbot zum Trotz, in einer Seitengasse ihre zweifelhaft lästerlichen Künste darboten. Guido zog kräftig an dem Band.

„Los du Langweiler, lass uns ein wenig zusehen..." und schnitt gleichzeitig mit einem Federmesser, mehreren Zuschauern die prall gefüllten Geldbeutel von den Gürteln.

Da Gino auch ein ausgesprochen hübscher junger Mann war; mit lockigem pechschwarzem Haar, welches ihm locker über die Schultern fiel und einem ebenmäßigem Gesicht, mit vollen roten Lippen und einer wohlgeformten Nase; ließen es die Weiber, egal welchen Alters zu, dass er neckisch den Arm um ihre Schultern oder Hüften legte. Manches wertvolle Schmuckstück fand auf diese Weise, den Weg in den Beutel des Jungen.

Nun traten die bekannten Figuren der Comedia dell'Arte auf. So zeigten Arlecchino, Brighella und Petrolino ihre Künste und Colombina schritt, eine lange Stange in den Händen, zierlich und wunderschön anzusehen, über ein

Seil. Der spanisch sprechende Capitano scherzte mit den weiblichen Zuschauern, während die Masken sich unter das Volk mischten, um durch geschickte Taschenspielereien, die Geldkatzen der Leute zu erleichtern.

Der alte, ewig verliebte Pantalone mit seinen gelben Pantoffeln und der alberne Pulcinella aber gingen mit dem Hut in der Hand herum und schrien, die Menschen erschreckend:

"Wer mir nicht gibt wenigstens zwei Denar, der wird brennen noch in diesem Jahr!"

„Den Spruch muss ich mir merken, der ist pläsierlich," lachte der Calabrese Gino falsch und hinterhältig. „Heute Abend, zu Ehren des edlen Karnevale, ist bombastische Festlichkeit und Vorstellung jenseits des Arno auf dem großen Feld hinter Santo Spirito!"

Aus einem Hauseingang antwortete eine befehlsgewohnte Stimme, hart und unmissverständlich.

„Hier gibt es nirgends eine Vorstellung! Der Prior hat es ausdrücklich und mit Nachdruck verboten..."

„Wer spricht da? Wenn du uns etwas verbieten willst...wir wollen dein Gesicht sehen und es dir polieren, wenn du weiter die Darbietungen störst!" Ein voll gerüsteter Soldat trat aus dem Eingang auf die Straße und baute sich drohend auf.

"Nun...hier bin ich! Die Soldaten haben die Piazza weiträumig abgeriegelt und mehrere Büttel, befinden sich bereits auf dem Platz." Ein schriller Pfiff und einige der Leute die zugeschaut hatten, gaben sich als Büttel zu erkennen. Waffen und Kettenklirren war zu vernehmen, auch einige Schmerzschreie mischten sich in die entstandene Starre.

Gino wollte sich klammheimlich in einen Hauseingang verdrücken und zog den sich heftig wehrenden Mauro, hart hinter sich her. Einer der Büttel, breiter als lang, legte seine Hand um den Lederriemen und zog die beiden Jugendlichen zu sich.

„Was in Christi Namen, geht hier vor?" Gino, nicht auf den Mund gefallen, antwortete zynisch und frech.

„Wir haben uns aneinander gebunden, um uns nicht zu verlieren. Mein Freund ist etwas..." er tippte sich bezeichnend mit dem Finger an die Stirn und sah unschuldig den Büttel an.

„Mag sein wie es will, ihr Beide erscheint mir zu alt für solche Albernheiten." Des Büttel Zeigefinger schnellte vor und deutete auf Mauro „...und du da, bist du tatsächlich blöde? Warum lässt du dich an der Leine führen?" Der Handlanger der Justiz blinzelte den Schützling Lionardos an und verlangte „...leert augenblicklich eure Taschen und zwar alle, ich bin neugierig!"

Scharf blickte er die beiden Jugendlichen an. Mauro hielt dem stechenden

Blick stand – und wieder ein verschwörerisches Blinzeln – während Gino sich gehetzt umblickte. Mit einem harten Ruck, zog der Büttel Gino zu sich heran.

„Du zuerst! Nun mach schon!" Ein Ring aus Zuschauern hatte sich um sie gebildet und machte eine Flucht unmöglich.

„Hosensäcke leeren, Hosensäcke leeren..." schrien die Umstehenden fordernd. Gino begriff, dass er diesmal verloren hatte. Resignierend griff er in den umgehängten Sack. Ketten Ringe, Geldkatzen und lose Münzen wanderten in die lederne Kappe des Büttel, der dem jungen Kriminellen anschließend die Hände auf dem Rücken band.

„So, du Rotznase... ab in den Kerker, dort kannst du den Komödianten weiter zusehen!"

„Ich bin der Oberengel des Prior von San Marco! Ihr könnt und dürft mich nicht festsetzen..."

Ein boshaftes Lachen entrang sich dem Mann, „und ob ich das kann! Nicht alle sind diesem Kuttenbrunzer ergeben. Der Widerstand ist größer, als du nutzloser Bengel glaubst und außerdem...Dieb bleibt Dieb..." und zu Mauro, der aufmerksam zugehört hatte „...du magst gehen, wohin es dich auch zieht. Am besten ist, du gehst umgehend nachhause." Er knotete den Riemen von Mauros Rücken, worauf dieser sich herzlich bedankte und sich einen

Weg durch die Umstehenden bahnen wollte. Der Büttel hielt ihn nochmals zurück; übergab Gino an einen Soldaten und erteilte diesem die Order, den jugendlichen Dieb in die Keller des Bargello zu bringen.

„So mein Junge, nun zu dir..., folge mir, ich bringe dich hier sicher weg."

Einen gefühlten halben Tag später, erreichten sie eine einigermaßen ruhige Gasse.

„Mauro, soll ich dich nach Santa Croce zu deiner Mutter begleiten?"

„Woher kennt Ihr meinen Namen und wisst von meiner Mutter?"

„Der Cavaliere, Richter di Vitali bat mich, dir und dem anderen zu folgen. Auch ich bin ein Gegner von Savonarola. Also darf ich dich begleiten? Es sind zu viele 'Engel' unterwegs und der Richter fürchtet um dein Leben."

„Sehr gerne, ich bin froh darüber und muss zu meiner Schande gestehen, dass ich große Angst habe."

„Wieso ist es eine Schande Angst zu haben? Sie ist im Gegenteil etwas gutes, denn die Angst warnt uns vor den Gefahren des Lebens Mauro."

„So, habe ich das noch gar nicht gesehen Signore Büttel. Habt Ihr eine Ahnung, was mit Frate Matteo geschehen wird?"

„Nicht viel, da er das Ordensgewand trägt wird er wohl, bis zu seinem natürlichen Ableben hinter Klostermauern eingesperrt bleiben. Es tut mir sehr leid mein Junge. Aber jetzt eile dich Mauro; wir müssen deine Mutter und die arme Kleine warnen und ihnen helfen, aus Florenz zu fliehen."

„Wieso warnen, sind sie denn nicht mehr sicher?"

„Was glaubst du wohl, hat Gino damit gemeint, als er sagte er müsse hinter Santa Croce jemanden abholen. Schneller Mauro..."

Außer Atem erreichten sie die schmale Gasse hinter der Basilika. Im Haus herrschte helle Aufregung, da der Richter selbst die Zeit gefunden hatte, seine künftige Familie zu warnen. Im ersten Stock des Hauses lag, die mit Brandwunden übersäte Lucia und schlief. Ein junges Mädchen, dass Mauro den Rücken zukehrte bereitete soeben kühlende Wundauflagen zu. Der junge Mann schaute verblüfft zu und leise, um seine Freundin nicht zu wecken, rief er die junge Frau an. „Ja ist es denn möglich... Giuliana, meine geliebte Schwester! Seit wann..." Die Angerufene wand sich ihm zu und er erschrak.

Einst hatte sie ein liebliches volles Gesicht, mit roten Wangen und großen neugierigen Augen, umrahmt von schwarzbraunen Locken. Doch was er nun sah..., das Antlitz schmal, mit eingefallenen Wangen und bleich wie der Tod. Die Augen glanzlos und irgendwie leer und doch so, als hätten sie alles Leid der Welt erblickt. Durch das früher so prachtvoll glänzende Haar zogen sich bereits die ersten weißen Strähnen.

„Mauro, mein Bruder...," langsam kam sie auf ihn zu, doch als er sie herzlich umarmen wollte, wich Giuliana mit einem entsetzten Blick zurück. „Nein,lass mich..." dann setzte sie leise hinzu „ mein Bruder, bitte gib mir die Zeit wieder ich selbst zu werden. Ich bin ja schon heilfroh, aus dem Kloster heraus zu sein. Der Richter hat mich abholen lassen, um der Mutter und Lucia zu helfen. Die junge Frau, welche unserer Mutter behilflich sein sollte, Aliena hieß sie wohl, war es nämlich die euer Versteck verraten hat. Mutter ist verzweifelt, so kurz vor ihrer Eheschließung muss sie flüchten. Unser künftiger Stiefvater ist in allergrößter Sorge, dass auch er festgenommen wird. Er meinte, dass er vielleicht einen Ort für uns wüsste, an dem wir sicher wären. Er ist sich nur noch nicht sicher, ob wir willkommen wären."

„Wir würden also auf gut Glück..."

„So ist es Mauro."

„Wie geht es meiner Lucia, wird sie wieder auf die Beine kommen?"

„Das kann ich dir noch nicht sagen, aber kommt Zeit..., so kommt auch Heilung. Warst du schon bei Mutter? Nein? Dann wird es aber Zeit und nun lass mich bitte hier fertig machen. Alles weitere erfährst du von Mutter und vom

Giudice."

Mauro eilte die gewundene Treppe hinab, um nach der Mutter zu suchen. Aus einem der Räume kam ein Arm, packte ihn an der Schulter und zog ihn mit einem Ruck in das Zimmer. Des Jungen Herz klopfte vor Schreck bis in den Hals hinauf.

"Oh mein Gott Giudice, Ihr habt mich zu Tode erschreckt!"

„Tut mir aufrichtig leid Söhnchen, aber das wollte ich nicht. Mein Junge, packe nur das Nötigste in eine kleine Truhe, dass was zurück bleibt kann man ersetzen. Du weißt Bescheid, wohin es geht?"

„Nein, Giuliana wusste es nicht und Mutter habe ich noch nicht gesehen, geschweige denn gesprochen."

„Mauro, vertraust du mir?"

„Ja Giudice."

„Dann packe! Alles andere erzähle ich dir später. Die Zeit zerrinnt uns unter den Fingern, wir müssen uns eilen. Doch so viel noch, wenn du magst, kannst du mich bereits jetzt schon Vater nennen, ich bin es ohnehin bald."

Mauro lief eilig in seine Kammer, um die Reisetruhe zu packen.

Hart wurde an das Eingangstor gehämmert und augenblicklich erstarb jedes Geräusch im Haus. Mauro bekam eine Gänsehaut und er wurde unangenehm daran erinnert das es damals, vor fast einem Jahr, der Mönch Matteo mit den Bütteln gewesen war und das damit, das

Unglück seinen Lauf genommen hatte. Erneut wurde der Türklopfer betätigt, doch diesmal rief jemand laut.

„So öffnet doch! Ich bin der Franziskanermönch Umberto und ich habe eine gar dringliche Nachricht von unseren Prior Santino. Giudice, öffnet doch! Es geht um euer aller Leben!"

Der Richter hastete zum Tor und öffnete ein kleines Fenster.

"Zeigt euch Mönch, ich will Euer Gesicht sehen!"

„Gott mit Euch Giudice, hier nehmt und lest." Der Bote übergab ein gesiegeltes Schreiben „Ich warte hier auf Eure Antwort und bitte eilt Euch!"

Der Richter erbrach das Siegel und aus dem gefalteten Schreiben, fiel ein eng beschriebenes Blatt auf den Boden. Er hob es umgehend auf und erkannte zu seiner großen Freude, die Unterschrift von Vater Lionardo. Rasch überflog er die Zeilen, die an Mauro gerichtet waren.

'Mein lieber junger Freund! Mit einer List konnte ich meiner Zelle im Kloster entfliehen, doch leider habe ich keinerlei Nachricht von Bruder Matteo. Ich halte mich bei einem Freund aus Studienzeiten auf, werde dir jedoch erst später mehr davon berichten. Nehmt um eures Lebens willen, den Vorschlag von Prior Santino an. Ich freue mich auf ein baldiges Wiedersehen, auch mit meiner Enkelin Lucia, der es hoffentlich besser geht.

Dein Freund, Vater Lionardo. Gott mit euch.'

Der Richter rief Mauro, händigte ihm den Brief aus und las nun seinerseits das Schreiben von Prior Santino.

„Giudice, Ordensregeln alles gut und schön, aber hier gilt es, Menschenleben zu retten und zu schützen. Matteo, der ein entfernter Verwandter und Glaubensbruder von mir ist und nur bei den Dominikanern eingeschmuggelt war, bat mich Euch zu helfen. Leider sitzt er noch immer im Kloster fest. Wir haben einen gemauerten Schuppen mit Fenstern und einer Herdstelle; diesen haben wir aufgeräumt und gesäubert. Wenn Signora Gelsino und die Mädchen mir versichern das Gebäude nicht ohne Genehmigung meinerseits zu verlassen, könnt Ihr dort eine Zuflucht finden. Für ihre Versorgung käme der Orden auf, wenn die Frauen gewährleisten, dafür unsere Ordensgewänder zu reparieren und zu erneuern. Gebt dem Boten Bescheid ob Ihr das Angebot annehmt, damit wir den äußeren Hof räumen und die kleine Pforte neben Eurem Haus öffnen können. Ich hoffe und bete, dass die Zeit des Teufelsprior Savonarola bald beendet ist. Gegeben im Februar 1497 gezeichnet Santino, Prior von Santa Croce.'

„Dieses Entgegenkommen hätte ich nicht erwartet..." murmelte der Richter und ging an die Treppe um die anderen zu informieren.

„Adriana, Giuliana, Mauro... schnell kommt, es gibt gute Nachricht!"

Mit wenigen Worten erklärte er den Sachverhalt und blickte anschließend seine künftige Familie fragend an. Diese nickten zustimmend und so gab der Richter dem wartenden Mönch, einen zustimmenden Bescheid. Dieser entfernte sich rasch und war nur Augenblicke später wieder zurück.

„Nach Sonnenuntergang, wenn alle Mönche in der Kapelle versammelt sind, wird der Prior die Pforte öffnen lassen. Er sagte noch, dass er zwei Glaubensbrüder zum Tragen der Kranken schicken wird. Gehabt Euch wohl und Gott mit Euch!"

„Dem Himmel sei Lob und Dank, wir brauchen nicht in die Berge zu fliehen. Für die arme Lucia wäre es eine Tortur gewesen. Adriana, Kinder, kommt und lasst uns ein Dankgebet sprechen.

Einige Tage später standen Adriana Gelsino und der Richter Pietro di Vitali vor einem Nebenaltar in Santa Croce, um sich zu vermählen. Die Frau, die ihr Haar mit einem dunklen Schleier bedeckt hatte sprach soeben die Eheformel als der Mönch, der sie dem Ehemann zugeführt hatte den Kopf hob, die Kapuze zurück strich und lächelnd die versammelte Familie anblickte.

„Erhebt euch, nun seid ihr Mann und Frau..." der Padre segnete die frisch Vermählten, als ein Jubelschrei durch das gewaltige Kirchenschiff ertönte.

„Frate Matteo...wo kommt Ihr denn so plötzlich her?" Mauro sprang zum Altar und umarmte fröhlich den Mönch.

„Langsam, langsam mein Sohn, willst du nicht erst deiner Mutter und deinem Vater, alles Glück der Welt wünschen?" Tadelnd und trotzdem lächelnd schob er den Jungen von sich weg und der Mutter zu. Liebevoll küsste Mauro seiner Mutter die Wangen und reichte dann dem Giudice die Hand, die dieser jedoch übersah. „Komm her mein Sohn und lass dich von deinem Vater umarmen. Ich bin sehr stolz, bereits einen so erwachsenen Sohn zu haben. An meine Brust." Herzlich umarmte er erst den Jungen und dann Giuliana.

Auch Lucia war von den Franziskanerbrüdern in die Kirche getragen worden. Noch immer bedeckten Verbände ihr Gesicht, die Arme und Beine. Auf dem fast kahlen Kopf trug sie eine leichte, weiße Haube die Giuliana ihrer Schwester - wie sie, sie nannte - liebevoll mit bunten Blüten bestickt hatte.

„Mutter Gelsino, Signore Giudice...auch ich wünsche euch alles Glück dieser Welt," und zu Mauro „mein Freund, du hast eine so gute Mutter, eine so liebe Schwester und nun auch noch einen Vater..." ein Schluchzen schüttelte den zarten Mädchenkörper „und ich habe nur noch meinen Großvater und ich bete täglich zu Gott und der heiligen Mutter, dass er noch leben möge."

Matteo trat an das Lager des Mädchens und fand die ersehnten tröstend erlösenden Worte.

„Lucia, du hast noch soviel mehr: du hast einen Freund, der dich niemals im Stich lassen wird...Mauro und du hast deinen Großvater der lebt und sich bei einem alten Freund aufhält.

Gestern erst habe ich die Nachricht von ihm erhalten und es geht ihm gut. Ich habe was dich betrifft, eine Handlungsvollmacht von ihm erhalten. Also trockne deine Tränen und freue dich mit den Eheleuten. Lasse dich umarm..."

Der Richter unterbrach Frate Matteo und machte einen Vorschlag.

„Wenn ihr Vollmacht habt und Lucia zustimmt, nehmen wir sie als unsere zweite Tochter auf, sie ist ja bereits jetzt schon Teil unserer Familie. Sag mein Kind...willst du?"

„Jaaaa, von ganzem Herzen, aber kann Mauro dann noch immer mein Freund sein?"

„Aber ja Kind, denn ich habe dich nicht gezeugt und Adriana hat dich nicht geboren...demnach könnt ihr euch sogar vermählen." Alle lachten und die beiden Jugendlichen starrten verlegen und mit glühenden Wangen zu Boden. Nur Bruder Matteo sah und ahnte die Vorboten einer großen, wunderbaren Liebe.

„Sagt Matteo, habt Ihr nicht das

falsche Ordensgewand an? Das ist doch das Habit eines Franziskaners."

„Ihr mögt recht haben Giudice, doch manchmal ist es erforderlich sich anzupassen, mit den Wölfen zu heulen und sich zu tarnen. An Gott den Allmächtigen glauben wir alle; sowohl die Dominikaner, als auch die Franziskaner. Nur unter ersteren, hat sich leider der Antichrist breit gemacht. Doch seht, Prior Santino winkt uns."

In Anbetracht der Situation und der Eheschließung des Richters, hatte der Prior eine große Ausnahme gemacht und trotz der Fastenzeit ein kleines Festessen im Refektorium herrichten lassen. Um keinen Unmut bei den Glaubensbrüdern aufkommen zu lassen, waren diese eingeladen am Essen teilzunehmen. Es gab Fisch unterschiedlichster Art und Zubereitung, eingelegte Gemüse und für die vier Jugendlichen und Adriana wurde sogar etwas Geflügel aufgetragen. Wein, Most und Bier und zum Abschluss etwas Käse und Obst. Die Mönche waren glücklich darüber, inmitten der Fastenzeit einmal richtig satt zu werden.

OHNE HOFFNUNG

„Ich liebe diese unbekannte Frau sehr..." Sergio Volpe kratzte sich nachdenklich am Kopf, „als ich sie vorhin vorsichtig nach den Namen Mauro und Lucia fragte sagte sie, es seien Kinder. Als ich sie fragte ob es die ihren seien, meinte sie ja oder vielleicht doch nicht? Sie könne sich aber an einen vorlauten Straßenbengel namens Guido, im weißen Gewand der 'Engel' Savonarolas erinnern, allein schon deshalb, weil er sehr schlecht mit den Kindern umgegangen sei. Berini, ich habe keine Ahnung, was ich davon halten soll."

„Nun vielleicht sollten wir da mal nachhaken. Nach San Marco will ich nicht unbedingt, da wir Apotheker von Savonarola mit den Alchimisten und Hexen gleichgesetzt werden, da das was wir tun dem Fanatiker zu suspekt erscheint," meinte Fausto und mixte zwei Tinkturen miteinander. „Aber ich muss zum Bargello um einige Straftäter zu behandeln, da kann ich mich gleich einmal umhören."

„Das würdest du wirklich für mich tun? Du bist ein wahrer Freund und ich bin glücklich darüber, dass wir zum du gefunden haben Fausto Berini."

„Ja, auch ich bin glücklich darüber. Jedoch kann ich mir dein Liebesleid nicht mehr länger mit ansehen und hoffe für dich, dass sie nicht schon gebunden ist. Lass mich jetzt nur noch geschwind meine Tasche packen und dann bin ich auch schon weg."

„Ich danke dir von ganzem Herzen Fausto."

Am späten Abend kam der Apotheker mit einem verzweifelten Ausdruck wieder zurück. „Sergio, ich glaube deine Liebe ist verloren. Dieser Guido ist wegen Mordes an einer Witwe hingerichtet worden. Er soll sie angeblich mit einer Garotte getötet und in..."

„Mit einer Garotte? Fausto Berini...überlege doch, mit einer Garotte! Sagtest du nicht, dass mein lieber Gast mit einer solchen, verletzt worden ist? Konntest du den Namen dieser Frau in Erfahrung bringen?" Er packte den Apotheker an den Schultern und schüttelte ihn dermaßen stark, dass das linnerne Hemd, mit einem hörbar reißenden Geräusch nachgab und der Medico plötzlich einen Ärmel in der Hand hielt.

„Du Rohling, was kann mein Gewand dafür?"

„Du bekommst ein neues, aus feinster Seide... nur rede endlich!" Sergio war so durcheinander und aufgeregt, dass er einen verschmutzten Verband ergriff um sich, trotz der klammen Kälte, den Schweiß der Aufregung von der Stirne zu wischen.

„Bist du des Wahnsinns? Willst du dich unbedingt infizieren?"

Fausto schlug ihm auf die rechte Hand, damit er den Verband fallen ließ. „Komm zu dir und sei vernünftig..., hättest du mich ausreden lassen, hätte ich dir den Namen schon längst gesagt."

„Nun sage ihn mir jetzt..., bitte!" Der Medico ließ sich erschöpft auf einen Stuhl fallen und atmete tief durch.

„Die Witwe trug den Namen Nunziata Versini und ihre Leiche ist spurlos verschwunden. Während ich ihm ein Geschwür einrieb, hat mir einer der Büttel erzählt, dass die Jugendlichen Verbrecher sie in den Arno geworfen hät..."

„In den Arno geworfen?"

„Bitte Sergio mein Freund, lass mich endlich ausreden. Ja in den Arno geworfen hätten," der Apotheker stockte plötzlich und hieb sich mit der flachen Hand auf die Stirne „ich Hornochse! Natürlich, der Arno... komm mit!" Er hieb den Arzt derart auf die Schulter, dass dieser vom Stuhl kippte.

„Selbst Rohling..., wohin soll ich mitkommen?"

„Ins Krankenzimmer...!" Eilig stiegen sie die Treppen empor und öffneten die Türe.

"Gott zum Gruße Nunziata Versini."

Diese stand grübelnd am Fenster, doch als sie ihren Namen hörte, riss sie erstaunt ihre Augen auf und taumelte betroffen zum Bett und kaum das sie saß, war auch schon der Medico neben ihr, legte den Arm um sie und bedachte den Apotheker mit einem bösen Blick.

„Fausto Berini, dir mangelt es gewaltig an Takt und Einfühlungsvermögen." Zärtlich betrachtete er die noch Unbekannte, in deren Gesicht sich absolute Fassungslosigkeit, Erleichterung und Angst miteinander stritten.

„Seid Ihr die Witwe Nunziata Versini?" Ganz leise und zögernd kam die Antwort.

„Ja die bin ich..." ihre Hand glitt zitternd zum Hals, ertastete die vernarbende Wunde und sie begann vor Angst zu beben.

„Keine Angst Signora Nunziata, es wird alles gut und Ihr seid in Sicherheit. Euer Peiniger ist bereits gerichtet werden."

„Aber wo sind die Kinder? Sie sind mir anvertraut worden."Das Gedächtnis kam schlagartig zurück. "Wo sind Mauro und Lucia? Sie sind doch noch so unschuldig und unbedarft."

„Wir werden sie finden und Euch zuführen, sorgt Euch nicht länger gute Frau. Doch sagt an, gibt es jemanden der Euch nahe steht und den wir von Eurem Unglück berichten müssen?"

„Nein, da gibt es niemanden..." Nunziata rang die Hände „nur die beiden Kinder, die mir so sehr ans Herz gewachsen sind."

„Wir werden sie finden. Sobald mein Studienfreund Lionardo eingetroffen ist, werden wir vielleicht mehr erfahren. Aber nun müsst Ihr schlafen, damit Ihr wieder zu Kräften zu kommt."

Die Monate strichen dahin, aufregend für den Medico und seine Liebe. Suchend für Apotheker Berini und voller Langeweile für Mauro und Lucia. Mittlerweile war auch der Sommer, der den Namen nicht verdiente, mit viel Niederschlag und einigen Nachtfrösten vergangen. Das wenige Getreide faulte auf den Halmen und auch die Oliven und Trauben hatten ihr Wachstum eingestellt und sie blieben beide klein und grün. Bereits im Frühjahr hatte ein verspäteter starker Frost der Obstblüte und somit der Fruchtbildung geschadet. Das Federvieh war, ebenso wie die Schafe, Ziegen und Schweine von Seuchen befallen und die Tiere verreckten qualvoll in den Ställen.

Das in diesem Sommer fast ständige Hochwasser des Arno und seiner Zuflüsse hatte manche Behausung im Armenviertel weggespült und sorgte, für sich schnell ausbreitende Erkrankungen und Seuchen.

Savonarola, der Prior von San Marco machte Papst Alexander VI. dafür verantwortlich und betonte dies auch immer wieder in seinen zahlreichen, gut besuchten Predigten. Er bezeichnete die bevorstehende Hungersnot als Strafe Gottes, für das sündige und ausschweifende Leben der Borgia, sowie der Geldgier und des Zinshandels der Medici. Doch die Armen hungerten weiter und es strömten täglich mehr nach Florenz.

Das öffentliche Leben, war seit dem Anschlag auf Prior Savonarola am Himmelfahrtstag 1497, nahezu zum Erliegen gekommen und der Papst drohte dem Prior von San Marco, mit dessen Exkommunizierung; doch dieser wetterte noch aggressiver und lauter gegen den Papst..., der wiederum drohte den Bürgern von Florenz mit dem Kirchenbann, der das erliegen des Handels zur Folge gehabt hätte. Also begnügte der Papst sich damit zu verkünden, dass diejenigen die die Predigten Savonarolas weiter besuchten, mit dem ewigen Fegefeuer in der tiefsten Hölle zu rechnen hätten. Nach und nach schlug die Stimmung gegen Glaubenseiferer um..., der Dom wurde immer leerer und die Schlangen an den Brotausgabestellen und den Suppenküchen der Klöster immer länger. Es gab keine Arbeit und immer mehr marodierende und invalide Soldaten bevölkerten die Straßen und auch die, wegen wegen des Franzosen Königs Karl VIII geflohenen und verbannten Juden, forderten ihr verlassenes Eigentum wieder ein. Die Kinderprozessionen fanden jedoch weiter statt, doch immer öfter flogen Steine und die Banden lieferten sich regelrechte Straßenschlachten.

DAS WIEDERSEHEN

Anfang Oktober 1497. Im Klosterhof von Santa Croce stand der fast sechzehnjährige Mauro und hatte die Hände in die Hüften gestemmt.

„Nein Mutter, du kannst mich nicht mehr davon abhalten zum Domplatz zu gehen. Ich muss wissen was da vor sich geht und auch Lucia will mit. Es wird uns einfach zu eng in diesem Schuppen."

Mauro wollte seiner Mutter nicht gestehen müssen, dass er in Lucia schon seit längeren mehr sah, als nur die angenommene Schwester. Der Giudice ergriff ernsthaft seine Partei.

„Frau, lass die jungen Menschen ziehen. Auch wir benötigen eine richtige Wohnung. Bald kommt unser Kind und wir können nicht ewig bei den Franziskanern leben. Bei meiner letzten Reise habe ich für uns in Fontebuona, gelegen am Fuße des Apennin, ein Haus erstanden. Die Bergluft wird uns allen gut tun und zupacken kann ich auch. Schau Liebste...die Kinder sind kaum wiederzuerkennen. Unserem Sohn ist in den wenigen Monaten ein Bart gewachsen, er ist größer geworden und er hat dank der Gartenarbeit hier im Kloster Muskeln bekommen. Lucia kommt langsam ins heiratsfähige Alter, ihre Wunden sind weitgehend verheilt, das Haar wächst auch wieder und die Haube, samt der sprießenden Brust, lässt sie sehr weiblich wirken. Also, lass sie ziehen und ihre Erfahrungen sammeln."

Einige Tage später war es für die Familie des Giudice soweit; man zog in die Berge nach Fontebuona. Ungern blieb Lucia mit Mauro zurück; nicht weil sie den jungen Mann nicht mochte oder Angst gehabt hätte, nein...sie wäre nur gerne bei der Geburt von Adrianas Kind dabei gewesen.

„Du kannst nicht an zwei Orten gleichzeitig sein Lucia, aber mach dir nur keine Gedanken mein Kind, Giuliana ist ja bei mir und ihr Beide, werdet doch sicherlich nachkommen. Gebt Obacht aufeinander und Gott möge euch schützen." Die beiden Jugendlichen begleiteten die Familie bis vor die Stadttore, um sich dort zu verabschieden.

„Mein Sohn, hier hast du etwas Geld um euch Beide durch die nächsten Monate zu bringen. Sucht euch ein Zuhause und gebt durch Frate Matteo Nachricht, wie es euch ergeht oder wenn ihr etwas braucht. Ihr wisst, das bei uns immer ein Plätzchen auf euch wartet. Bis bald und begebt euch nicht unnötig in Gefahr. Gott mit euch."

„Auch mit euch möge Gott der Allmächtige sein. Lasst uns bitte wissen, wenn das Kind da oder mit einem von euch etwas ist. Gott befohlen und buon viaggio e a presto. (Gute Reise und bis bald.)

Bruder Matteo, nun im Franziskaner Habit, war in der Zwischenzeit beladen mit einem Korb voller Reiseproviant eingetroffen. Auch er verabschiedete sich wort- und gestenreich, überreichte Adriana den Korb, verbunden mit Segens-Wünschen für die bevorstehende Geburt und er versprach mit einem, nein...besser zwei Augen, auf Mauro und Lucia zu achten.

„Prior Santino hatte zugesagt, dass die Beiden im Falle von Gefahr, jederzeit zurück nach Santa Croce kommen könnten. Der Laienbruder Adriano, wird euch jederzeit Nachricht über den Stand der Dinge zukommen zu lassen."

Nachdem die Fuhrwerke mit der Familie in der Ferne verschwunden waren, wand Frate Matteo sich fragend an die weinende Lucia.

„Kind, warum weinst du?"

„Ach...ich vermisse Mutter Adriana und Giuliana jetzt schon und dann... ich habe das Gefühl, dass es meinem Großvater schlecht geht. Ihr wisst doch wo er ist, ich will zu ihm Frate," unter Tränen blickte sie den Mönch an.

„Ich werde sehen, was ich für euch Beide tun kann. Wenn er noch nicht dort ist wo er hin wollte, steht er noch immer unter Beobachtung. Wenn ich nur wüsste, wer ihn bei Savonarola angeschwärzt hat. Ich bin mir nicht einmal mehr sicher, ob er tatsächlich erkrankt ist; denn der Mann der mir das in einer Schenke erzählt hat, ist nicht besonders vertrauenswürdig und als Klatschmaul bekannt. Doch jetzt kommt erst einmal mit, ich habe bei einem guten Freund zwei Kammern für euch gefunden. Eure paar Sachen habe ich bereits hinbringen lassen. Es ist in der Nähe des Armenviertels am Arno. Es ist nichts besonderes, aber für euch leicht erreichbar und durch die verwinkelten Gassen ein gutes Versteck. Dort wird euch bestimmt niemand suchen. Gehen wir..."

Beim erneuten Eintritt in die Stadt, wurden sie kontrolliert, wobei Mauro alle Ängste der Welt ausstand, dass Lucia erkannt werden würde. Schön waren die roten Narben in ihrem Gesicht nicht unbedingt, aber sie verhinderten, dass sie als Tochter einer Hexe, so wurde die verbrannte Fabiana mittlerweile betitelt, erkannt werden würde.

Langsam ging das Grüppchen nach Süden. Vorbei am neu erbauten Palazzo Medici Riccardi, an der Kirche San Lorenzo, deren Bau noch immer andauerte zur Piazza di Duomo.

Der Domplatz war, wie immer am frühen Abend, voller Gläubiger die aufgewühlt von Savonarolas Predigt, heftig und lautstark diskutierten, was sogar zu vereinzelten Raufereien führte. Die 'Engel' die sie unterwegs trafen, waren ihnen weitgehend unbekannt und so konnten sie unerkannt den Platz überqueren.

Staub erfüllt brütete die, für Mitte Oktober ungewöhnliche Hitze, in der Enge der Gassen und machte das Atmen zur Qual. Bei Orsanmichele dem früheren Getreidespeicher und jetzt Kirche, bogen sie nach Osten ab und suchten sich ruhige Gassen bis zur Piazza della Signoria. Auch dort diskutierten die Menschen über die neuesten Verordnungen Savonarolas und das, obwohl im der Papst jegliches Wirken unter Androhung der Exkommunikation untersagt hatte. Mauro viel auf, dass immer mehr Bürger aggressiv gegen die 'Engel' vorgingen und über den Prior von San Marco fluchten. Als er Frate Matteo danach fragte, antwortete dieser spontan mit einem erfreuten Unterton.

„Es geht zu Ende mit Savonarolas Machtspielchen. Die sogenannten Prozessionen der 'Engel' werden immer weniger und die, welche noch stattfinden, werden mit Steinen, Unrat und harten Worten beworfen. Auch der Prior zieht sich mehr und mehr zurück."

„Das ist erfreulich, so komme ich vielleicht ins Kloster und kann nachforschen wo Vater Lionardo abgeblieben ist. Im Brief stand nur etwas über einen langjährigen Studienfreund..." nachdenklich kratzte sich der lang aufgeschossene Mauro am stoppeligen Kinn.

„Frate Matteo, Ihr habt doch sicherlich noch Eure Dominik..."

„Mauro, wir sind doch Weggefährten, sprich doch bitte als Freund und Vertrauter mit mir und sag einfach du."

„Gerne Matteo..., du hast doch sicher noch dein Dominikaner Habit?" Dieser lachte lautstark los.

„Du hast mich durchschaut mein Junge und ich glaube zu wissen was du vor hast, aber noch ist nicht die Zeit dazu. Es besteht noch die Möglichkeit, Lionardo so zu finden ohne das du dich unnötig in die Gefahr der Entdeckung begibst.

„He, hallo...würdet ihr mich an eurer Unterhaltung bitte teilhaben lassen?" Lucias Stimme klang ungehalten und ihr Blick drückte Missbilligung aus.

„Verzeih meine Unaufmerksamkeit meine Liebe..." Mauro legte mit einer zärtlichen Geste den Arm um ihre Schultern, was Matteo nicht ungern sah und schmunzelnd kommentierte.

„Kinder, ich weiß ja das ihr euch lieb habt, aber noch ist Vorsicht angebracht."

„Ich wollte sie nur trösten Matteo. Könnten wir in jene Schenke da drüben? Ich denke wir könnten alle einen Schluck vertragen und Lucias Magen knurrt wie ein ganzes Rudel Wölfe."

„Nun denn, so sei es..." Matteo lenkte seine Schritte zu dem, so gar nicht gastlich aussehenden Haus. Auch innerhalb der Schenke, die wieder erwarten brechend voll war, wurden lautstarke Diskussionen geführt.

„Dieser falsche Prophet aus Ferrara, hat uns mit seinen Visionen an der Nase herum geführt," schrie der schmierige Wirt böse.

„Dieser Betrüger und nun will uns der heilige Vater alle, vom Säugling bis zum Greis, alle exkommunizieren! Der ganze Handel wird zugrunde gerichtet und wir werden alle zu gottlosen Heiden erklärt," jammernd rang ein Mann in Kaufmannskluft die Hände. Eine der abgezehrten Huren die mit am Tisch saßen schimpfte empört, sich dabei das graue Haar richtend.

„Ich habe im Heu von einem Pfaffen erklärt bekommen, dass der Borgia Papst ihm den Kardinalshut angeboten hat, wenn er nach Rom kommen und widerrufen würde."

„Mauro...," Lucia stieß ihn in die Seite „von wem reden die eigentlich?"
„Kannst du dir das nicht denken? Von Savonarola natürlich, scheinbar ist er zu weit gegangen."

Mühsam fanden die Drei einen Platz nahe des Fensters. „Verdammt, ist das eine Luft hier drinnen..." schimpfte Matteo und riss das mit Blei verglaste Fenster weit auf. Urplötzlich stand der schmierig fette Padrone (Wirt) am Tisch und schrie.

„Das Fenster bleibt zu! Ihr wäret nicht der erste Mönch der die Zeche prellen und durch das Fenster verschwinden will. Könnt Ihr überhaupt bezahlen?" Matteo zog eine Geldkatze aus der Kutte und ließ deren Inhalt klimpern. „Nun denn, was wollt Ihr?" fragte der Dicke, die zwei Jugendlichen ignorierend.

Der Mönch bestellte drei Humpen Wein, obwohl er genau wusste das dieser mit, hoffentlich , Brunnenwasser gestreckt war.

„Gibt es auch etwas essbares?"

„Erst zeigt ihr mir den Inhalt Eurer Geldkatze und ich sage Euch dann, was Ihr bekommen könnt."

„Soweit kommt es noch..." Matteo legte einen Silberdukaten auf den Tisch, zeigte sie dem Wirt und legte sofort seine Hand darüber, als er den gierigen Blick des Padrone wahrnahm.

„Nun, was bekommen wir dafür?"

„Ich habe gekochtes Rindfleisch mit Zwiebeln oder einen Hahn am Spieß und alles mit Brot."

„Ich möchte Hahn, sofern er sich kauen lässt."

„Allora (also)...drei mal Hahn." Gottergeben seufzte Matteo auf und meinte, nachdem der Wirt verschwunden war „... in dieser Kaschemme ist Geflügel das einzig wahre, da es von den Flammen gereinigt wurde."

Mauro räusperte sich und trat unter dem Tisch nach Matteos Schienbein, dann warf er einen warnenden Blick auf Lucia. Der Mönch verstand sofort.

„Es tut mir aufrichtig leid mein Kind, ich wollte dich nicht an diese

Grausamkeit an deiner Mutter erinnern. Bitte vergib mir." Schuldbewusst blickte er das Mädchen an und strich ihr dabei sanft über die vernarbte Wange.

„Ist nicht so schlimm Frate Matteo, ich muss ohnehin ständig daran denken."

„Auch dein Weggefährte und Freund bin ich, auch für dich mein Kind gilt die Anrede eines Freundes."

„Aber gerne doch Matteo, danke...," schüchtern lächelte sie den Mönch an.

Das Essen kam und wie erwartet war der Hahn zäh wie Schuhleder und der Wein verdünnt und essigsauer. Um nicht aufzufallen unter den vielen Hungrigen, schlugen sie das Fleisch in ein Sack Tuch und der junge Mann murmelte grinsend „irgendein Straßenköter wird sich nicht daran stören, dass das Fleisch so zäh ist."

Hinter dem Palazzo Vecchio bogen sie ab, dem Arno entgegen. Das Angebot des heiligen Vater an Savonarola hatte sich unglaublich schnell in Florenz verbreitet; denn auch hier sah man überall Gruppen hitzig darüber diskutieren. So wichen sie einigen Leuten aus, die meinten ihre Meinungsverschiedenheiten mit den Fäusten austragen zu müssen und erreichten schließlich erschöpft von den vielen Umwegen den Rand des Armenviertels am Arno.

„Gott sei es gedankt Kinder... ich kann nicht mehr; schließlich bin ich

auch nicht mehr der Jüngste. Halt Mauro, wir sind da. Hier wohnt mein Freund der Apotheker Fausto Berini."
Der Mönch zog an der Glockenkette und die am Haus angebrachte Glocke schellte laut und vernehmlich. Niemand hörte und ungeduldig zog er nochmals..., nichts, kein Mensch rührte sich.

„He, hallo Fausto..., wo zum Henker treibst du dich herum?" Laut schallte Matteos Stimme die Gasse entlang, „hier sind drei müde, durstige Freunde! He, hallo, Fausto Berini!"
Im Haus gegenüber öffnete sich ein Fenster und ein Gefäß wurde auf die Straße entleert.

„Ist nicht bald Ruhe da drüben, wenn es um diese Jahreszeit schon so unerträglich heiß ist, will ich wenigstens schlafen können. Sind es nicht die 'Engel' die uns stören, muss so ein Kutten-Pisser herum krakeelen!"

Nun öffnete sich auch noch am rechten Nachbarhaus ein Fenster.

„Halt dein dreckiges Maul da drüben; wenn du dauernd schlafen willst, dann leg dich doch gleich in die Totenkiste! Wer zum Teufel hat nach mir gerufen?"

„Ich bin es, Matteo mit seinen Schützlingen."

„Warte, ich komme..." der Mann kam rasch gelaufen und er begrüßte herzlich seine Gäste. „Seid mir willkommen, ich bin der Apotheker hier, Fausto Berini mein Name, aber den habt ihr vermutlich schon gehört, denn Freund Matteo war ja laut genug und wer seid ihr, die ihr bei mir wohnen sollt?"

Mauro nahm sein Barett mit der langen Feder ab, verbeugte sich und gab dann seinem Gegenüber höflich die Hand und zog mit der anderen Lucia an seine Seite.

"Dies ist meine Freundin Lucia und ich nenne mich Mauro Gelsino. Leider können wir nicht bei meiner Familie sein..., Frate Matteo hat Euch sicher davon berichtet." Mit offenem Mund und einem äußerst verblüfftem Ausdruck im Gesicht, musterte der Apotheker die beiden Jugendlichen.

"Heilige Mutter Gottes! Das ist doch unmöglich, so ein wundervoller, verrückter Zufall." Er drehte sich zu dem Haus, aus dem er gekommen war uns schrie „Sergio, Sergio Volpe, Nachbar... komm herüber und sag der Frau, sie möge nachkommen und der Mönch auch! Was für eine Freude!"

Matteo streckte sich zu voller Größe, blickte der Reihe nach die Anwesenden an und fragte dann verständnislos.

„Fausto, würdest du mich freundlicher weise aufklären? Ich verstehe dich nicht, es war doch alles geregelt." Er hatte kaum ausgesprochen, als Lucia kaum verständlich los schrie: „Oh heilige Mutter Gottes Mauro, sie lebt! Sie ist hier!"

„Wer ist hier und wer lebt noch? Was zum Teufel ist hier los?Mauro?" Ungeduldig hatte sich Matteo zu dem Jungen und Lucia umgewandt, doch diese waren bereits auf dem Weg zum Nachbarhaus als der Inhalt eines Nachtgeschirrs auf ihren Köpfen landete.

„Ist jetzt nicht bald Ruhe? Man vermeint ja, sich auf einem Jahrmarkt zu befinden! Ruhe ihr Bettelvolk, ihr vermaledeites Gesindel!" Fausto legte seine Hand auf Matteos Schulter.

„Komm mein Freund, lass es mich bei einem Humpen guten Weines erklären. Ich kann den Kindern ihre Unhöflichkeit verzeihen und du wirst es auch, denn sie haben ihre vermeintlich ermordete Pflegemutter wieder gefunden. Ich verstehe ihre Freude gut und sie wird noch größer werden. Matteo, ich weiß alles was geschehen ist. Von wem? Nun...das ist meine ureigene Überraschung."

Verblüfft hakte der Mönch nach, „wie bitte? Signora Versini lebt?"

„Ja und jetzt komm endlich herein, setz dich und lass dir den Sachverhalt erklären."

Mauro und Lucia die, die Witwe Nunziata am Fenster erblickt hatten stürmten, trotz des ihnen anhaftenden Gestanks, das Haus des benachbarten Medico. Sie hetzten grußlos an dem Mann vorbei und wollten gerade die Treppe erstürmen, als die Frau ihnen bereits entgegen kam.

„Meine Kinder... Mauro, Lucia, dass ich euch nur wiederhabe." Sie hob mütterlich ihren obersten Rock und reinigte damit die beschmutzten Gesichter 'ihrer Kinder' ehe sie die Beiden herzte und küsste und fortwährend ihre Namen stammelte. Die Arme um die Beiden gelegt, begaben sie sich vors Haus.

„Sergio schaut, dass sind meine Kinder, meine Pflegekinder, um die ich solch entsetzliche Angst hatte. Dem Jungen ist in der Zwischenzeit sogar ein Bart gewachsen," und zu Lucia gewandt „...die Narben in deinem lieben Gesicht...,dass kannst du mir später erklären. Kinder und dies hier ist mein Lebensretter, der Medico Sergio Volpe. Ihr ward so unhöflich sein Haus zu stürmen." Lachend und über das ganze Gesicht strahlend, stand die Witwe vor dem Medico. Auch dessen Gesicht war voller Freude und er gab den Kindern verstohlen grinsend die Hand.

„Angesichts der allseitigen Freude, verzeihe ich euch gerne. Seid mir herzlich willkommen" und zu Nunziata „Liebste, richte einen Zuber, ich glaube unsere jungen Freunde benötigen dringend ein Bad." Wütend drehte er sich zu dem Nachbarn, der das Nachtgeschirr entleert hatte und der noch immer am Fenster lauschte. „Und wir sprechen uns noch du Drecksack, einfach unsere Besucher zu besudeln...; Euer nächster Gichtanfall kommt bestimmt und meine Rechnung auch."

An diesem Abend und fast die ganze Nacht, wurde im kleinen Hausgärtchen des Medico geschmaust, getanzt und gelacht. Die gesamte Nachbarschaft war dazu gebeten und auch der 'Drecksack' kam, denn nach einer Entschuldigung bei den beiden Jugendlichen, gewährte man ihm Einlass zu dieser Festivität.

DIE GEBURT

Mühsam quälte sich das Ochsengespann die Anhöhe nach Fontebuona hinauf. Gleißendes Sonnenlicht blendete die Augen und verbrannte den letzten Rest des Landes. Wie Schwalbennester klebten die wenigen Häuser auf der Anhöhe und waren hinter dem Hitzeflimmern kaum wahrzunehmen; dabei ging es auf das Ende des Oktober zu und es herrschen Temperaturen wie im Hochsommer.

Stöhnend blieb Adriana stehen, bog ihren Rücken durch und hielt sich den geschwollenen Leib. Schweiß rann an ihr in Bächen hinab und sie holte nur keuchend Luft.

"Pietro, ich kann nicht mehr. Das Kind in meinem Leib gebärdet sich wie toll und mein deformiertes Bein schmerzt, als würde es ausgerissen. Liebster..., ich habe keine Kraft mehr!"

„Nur noch ein kleines Stück. Sieh, dort ist ein alter Olivenbaum, da können wir etwas ruhen. Wo ist Giuliana?"

„Ich weiß es nicht. Giuliana... Giuliana!" Hallend stieg der Ruf den Hang hinauf, um von dort wieder zurück geworfen zu werden. Auf dem Ochsenkarren, beladen mit Truhen und Hausrat entstand Leben. Eine der Truhen öffnete sich und der Kopf der Gesuchten kam zum Vorschein.

„Ja Vater und Mutter? Ich habe hier

etwas Schatten gesucht, meine Haut schält sich bereits."

„Komm und hilf deiner Mutter, bring sie unter jenen Baum dort und lagere ihre Beine etwas erhöht, sie ist mit dem kaputten Bein und dem Kindesleib viel zu viel gegangen." Angespannt rief der Richter die beiden Ochsentreiber zu sich. „Giaccomo, Giordano... her zu mir! Ist es möglich, dass einer von euch Beiden hier bei der Signora und meiner Tochter bleibt?"

„Das ist unmöglich Herr, denn jeder von und führt einen Ochsen. Sie würden ohne uns keinen Schritt machen."

„Dann müsst ihr mit dem Gespann alleine weiter."

„Auch das geht nicht Herr, denn wenn danach etwas nicht gefunden wird, sind wir es wieder gewesen."

„Allora..." seufzte der Richter ergeben, dann machen wir eine Rast."

„Dann müssen wir das Fuhrwerk hier abladen..., die nächste Fuhre ist schon bestellt und muss ausgeführt werden. Giudice bedenkt..., wir müssen auch noch zurück nach Florenz."

„Vater, geht getrost mit. Ich verbleibe hier bei Mutter und ich bin ja nicht alleine. Deine frühere Köchin Enrica hat sich auf dem Wagen versteckt, sie wollte unbedingt mit uns kommen."

Die Köchin, die ihren Namen vernommen hatte, kletterte vom Wagen und watschelte zu ihrem früheren Herren. Dick, behäbig und ohne ein Wort der Erklärung, ließ sie sich am Stamm des riesigen und uralten Olivenbaumes nieder.

Der Richter lachte und meinte verschmitzt „... da habt ihr Beide ja den richtigen Schutz. Meine alte, herzensgute Köchin." Diese öffnete ihren zahnlosen Mund und krächzte verärgert.

„Giudice, noch nicht trocken hinter den Ohren, aber rotzfrech. Herr, Ihr braucht Euch nicht über mich lustig machen, ich habe bereits Eure Windeln gewechselt, also...seht her!" Die alte Frau hob ihre Röcke und der Richter erblickte ein ganzes Arsenal von Messern unterschiedlichster Größe und Stärke, festgebunden an den dürren Beinen und aus den endlosen Falten ihres Rockes, zog sie einen armdicken Knüppel. "Und glaubt mir, ich weiß sehr genau, wie man damit umgeht."

„Gut denn. Liebste?"

„Es ist alles gut Pietro, gehe getrost mit."

„So soll es denn wohl sein, ich gehe mit dem Fuhrwerk. Gebt Obacht auf euch, denn es kann Nacht werden bis ich zurück komme. Meine Tochter, gib auch Obacht, auf das deine Mutter sich nicht unnötig anstrengt, es sind nur noch wenige Tage bis zur Geburt. He, Giordano! Bring einen vollen Wasserschlauch, Brot und Käse für die Frauen und nun..., Gott schütze euch."

Nach wenigen Minuten waren die drei Frauen alleine. Die Bienen summten und suchten verzweifelt nach Blüten und die Vögel sangen müde ihr Lied. Die ungewöhnlich heiße Luft war zum schneiden schwer und schwül und am Horizont über den Bergen des Apennin, türmten sich hohe, schwarze Wolken. Leise vernahmen die drei Frauen fernes und dumpfes Grollen. Müde schlossen sie ihre Augen und übergaben sich dem Schlaf.

Mit einem Gewitter verhangenen Himmel, war die Nacht angebrochen, als ein herzzerreißender Schrei von Adriana die Anderen aus dem Schlaf riss.

„Mutter..., was ist dir?"
Wieder ein Schrei und Adriana krümmte sich auf dem Boden zusammen.

„Giuliana! Träume nicht, hilf mir..." schrie die alte Enrica gegen den aufkommenden starken Wind, „das Kind will kommen!"

Blitz auf Blitz erhellte den Himmel und das dumpfe, immer lauter werdende Donnern, verschluckte Adrianas Schreie. Resolut erteilte die Köchin Anweisungen an die junge Giuliana, die von all dem keinerlei Ahnung hatte.

„Los, setz dich hinter deine Mutter und stütze ihren Rücken... und Ihr Signora Gelsino presst!" Mit einem vernehmlichen Knacken platzte die Fruchtblase und Adriana presste.

"Ich kann bereits das Köpfchen sehen, wenn es so weit ist..., noch einmal pressen."

Ein greller Blitz, ein fürchterlich lauter Donnerschlag und eine mächtige Zypresse nur wenige Ellen neben ihnen, ging in Flammen auf. Ein stürmischer, kalter Wind fegte durch das Geäst des Olivenbaums, als die Köchin einen ihrer weiten Unterröcke opferte, um ein kleines Wesen darin einzuschlagen.

Die ohnmächtig gewordene Giuliana lag neben dem Stamm des Baumes und Adriana schloss vollkommen erschöpft ihre Augen, nur um sie sofort wieder aufzureißen.

„Mein Kind..., was ist mit meinem Kind?"
Stumm schüttelte die Köchin den Kopf und begann ihre weinende Herrin zu säubern. Das schwere Gewitter zog weiter und ein kühlender Regen, ergoss sich auf den ausgedörrten Boden.
Giuliana war wieder zu sich gekommen und wollte nach dem achtlos neben den Baum abgelegten Bündel schauen, doch die Köchin versuchte sie davon abzuhalten.

„Lass es Kind, das Kleine ist nicht am Leben und es wird dich nur schmerzlich belasten wenn du es siehst." Doch die junge Frau ließ sich nicht beirren.

„Enrica, ich habe ein so merkwürdiges Gefühl, dass ich nachsehen muss." Sie nahm den blutbeschmierten Rock mit dem Säugling auf den Arm und entblößte langsam und angstvoll das kleine Menschlein...

Der Himmel schien Mitleid mit dem ausgetrockneten Land zu haben, denn eine wahre Sintflut ergoss sich plötzlich auf die Erde und die schweren, kalten Tropfen klatschten auch auf den kleinen blauen Körper des Neugeborenen.

„Nein..." ein verzweifelter Schrei der Mutter und ein „ja Brüderchen, lebe" von Giuliana. Der Brustkorb des kleinen Wesens bäumte und blähte sich auf und ein leiser, dünner Schrei schwebte durch die gereinigte Nachtluft.

Giuliana nahm den Wasserschlauch und ein abgerissenes Stück ihres Unterkleides, um das Kleine zu reinigen. Dann riss sie ihre Bluse vom Körper und schlug das Kind darin ein, um es dann der überglücklichen Mutter in die Arme zu legen.

„Mutter, du hast einem wunderschönen Jungen das Leben geschenkt und der Himmel wird ihn schützen." Sie wies nach oben und tatsächlich...genau über ihnen war die Wolkendecke aufgerissen und unzählige Sterne funkelten, wie Diamanten auf dunkelblauem Samt.

Ergeben seufzend zog die Köchin erneut einen ihrer zahlreichen Röcke aus und riss zwei Löcher hinein. Mit Nachdruck nötigte sie Giuliana dieses, doch sehr merkwürdige Kleidungsstück anzuziehen. Lachend zog sich die junge

Frau das Gebilde über den Kopf, streckte die Arme durch die Löcher und verschwand bis zu den Knöcheln in dem unförmigen Etwas, während sich der Bund des Rockes, welcher den Ausschnitt darstellen sollte, in der Höhe des Nabels befand.
„Nicht lachen... zubinden," befahl Enrica resolut. Also zog die junge Frau das Bund-Band des Rockes zusammen und band es unter dem Kinn.
Laut auf kreischend lachte Adriana, ob des Anblicks der sich ihr bot. Selbst der todernste und humorlose Savonarola hätte bei diesem Bild los gebrüllt: da stand die zierliche Giuliana inmitten von Unmengen Stoff, unten die zartgliedrigen Füße und oben der schmale Kopf. Unter dem Kinn aber, inmitten des stark gefältelten Rockbundes, befand sich eine Schleife, so gewaltig, dass sie bis auf den Boden reichte. Die Arme Giulianas verschwanden total in dem ganzen Wust.
„Ich kann nicht mehr," schnappte die Mutter nach Luft, „in meinem Leben habe ich schon viel obskures gesehen, aber das..." wieder lachte sie lauthals los und dabei kam völlig problemlos die Nachgeburt. Giuliana kümmerte sich liebevoll um ihre, noch immer lachende Mutter, während sich die Köchin beleidigt hinter den dicken Oliven-Stamm zurückgezogen hatte und schmollte.
"Da opfert man schon seine Röcke und

wird auch noch verlacht."

„Mutter schau... dort bewegen sich Fackeln!"

„Ach Kind, das sind doch nur Glühwürmchen, schlafe jetzt ein wenig. Es kann noch Stunden dauern bis der Vater zurück ist." Also schloss das Mädchen die Augen und fiel in einen unruhigen Schlummer. In ihren beginnenden Traum mischten sich rufende Männerstimmen, die langsam deutlicher wurden.

„Adriana! Giuliana? Enrica!" Die junge Frau öffnete lauschend ihre Augen und hörte die Stimmen nun ganz deutlich.

„Adriana, wo bist du?" Das war doch der Vater? Laut schrie sie zurück. "Hier, hier sind wir! Unter dem Urvater aller Olivenbäume."
Durch ihr lautes Rufen waren der Säugling und die Mutter erwacht. Das laut schreiende Neugeborene, wies den Männern den rechten Weg. Außer Atem stand der Cavaliere plötzlich zwischen den drei Frauen.

„Ist alles in Or..., oh mein Gott, mein Kind..." ungläubig starrte der Giudice auf das kleine Wesen.

„Du hast einen gesunden, kräftigen Sohn Pietro," Adriana hielt ihm das Kind entgegen. Vor Ergriffenheit stumm liefen dem Giudice die Tränen der Erleichterung und Freude über das unrasierte Gesicht.

„Meine Liebe, als ich dich so kreischen hörte, dachte ich es sei etwas geschehen."

„Kreischen? Ich habe nicht gekreischt, nur gelacht. Giuliana komm her!" Das Mädchen das sich aus bekannten Gründen hinter dem Baumstamm verborgen gehalten hatte, trat nun verlegen hervor und bei ihrem Anblick lachte und prustete auch der, sonst so ernste Richter dröhnend los und auch die beiden Ochsen-Führer, verkniffen sich das Lachen nicht.

„He ihr Beide, ihr habt sehr gut gearbeitet und ich weiß das ihr schnell nach Florenz zurück wollt. Trotzdem wäre ich sehr erfreut wenn wir das Fässchen Wein, dass ich euch für den Rückweg mitgab, hier gemeinsam leeren könnten. Ich werde euch gerne ein neues bezahlen. Bleibt ihr noch um auf mein Söhnchen anzustoßen?"

„Aber gern Signore Giudice" meinte der Ältere der Beiden und blickte verliebt zu Enrica „wenn wir nicht stören? Los Sohn, hole den Proviant-Korb und den Kessel vom Karren und ich sammle derweil Holz, aber erst hole ich eine Decke für die Signora und das Kindchen."

Es wurde eine lustige und fröhliche Nacht. Die Anwesenden saßen um das hell lodernde Feuer und nur Adriana und das Kind schliefen, im Schutz des mächtigen ausladenden Urahnen aller Olivenbäume.

Am nächsten Morgen erwachte der Richter vom Gesang der Vögel und der deutlich kühleren Luft. Er hatte nicht vernommen, dass die beiden Männer mit ihren Ochsenkarren, noch in der Nacht aufgebrochen waren. Zu seiner Überraschung hatten sie ihre Nahrungsmittel da gelassen und ein Feuer entzündet und er stellte fest, die Frauen waren mit den Decken der Fuhrleute zugedeckt. Was eine großzügige Bezahlung und ordentliche Behandlung doch alles vermochte. Gute Leute, solche müsste es mehr geben.

Einige Zeit später machte sich das Grüppchen auf den restlichen Weg nach Fontebuona. Stolz führte der Giudice das mitgebrachte Maultier mit seiner starken Frau und seinem Söhnchen, dem er den Namen Martino geben wollte.

KAPRIOLEN

Im Haus des Apothekers Fausto Berini in Firenze, war endlich Ruhe eingekehrt und die aufgeregten Gemüter hatten sich beruhigt. Nunziata Versini hatte ihr Gedächtnis wiedergefunden und sie war bereit, dem Werben des Medico Sergio nach zu geben. Dieser war überglücklich, hatte er sich doch Gedanken gemacht, ob seine Patientin gebunden sei oder nicht. Signora Nunziata sah es wiederum gar nicht gerne, wenn 'ihre Kinder' zur Piazza della Signoria gingen, denn keiner der beiden Mönche konnte sie begleiten. Frate Matteo musste zurück zu den Franziskanern und Vater Lionardo, der seit einiger Zeit bei Sergio wohnte konnte sich, zumindest vorerst, nicht sehen lassen; man suchte ihn noch immer. Ehe er sich wieder auf die Straße wagte, musste er sich einen Bart wachsen und die Tonsur zuwachsen lassen.

Mauro und Lucia, die nun eine Halbmaske trug, kamen mit immer schlechteren Nachrichten heim. Die Übergriffe von und mit Savonarolas 'Engeln' nahmen zu und endeten nicht selten mit Messerstechereien und blutenden Wunden. Viele ließen ihre Kinder nicht mehr mitziehen und verzichteten lieber auf die tägliche Brotspende. Doch auch die 'Engel' wurden immer öfter attackiert und mit bösen Worten, Unrat und schweren Steinen beworfen. Die Stadt Florenz war zu einem gefährlichen, manchmal auch tödlichen Pflaster geworden.

Die verspätete Oktoberhitze wurde innerhalb der Stadtmauern unerträglich und ein mörderischer Gestank lag wie eine Dunstglocke über der Stadt und machte die Einwohner aggressiv und hinterlistig.

Auch der Dom blieb nach einem Predigt Verbot von Alexander VI. leer und Savonarola sprach nun auf dem Domplatz, fand aber nur noch wenig Zuhörer. Mit der Zeit traute er sich kaum noch aus seinem Kloster und er verbrachte die meiste Zeit in Klausur, in seiner Zelle.

Die Mönche von San Marco bekamen mittlerweile, auch außerhalb der Fastenzeit nur noch Wasser und Brot, so das auch die Dominikaner selbst, Front gegen ihren Prior machten... und dann kehrte der ‚nun wieder in das Habit der Dominikaner gekleidete Matteo zurück. Er hatte herausgefunden das gegen ihn, nie ein Verdacht des Verrates bestanden hatte und er wollte nun erkunden, was Savonarola plante.

Kurz nach der Flucht von Mauros Familie, brach im gr0ßen Armenviertel am Arno ein Brand aus...und der Fluss führte nur noch ein schmales Rinnsal. Die Signoria ließ es brennen in der Hoffnung, dass der penetrante Gestank verschwinden würde. Nun aber roch es nach verbranntem Fleisch, da keiner die Alten, Kranken und Siechen herausholen wollte. Die hölzernen Hütten und auch die wenigen Steinhäuser schwelten noch immer, als es nach einem gewaltigen Unwetter, welches Mauros Bruder das Leben gerettet hatte, zu regnen begann und die Temperatur fiel. Es regnete ununterbrochen und sehr stark. Der Arno trat innerhalb zweier Tage über die Ufer und schwemmte das, was der Brand übrig gelassen hatte, auch noch weg. Wer mühsam die Hitze und den Brand überlebt hatte fürchtete nun, vom Wasser mitgerissen zu werden.

Die Temperaturen fielen weiter und bereits jetzt, wurde das Holz knapp, da zahlreiche Waldbrände den Heizstoff vernichtet hatten. Und dann eines Morgens, war das Land weiß. Am Vorabend waren die Werte weit unter den Gefrierpunkt gefallen und es hatte zu schneien begonnen. Die Kinderprozessionen setzten aus, da der Schnee innerhalb kürzester Zeit kniehoch lag und es wurde immer kälter.

Mauro, Lucia und der Witwe ging es gut bei Fausto Berini. Dank seiner Arzneien war immer etwas essbares im Haus..., doch Holz konnte auch der Apotheker nicht herbei zaubern und so trugen sie vier Kleidungsschichten übereinander.

Dann brach sich der Medico auch noch

ein Bein. Sergio Volpe war, bei dem Versuch in seinem Hof einen Weg zu einem Holzstapel schneefrei zu kehren ausgerutscht und zu allem Unglück fiel dann auch noch der Holzstapel auf sein Bein. Fausto der seinem Freund und Nachbarn oft geholfen und dabei gelernt hatte, richtete den, Gott sei es gelobt und gepriesen, glatten Bruch.

„Auch wenn es schnell heilen wird, so benötigt der Nachbar doch unsere Hilfe. Signora Nunziata, ihr bleibt im Haus von Sergio und kümmert euch um ihn.

„Wäre es nicht gut, wenn wir alle in ein Haus ziehen würden? So sparen wir Holz und mit dem Kochen würde ich mir auch leichter tun."

„Und wo braue ich dann meine Arzneien?"

„Fausto mein Freund, bringe doch alles herüber, meine Räume stehen dir zur Verfügung. Ich kann ohnehin nichts tun und du kannst dich gleichzeitig um meine Patienten kümmern und wenn wir noch alle in einem Raum schlafen, da sparen wir enorm an Holz."

„Das ist allerdings wahr. Kommt Kinder, bringen wir das wertvolle Holz herein und in das Nachbarzimmer. Ich befürchte nämlich, dass bei dieser Kälte zahlreiche Holzdiebe unterwegs sind. Hört ihr? Es klappert schon!"

Doch es waren keine Diebe, sondern Frate Matteo, der sich durch den mittlerweile hüfthohen Schnee durchgekämpft hatte, um ihnen helfend beizustehen.

„Kinder die Leute geben bereits Savonarola die Schuld, wenn sie sich wegen einiger Stücke Holz die Köpfe blutig schlagen. Außerdem sind die Brot und Suppenverteilungen eingestellt worden, da die eben noch kochende Brühe, innerhalb weniger Augenblicke gefriert und man mit dem Brot seinen Nachbarn erschlagen kann. Lucia, mein Kind...lass das Holz liegen und bringe jenen Sack voller Lebensmittel hinein zu Signora Versini. Du darfst wegen deiner Vernarbungen nicht solange in der Kälte bleiben. Los Mauro packe mit an, es beginnt bereits zu dunkeln und das Holz reicht, bei sparsamen Gebrauch, für einige Wochen."

„Frate Matteo, ich habe Angst um meine Eltern und meine Schwester. Ob meine Mutter das Kind wohl schon geboren hat?"

„Sie dürften eingeschneit sein und auch ich mache mir große Sorgen. Vor allem um Lionardo, denn der alte Stur Kopf hat sich trotz aller Warnungen, nach Fontebuona aufgemacht... ich fürchte um sein Leben."

Es schneite und schneite. Die Toscana hatte, soweit sich die ganz Alten erinnern konnten, noch nie soviel Schnee gesehen. In den Armenvierteln erfroren soviel Menschen wie nie zuvor und alles Leben erstarb.
Doch nördlich von Florenz kämpfte

sich ein einsamer Mann durch die teils mannshohen Schneewehen. Vater Lionardo hatte alles was er besaß, es waren eine Sommer und eine Winterkutte zwei Hemden und... leider hatte er sie stehlen müssen, zweimal Beinlinge und Fußlappen, angezogen um nicht zu erfrieren. Ein großer Sack auf dem Rücken und ein Knotenstock zum aufstützen, vervollständigten seine Ausrüstung. Müde und Ausgelaugt schob er sich Schritt für Schritt voran. Das Muli vollgepackt mit Holz, hatte er bereits zurücklassen müssen und er kämpfte krampfhaft gegen das Bedürfnis des Schlafes, da er auf Wolfsspuren gestoßen war. Aber er musste schlafen...ansonsten würde er zusammenbrechen und erfrieren.

„Ich werde, wenn ich keinen Unterschlupf finde, ein Schneehaus bauen mühüssen...," sang er wie eine Litanei vor sich hin. "Dort ist ein Baum an dessen Stamm nur wenig von diesem Dreckszeug lihiegt...und Bruchholz ist auch da..., so kann ich mir ein Feuer mahachen und kann mich umgehend ausruhen. Ahahahameeen!"

Die letzten Worte hatte er sehr laut gesungen, da in der Nähe Wölfe heulten. Er band seinen Sack an einen tiefhängenden Ast und entdeckte dabei einen vergessenen Holzstapel. Vergnügt rieb Lionardo seine erstarrten Hände und zog der beißenden Kälte zum trotz eine Kutte aus, um beweglicher sein zu können. Rasch wuchs der Holzstapel unter dem Baum und der Mönch goss schnell etwas von dem Gebräu, dass Fausto ihm gegen die Kälte mitgegeben hatte darüber. Wieder heulten die Wölfe, diesmal ganz in der Nähe und Lionardo beeilte sich die Feuersteine gegeneinander zu schlagen. Gleich fing der Zunder Feuer und durch die hochprozentige Flüssigkeit, brannte im Nu der ganze Stapel. Der bärtige Mönch lehnte sich gemütlich an den Stamm der mächtigen Kiefer und genoss ein Stück Brot mit Käse den er kurz in das Feuer hielt und dessen wohlige Wärme. Das gleichmäßige Prasseln des Feuers und das Wissen, dass die Wölfe die Glut mieden, ließen ihn schnell einschlafen.

Warmer schnaubender Atem in seinem Gesicht, ließ ihn Stunden später aus einem Traum von seiner Tochter Fabiana hochfahren. Zu seiner großen Überraschung, stand sein zurückgelassenes Muli, samt der Holzladung auf dem Rücken, neben ihm und forderte etwas von dem Futter, dass sich in Lionardos Sack befand.

„Ich grüße dich treuer Vierbeiner" und mit einem kritischen Blick, nach oben zu den Zweigen, von denen es verdächtig schnell tropfte „komm du treue Seele, wir sollten hier schnellstens verschwinden."

Während er sich schnell den Sack mit den Vorräten griff, fiel ihm bereits der feuchte Schnee von den Zweigen ins Genick. Das Zaumzeug fest in seiner Hand, zog er das Muli unter dem schützenden Baum hervor... keinen Augenblick zu früh.

Der Schnee auf den ausladenden Ästen war durch die nach oben steigende Wärme angetaut und schwer geworden und rutschte nun mit einem dumpfen Geräusch von Ast zu Ast, um letztendlich die schwere Last in Richtung Boden zu entlassen. Lionardo mit dem Muli, machte einen gewaltigen Satz aus der Gefahrenzone. Lachend sang der Mönch wieder in der Form einer Litanei.

„Ich habe geschlafen und fühle mich frisch. Die Wölfe haben mich verschont und das Muli den Weg zu mir zurück gefuhunden ich danke Gott den Herrn im Hihimmel...und der heiligen Jungfrau für ihren Schuhutz und das ich dem Teufel ein Schnippchen schlagen kohonte, durch Jesus Christus unseren Heherren. Grazie tanto, ahahamen."

Es hatte aufgehört zu schneien, der Wind hatte seine Kraft verloren und... es war wärmer geworden. Der Schnee taute und der vollgesogene Saum von Lionardos Kutte schlug schwer gegen die Knöchel; das Gehen wurde zur Qual. Außer Atem und pumpend wie ein Maikäfer erreichte der Mönch die Kuppe eines Hügels. Er vernahm das gleichmäßige Schlagen einer Axt und als er seinen Blick schweifen ließ, erkannte er am Horizont sein Ziel: Fontebuona. Im

Tal erkannte er nun einige Männer, die dabei waren einige Bäume zu fällen.

„Haaallooo!"

„Hallo Frate! Kommt doch herunter an das Feuer!"

Erst jetzt bemerkte Lionardo einige lodernde Feuer und eine Art Schlitten, hoch beladen mir Holz. Er beeilte sich den Abhang hinunter zu kommen, was durch das Maultier schneller ging. Das Tier hatte seinesgleichen gehört und stob nun ungestüm davon und bahnte einen Weg für den Mönch. Lionardo brauchte nur in dessen Spur zu gehen und das tat er eilig, denn er hatte die rufende Stimme erkannt.

„Giudice! Gott sei Lob und Dank, Ihr lebt. Was ist mit der Familie?" Noch ehe der Richter antworten konnte, kam eine junge Frau in Männerkleidung gestürmt.

„Papa, ist das Vater Lionardo? Ich vermeinte sein Organ zu hören."

„Ja mein Kind, er ist es, begrüße ihn nur."

„Giuliana, wie schaust du nur aus? Willst du mit Macht deine erwachte Weiblichkeit verbergen?"

„Gott zum Gruß Vater Lionardo. Nein, ich will nichts verbergen, aber diese Kleidung ist bei diesem Wetter und dieser Arbeit angebrachter. Vater..." lachte sie, „ich bin auch große Schwester! Meine Mutter hat einem Jungen das Leben geschenkt, doch komm erst einmal an das Feuer."

Dort saßen einige fremde Männer und diese blickten den Dominikaner misstrauisch, doch auch neugierig an.

„Dies ist Frate Lionardo, Vater Lionardo... dies sind unsere Nachbarn Filippo Mercanto, Massimo Guerrini und Adriano Sergiono. Sie helfen mit beim Holzschlagen für den ganzen Ort."

„Und wer ist dieser junge Mann, den du scheinbar vergessen hast vorzustellen?" Lionardo gab reihum jeden die Hand und blickte beim letzteren Giuliana fragend an. Diese wurde feuerrot und antwortete leise und zögernd.

„Das i...ist Ro... Rocco Ser... Sergiono, d...er So... Sohn von Adriano."

„Ich habe kaum ein Wort verstanden mein Kind," neckte der Mönch verständnisvoll lächelnd. Dem hinzu gekommenen Giudice tat seine Tochter leid und so antwortete er schnell.

„Lionardo, dieser junge Mann ist der Sohn unseres Nachbarn Adriano und er nennt sich Rocco Sergiono" und leise zu dem Mönch „...meine kleine Giuliana ist verliebt in diesen Nichtsnutz und ich muss verdammt..., entschuldigt Frate, ich weiß ich sollte nicht fluchen, aber ich muss auf sie achtgeben auf das nichts passiert. Auch Adriana ist gegen diese Verbindung."

„Weil wir gerade von ihr sprechen..., wie geht es der Mutter Mauros, Eurer Frau? Ich habe da etwas von einem Kind gehört, aber leider nur die Hälfte verstanden."

„Lionardo, ich habe einen Sohn, rund feist und mit einem gesegneten Appetit. Doch entschuldigt einen Augenblick, ich bin gleich wieder bei Euch..." und zu den Nachbarn gewandt „ladet bitte noch den Rest auf! Wir müssen uns beeilen hier weg zu kommen! Seht euch nur den bleigrauen Himmel an und die Luft wird immer wärmer, das sind Regenwolken! Auf Leute, packt alles zusammen!" Er klatschte in die Hände, um die Leute anzutreiben.

„Reden wir zuhause weiter Frate. Los werft das Holz auf die Schlitten, wir sollten uns eilen! Lionardo... seht Ihr den riesigen Olivenbaum dort drüben am Hang? Darunter kam mein Söhnchen auf die Welt und Giuliana hat ihm das Leben gerettet, doch mehr zuhause...los Leute eilt euch doch!" Der Richter wies die Leute an die Feuer zu löschen „... und du Giuliana, packe die Kessel auf die Schlitten, schnell... es scheint ein Unwetter zu kommen!"

Die Holzschlitten waren kurz vor Fontebuona ,als eine eiskalte Windbö, das gewaltigste Unwetter seit Menschengedenken einleitete. Grellweiße Blitze, dröhnender, lang nach grollender Donner und Regen, der wie eine Wand fiel und auf den steinhart gefrorenen Boden traf. Verzweifelt rief der Richter gegen den jaulenden, heulenden Wind.

„Haltet durch! Wir haben es gleich

geschafft! Massimo, Adriano, ihr nehmt jeweils einen Schlitten mit in eure Scheunen. Filippo, Ihr könnt den euren bei mir einstellen! Tempo!!!"

Die Maultiere keuchten sich die Lungenflügel aus dem Leib und die Peitschen klatschten auf ihre Rücken. Ein gewaltiger Blitz, ein Einschlag und der Urvater aller Olivenbäume stand in Flammen.

Eben erreichte der erste Schlitten das erste Haus des Bergdorfes, als hühnereigroße Hagelkörner auf die Karawane fielen. Schmerzschreie erfüllten die Luft und Vater Lionardo, der von einem der scharfkantigen Eisbrocken getroffen wurde, hielt sich die blutende Stirn. Doch auch manch anderer wurde schmerzhaft getroffen und sie zogen die Köpfe zwischen die Schultern.

Endlich schloss sich die Hauspforte hinter dem Cavaliere, Giuliana und Lionardo. Triefnass standen sie im Eingang des Hauses und klapperten frierend mit den Zähnen. Adriana, die sie hatte kommen sehen, kam eilig mit einem Stapel Tücher gelaufen.

„Gott zum Gruß Frate Lionardo, bitte hier ein Tuch, ihr solltet Euch trocknen und umziehen. Giuliana, du gehst hinauf in deine Kammer, es ist Feuer im Kamin und ihr beiden Männer kommt mit in die Wohnstube.." und nur an den Richter gewandt: „Pietro, amore mio, gib bitte dem Frate etwas zum Umziehen und dann habe ich heißen Würzwein und einen kräftigen Eintopf für euch. Anschließend haben wir genug Zeit um zu berichten und erzählen."

Außerhalb des wohlig warmen Hauses, war der Hagel in Regen übergegangen. Kritisch blickte Lionardo aus dem Fenster.

„Also ich stelle mich auf einen längeren Aufenthalt hier ein. Die Täler und Senken werden zu Sümpfen werden. Dieser Regen und das Schmelzwasser... ich habe so etwas noch nicht erlebt. Das hat nicht einmal Dante Alighieri erdacht und gemalt. Doch meine alten Knochen sagen mir, dass es wieder Schnee geben wird. Was für ein verrücktes Wetter. Dieser alte Olivenbaum brennt noch immer und das trotz des starken Regens. Hoffentlich kein schlechtes Omen für das Jahr 1498."

DIE RACHE

Nachdem alle, um der beißenden Kälte zu trotzen, in das Haus des Medico gezogen waren, wurde es sehr eng. Da Sergio und Nunziata noch nicht vermählt werden konnten, benötigten sie, des guten Rufes wegen, getrennte Kammern; doch auch Mauro und Lucia waren in einem Alter in dem sie, des Anstandes wegen nicht mehr in einem Raum nächtigen durften.

Das Ergebnis der ganzen Überlegungen war, dass Fausto und Sergio eine gemeinsame Kammer im ersten Stock des Hauses bezogen; ebenso fand Mauro auf dem gleichen Flur einen, für ihn ausreichenden Verschlag. Nunziata und Lucia schlugen ihr Nachtlager in einer Ecke der großen Küche auf. Nur so war es möglich, den reibungslosen Ablauf des Arzthaushaltes aufrecht zu erhalten.

Fausto der Apotheker, hatte seine 'Giftküche' zum mischen der Arzneien in einen kleinen Vorratsraum, hinter der eigentlichen Küche verlegt und die Witwe beklagte immer wieder, die 'gar grauslich stinkenden Schwaden', welche in ihre Schlafecke zogen.

„Accidenti(verflixt), könnt Ihr Eure Substanzen nicht woanders mischen?"

Ein Hustenanfall erschütterte das Zwerchfell der Frau, als zum wiederholten Male gelbgraue, nach faulen Eiern stinkende Wolken in die Küche zogen.

„Fausto..., das zieht ja bis in die vorderen Räume, in welchen ich meine Patienten behandle! Man wähnt sich ja im Vorhof der Hölle. Freund, hab ein Einsehen und zieh mit deiner Apotheke unter das Dach; ansonsten bleiben uns die Patienten weg. Nehmt ein Kohlebecken mit hoch aber gebt Acht, auf das es nicht auch noch brennt. Der Arno hat nach dem heißen und trockenen Spätherbst kaum noch Wasser und das wenige das geblieben ist, ist steinhart gefroren."

„Ja, ja, jeder benötigt Medizin, man kann sie nur nicht in Ruhe und Frieden herstellen. Ich arbeite drüben in meinem Haus weiter; denn unter Signora Versinis Fuchtel kommt man sich ja vor, als sei man der Teufel höchstpersönlich. Ich koche doch nur etwas Schwefel für eine Paste gegen die allgegenwärtige Krätze."

Etwas verschnupft packte der Apotheker seine Kolben, Phiolen und Werkzeuge zusammen. Doch auch die Witwe kam sich vor, als hätte sie dem Apotheker Unrecht getan und so meinte sie entschuldigend und zerknirscht:

„Signore Berini seht es mir nach, aber Ihr habt doch die Hustanfälle gehört."

Mauro und Lucia hatten sich nach draußen verzogen und dort lachten sie dann auch lauthals los.

„Mein Herzchen, hast du das Gesicht von Fausto gesehen? Als hätte er Essig getrunken."

„Ja Mauro, aber der seltsame Geruch hat auch bei mir, Brechreiz erzeugt. Komm mit, wir helfen dem Apotheker seine Utensilien nach drüben zu tragen. Sag Mauro, spürst du nicht auch, dass es wärmer geworden ist?"

„Jetzt wo du es sagst..., ich mache mir Sorgen um meine Mutter und Giuliana; wie mag es ihnen wohl ergehen? Ob das Kindchen wohl schon geboren wurde und hat Lionardo den langen Weg im Schnee geschafft? Ist er in Fontebuona überhaupt angekommen? Ich habe so viele Fragen und keine Antworten..." seufzend legte Mauro seinen Arm um Lucias Schultern und so umschlungen, betraten sie wieder das Haus des Medico.

Zwei Tage später war die Temperatur wieder weit über den Gefrierpunkt gestiegen. Die Menschen klagten über Kopf und Gliederschmerzen und gingen dementsprechend gereizt und aggressiv miteinander um; dabei schrieb man erst den 15. Januar. Gewitterwolken türmten sich hoch auf und Mauro, der mit seiner geliebten Lucia auf der Piazza della Signoria stand, um die neuesten Nachrichten zu erfahren, blickte sorgenvoll zum Himmel.

„Lucia mein Engel, lass uns schnell nachhause laufen. Ich habe das Gefühl, dass gleich ein Unwetter losbrechen wird." Er nahm sie bei der Hand und sie versuchten sich, durch das Gedränge, wie es bei Hinrichtungen immer herrschte, zu schieben. Ein greller Blitz der den Turm des Palazzo Vecchio traf und ein gewaltiger Donnerschlag, lösten eine Panik aus. Frauen und Kinder kreischten, Männer fluchten und alle schoben und drängten, um ja noch vor dem großen Regen nachhause zu kommen. Wie es zu erwarten war, wurden die Hände des jungen Paares getrennt und nur einen Augenblick später hatte Mauro seine Freundin aus den Augen verloren.

Eiskalter Regen setzte ein. Regen? Nein, eine wahre Sintflut ergoss sich über Florenz und der steinhart gefrorene Boden, vermochte das Wasser nicht auf zu nehmen. Es stand auf den Straßen, Gassen und in den Kellern und es begann bereits zu gefrieren.

Mauro drückte sich in den Eingang einer Schenke, als es auch noch zu hageln begann. Tauben Ei große Hagelkörner prasselten auf Florenz und durchschlugen Hausdächer. Der junge Mann schickte ein Stoßgebet für Lucia gen Himmel.

'Himmlischer Vater, sie hatte doch schon soviel Unglück in ihrem Leben. Bitte lasse sie ein weiches Herz, welches ihr Unterschlupf gewährt finden. Heilige Maria Mutter Gottes, halte deine schützende Hand bitte über meine Lucia. Amen.' Krampfhaft schluckte er die aufsteigenden Tränen hinunter und betrat die Schenke.

„Das ist alles auf Savonarolas wirken zurückzuführen. Dieser verfluchte Prior hat das Unheil über uns gebracht!" Ereiferte sich ein spindeldürrer Böttcher, der an einem der Tische saß und seine langen Beine zum Schutz vor dem eindringenden Wasser auf die Sitzbank gelegt hatte. Ein Franziskaner Mönch kam in die rappel volle Schenke gestürmt.

„Leute helft! Der Arno tritt wieder über die Ufer. Die Zuflüsse haben ihn in Windeseile wieder mit Wasser gefüllt und jetzt...oh Gott, oh Gott, die letzten Armen spült es auch noch weg und es ist spiegelglatt in den Straßen!" Laufend Gott anrufend ließ er sich auf einer Bank nieder und wollte Wein. Der Wirt ein ansonsten gutmütiger Mann, beschimpfte den Mönch.

„Wir sollen also raus, um den Armen zu helfen und du versoffenes Spund-Loch? Von mir bekommst du keinen Tropfen, geh erst einmal mit gutem Beispiel voran."

Mauro beschloss zu gehen, bevor er aus der Haut fahren würde. Er war zornig auf Gott und die Welt und seine ängstlichen Gedanken kreisten um Lucia und seine Familie. Er hangelte sich langsam an den Hauswänden entlang bis zur Piazza. Tatsächlich war unter dem Wasser, eine gefährlich glatte Eisschicht entstanden, doch die Sorge um seine Liebste trieb ihn voran. „Lucia, Lucia meine Freundin...wo bist du!" Doch er erhielt keine Antwort und seine Angst stieg ins Unermessliche.

In der Zeit da Mauro sie noch in seiner Nähe wähnte, betrat Lucia die Kirche Santo Stefano, nahe der Ponte Vecchio. Mühsam war sie mehr geschlittert als gelaufen, war an einer Stufe auf der Gasse hängen geblieben und gestürzt. Mit blutenden Händen und Knien, blau auf geschwollenem Knöchel und zerrissenem Rock langte sie bei der Kirche an und quälte sich die wenigen Stufen hoch zum Eingang.

Nur ein altes Mütterchen befand sich kniend und betend vor dem Altar, als die junge Frau sich weinend vor Schmerz und blau gefroren von dem kalten Wasser an einer Säule setzte, um den Schaden an Rock und Knien im schwachen Schein der Kerzen zu begutachten. Mühsam stand die Alte auf und schlurfte zu Lucia.

„Kind was ist dir? Hat dir jemand etwas angetan? Oh Gott, wir leben in gewaltbereiten Zeiten."

„Nein, ich bin nur gefallen und in das eisige Wasser gestürzt und habe meinen Begleiter verloren..."

„Aber ich kenne dich doch..." die alte Frau kniff kurzsichtig die Augen zusammen und schob ihr Gesicht näher an Lucia „ bist du nicht zuhause bei Medico Volpe?"

„Ja, auch Euer Gesicht kommt mir bekannt vor Signora."

„Komm Kind, nimm meinen Umhang; zu zweit können wir uns gegenseitig stützen... es ist ja, Gott sei Lob und Dank, nicht weit." Sie benötigten einige Zeit, aber sie schafften es ohne zu fallen. Nunziata, die die Türe öffnete war entsetzt Lucia, in einem so desolaten Zustand zu sehen... und das Hochwasser des Arno, umspülte bereits die Stufen des Arzthauses.

„Ich bin ein alter Mann..." sagte dieser zu seinem Freund und Nachbarn, aber so ein merkwürdiges Wetter habe ich noch nie erlebt oder davon gehört. Verdammt, mir schmerzt mein Knie, ich glaube wir bekommen wieder Schnee." Nachdenklich untersuchte er den Knöchel Lucias „... also gebrochen ist er zum Glück nicht" und er strich etwas von der merkwürdig riechenden Paste, die Fausto ihm reichte, auf den verrenkten Fuß. „Du solltest ihn einige Tage, nur wenig belasten mein Kind und nun geh schlafen."

„Aber ich kann doch nicht schlafen gehen, ich muss doch Mauro suchen!"

„Lucia, er ist alt genug um sich alleine zurecht zu finden. Wenn du ihn nicht verlieren willst, darfst du ihn nicht so bemuttern. Das mag kein junger Mann...!"

Schmollend zog die junge Frau sich auf ihren Strohsack in der Küche zurück, um sich ihrerseits von Nunziata bemuttern zu lassen.

Mauro schlitterte um die ganze Piazza und blickte in jede Ecke, er klopfte an viele Portale und Türen...; doch er erntete auf seine Frage nach Lucia, nur ein monotones Kopfschütteln. Durchweicht bis auf die Knochen und hundemüde, blickte er auch in die Kirche Santo Stefano... nichts. Wohin konnte sie nur gegangen sein? Der Regen war wieder in dichten Schneefall übergegangen und der junge Mann musste höllisch aufpassen wo er hintrat. Die Zähne zusammenbeißend ging er langsam zur Piazza della Signoria zurück und flüchtete dort angekommen, in die Loggia dei Lanzi, wo er wenigstens ein Dach über den Kopf hatte. Erschöpft und frierend setzte er sich auf einen herumstehenden Steinsockel und streckte seufzend die langen Beine aus.

Es schneite immer dichter und langsam wurde es dunkel. Wie durch Watte hörte Mauro die Glocken der Benediktiner Kirche Badia Fiorentina zum Abendgebet rufen. Dann war es still..., still wie in einem Grab. Der sechzehnjährige fror fürchterlich und eine unerklärliche Unruhe, die in Angst überging bemächtigte sich seiner. Plötzlich ein unerwarteter harter Schlag und....

Mauro erwachte und es war stockdunkel um ihn. Orientierungslos wollte er sich aufsetzen, da vermeinte er Stricke an seinen Händen zu spüren. Sein ganzer Körper schmerzte und der Schädel brummte, als sei ein Schwarm Hornissen in ihm und sein Mund war so trocken, als hätte er Staub oder Sand gegessen. Laut und vernehmlich knurrte sein Magen..., doch da war noch etwas, ein leises Flüstern und gedämpfte Geräusche. Mauro wollte sich gerade bemerkbar machen, da vernahm er eine leise Stimme, die ihm merkwürdig bekannt vorkam.

„Psst, still. Ich glaube der Verräter ist wach..."

Mauro klapperten die Zähne vor Kälte und er ertastete nun, dass er auf einer Holzpritsche mit einem modrigen Strohsack lag. Seine Hände und Füße fühlten sich, auf Grund der Fesselung, kribbelig und wie voller Ameisen an. Mühselig versuchte er die einschneidenden Lederriemen zu lockern; doch umsonst, sie zogen sich noch fester zusammen; doch warum nur sah er nichts? Keinen Schatten oder Lichtpunkt, einfach nichts! Vorsichtig bewegte er den Kopf hin und her, da vernahm er wieder die flüsternden Stimmen.

„Ist er wach? Sieh doch mal nach Marcello."

„Der Kerl ist nicht wach, der träumt doch nur; du hast zu fest zugeschlagen. Hoffentlich überlebt er den Schlag."

Mauro hörte leise Schritte und dann fummelte jemand an seinem Kopf herum. Er beschloss laut zu stöhnen, was ihm nicht schwer fiel, da die Hornissen in seinem Kopf noch immer summten und brummten. Warum war es so dunkel wie in einem Grab?

„Marcello, wenn du schon mal dort bist kannst du gleich kontrollieren, ob die Augenklappen noch halten; denn ich möchte nicht, dass er uns vorschnell erkennt und sieht wer wir sind. Das wird ein höllischer Spaß, wenn wir ihn in Savonarolas Feuer stoßen. Der Verräter wird brennen und unser verehrter Prior, wird unversehrt durch das Feuer gehen! Hahaha, also ich freue mich auf die Vorstellung die unser Prior geplant hat..., nur schade das er es nicht zu Karnevale geschehen lässt und wir deshalb diesen Sack Mauro, hier festhalten müssen, bis wir den genauen Termin erfahren."

Die Stimme befand sich bei den letzten Worten direkt über Mauro und er konnte den schlechten Atem und den schmutzigen, schmierigen Körper des Sprechers riechen. Er versuchte zu schlucken, was bedingt durch seinen staubtrockenen Mund, einen heftigen Würgereiz auslöste.

„He Marcello, bring ein bisschen Wasser her..., verdurstet nützt er uns gar nichts!"

„Sagtest du nicht, wir sollen keine Namen nennen? Weshalb nennst du ständig den meinen? Ich finde das nicht richtig."

„Halts Maul du Zwerg, hier wird getan, was ich sage, ich bin hier der Prinzipal!"

Mauro spann seine Gedanken weiter. Hatten sie ihm vielleicht eine Harz-Maske verpasst? Das ging ganz einfach..., Harz auf die geschlossenen Augen und dann Stofffetzen darauf drücken. Er durfte nur nicht an deren Entfernung denken..., wenn es die Entführer tun würden, hätte er keine Augenlider mehr. Nun hielt ihm jemand einen Becher mit Wasser an den Mund.

'Ich muss so tun, als ob ich noch betäubt wäre, nur so erfahre ich mehr' schoss es ihn durch den schmerzenden Kopf. Also ließ er den größten Teil des Wassers aus den Mundwinkeln rinnen und den Rest trank er, in winzigen Schlucken.

„Der ist noch immer weggetreten. Mein Schlag war scheinbar doch zu hart für diesen Kinderschädel," lachte eine gehässige Stimme.

Mauro kroch langsam und unangenehm eine Gänsehaut über den Rücken und eine Erkenntnis in den Kopf. Die Stimme gehörte ohne Zweifel Guido..., aber das konnte doch nicht sein; der hatte doch am Galgen gehangen! Das hatte er doch mit eigenen Augen gesehen! Seine Gedanken überschlugen sich... und doch, es war seine Stimme.

„Los komm doch Marcello, mach zu!

Wir müssen ehe es hell wird und Savonarola bemerkt das wir nicht da sind, wieder im Kloster sein. Der Prior ist der einzige Mensch, der sich nicht belügen lässt; wenn der mich anschaut..."

„Guido, wir müssen die Lederriemen etwas lockern; ansonsten sterben ihm die Hände und Füße ab und ich denke er soll gehen können und es sind sicherlich noch ein paar Tage, bis zur Feuerprobe oder?"

„Na gut, aber nur damit ich ihn nicht tragen muss. Lockere sie, aber nicht zu viel! Junge, du bist viel zu weich, wenn du wie ich auf und von der Straße leben willst, musst du noch viel lernen." Die Schritte näherten sich wieder der Pritsche und die Riemen wurden aufgebunden. Mauro spannte die verkrampften Muskeln an und hoffte, es würde nicht bemerkt. Da hauchte eine leise Stimme in sein Ohr.

„Ich weiß das du wach bist. Ich mach die Fesselung ganz locker. Du bist in einem Lagerraum hinter der Badia Fiorentina " Ein Messer fand seinen Weg in Mauros Hand „ und bitte vergiss nicht, wer dir geholfen hat. Ich bin Marcello der Kleine und Guido hat mich zum mitmachen gezwungen. Warte bitte bis die Glocke zum Morgengebet ruft. Viel Glück."

„He du Lümmel, kommst du endlich?" Ungeduldig betrat Guido wieder den Raum und Mauro schickte ein Stoßgebet gegen die feuchte Decke, aber Guido blieb zum Glück an der Türe stehen.

„Ja, ich komm ja schon. Die Knoten gingen so schlecht auf." Marcello tat noch so, als würde er den Gefangenen treten, traf aber nur die Pritsche und Mauro tat ihm den Gefallen, laut zu stöhnen. Guido lachte hämisch auf und dann waren die Beiden verschwunden.

Der junge Mann löste die Fesselung endgültig und massierte seine Hand und Fußgelenke, um die Durchblutung wieder in Gang zu bringen; dann dehnte und streckte er seinen drahtigen, aber verspannten Körper. Wiederholt rieb er mit schmerzverzerrtem Gesicht seine Gelenke und löste anschließend mit einem Ruck und einem Aufschrei die Harz Maske von den Lidern und warf sie wütend und mit tränenden Augen in die Ecke. Langsam kehrte wieder Gefühl in seine Gliedmaßen und als er die Glocken der Kirche hörte, erhob er sich langsam. Ein starker Schwindel ließ ihn erneut auf den Strohsack sinken, wo er einige Male tief durchatmete und dann wieder vorsichtig aufstand. Langsam tastete er sich in die Richtung der Türe, die natürlich abgeschlossen war. Der Hornissen-Bau in seinem Kopf begann erneut zu summen und brummen als er sich den Kopf anschlug, aber er fand doch in der völligen Dunkelheit, den Weg zum Bett wieder, ertastete das Messer und ging erneut an der Wand entlang zur Pforte. Etwas Zeit und einen tiefen Schnitt im Finger später, war die Türe offen und schwaches Licht erfüllte den schmutzigen Raum.

Mauro blickte an sich herab; seine Kleidung war verdreckt, zerrissen und von der Platzwunde an seinem Kopf voller eingetrocknetem Blut.

„Was mach ich nun..., wenn ich so auf die Straße gehe, nehmen mich die Büttel gleich fest" sagte er zu sich selbst um seine Stimme zu hören und sie klang rau und heiser.

Noch einmal ging er zurück in den Raum und blickte sich in dem diffusen Licht suchend um. Ah, da stand ja der Wasserkrug! Viel war nicht mehr darin und es roch reichlich abgestanden, aber es genügte um sich den Mund aus zu spülen; den Rest trank er in kleinen durstigen Schlucken. Nochmals blickte er sich in dem dämmerigen Raum um und er nahm die Fesseln an sich. Dabei entdeckte er an einem alten rostigen Wandhaken, das weiße Gewand eines 'Engels'. Mit widerwilligem Ekel zog er es über und stieg dann die wenigen Stufen zur Straße hinauf.

Bereits zu dieser frühen Stunde, herrschte reger Verkehr. Kutschen, Fuhrwerke und Reiter waren unterwegs und die Bauern trugen ihre wenigen Waren zum Markt. Sich eng an die Hauswände schmiegend und sich ständig umsehend, am Bargello und hinter dem Palazzo Vecchio vorbei, bahnte er sich seinen Weg zum Haus des Medico.

Düstere Gedanken umwölkten seine Stirne, hinter der es hämmerte und bohrte. Verdammt, wie konnte Guido noch leben..., er hatte ihn doch selbst hängen sehen. Mauro begann an seiner Wahrnehmungsfähigkeit zu zweifeln. Und wie lange war er in diesem Keller gefangen gewesen und wo waren Eis und der Schnee geblieben? Sicher, es war wärmer geworden, aber diese Eisschicht konnte doch nicht in wenigen Stunden abtauen oder vielleicht doch? Ein milder Wind, der bereits einen schwachen Hauch des bevorstehenden Frühlings mit sich trug, kühlte seinen heißen, schmerzenden Kopf.

Völlig erschöpft und mit schwindelnden Schädel, vor Hunger krampfenden Magen und blau geschwollenen Gelenken, brach er vor dem Haus des Apothekers zusammen. Ein Nachbar mit dem Spitznamen Hundsfott fand ihn und da er den Jungen erkannte, war sein Schrecken groß. Leicht rüttelte er Mauro an der Schulter.

„He mein Junge, was ist dir? Seit Tagen wirst du gesucht, wie der berühmte Nagel im Heuhaufen. Mauro...Mauro!" Letztendlich hob er den Kopf und rief in die Richtung des Arzthauses. „Signore Volpe, Medico, Signora Nunziata! Hört mich denn niemand? Der Junge liegt hier auf der Straße! Hallo Medico, zu Hilfe!"

Der Apotheker Fausto Berini ließ die Phiole, die er gerade füllte, fallen und sie fiel in das Feuer. Eine gewaltige Stichflamme schoss zum Kamin hinaus und der Giftmischer, wie er sich selbst nannte, fluchte Stein und Pein.

„Verdammt nochmal, wenn die Nachbarn dies gesehen haben, halten sie mich erst recht für den Herrgott sei bei uns." Ein immer bereitstehender Eimer Wasser, beendete den Zauber und Fausto eilte zum Fenster. „Verflixt noch eins, was ist denn los da unten?"

„Kommt schnell herunter Nachbar, ich glaube der Junge stirbt. Eilt Euch Farmaciste (Apotheker)!"

Der vor Entsetzen sprachlose Fausto, trug den jungen Mann in das Haus des Medico und flößte ihm vorsichtig etwas Wasser ein und nach dem er ihn entkleidet hatte, wusch er den geschundenen Körper mit kaltem Wasser ab, dann verband er die Wunde am Kopf. Langsam kam Mauro wieder zu sich und blickte sich desorientiert um.

„Du bist wieder zuhause Söhnchen. Wo in Gottes Namen hast du dich nur herum getrieben? Alle Welt sucht dich..." versuchte der Apotheker zu scherzen, was jedoch kläglich misslang.

„Bitte gib mir Wasser..." krächzte Mauro und schluckte krampfhaft.

Fausto hielt ihm einen Becher mit frischem Wasser an die ausgetrockneten Lippen und mahnte „trink langsam und in kleinen Schlucken. Was ist geschehen mein Junge? Wo sind deine Wimpern und Brauen und wer hatte dich gefesselt? Was zum Henker ist geschehen?"

„Bitte Fausto, lass mir etwas Zeit..." krächzte Mauro „wo sind die Anderen? Der Medico, die Witwe und Lucia..., ist sie überhaupt hier? Ich habe sie im Gedränge verloren".

„Sie sind alle auf der Suche nach dir."

„Dann warte ich mit meinem Bericht bis alle da sind. Ich muss dringend etwas essen, aber erst Fausto, wie lange war ich weg? Wo sind Eis und Schnee geblieben?"

„Du warst eine ganze Woche verschollen. Morgen ist bereits der 16. Februar und übermorgen brennen wieder Savonarolas Fegefeuer der Eitelkeiten."

„Waaas? So lange? Guido war es der mich entführt hatte und..." Der Apotheker fühlte Mauros Herzschlag und griff ihm an die Stirne.

"Mein Junge, du phantasierst; es muss ein harter Schlag gewesen sein..." er schob Mauro einen Löffel voll Suppe, von der immer ein Topf voll auf dem Herd stand, in den Mund. „du warst doch selbst bei Guidos Hinrichtung dabei, also rede keinen solchen Unsinn."

Die Türe wurde aufgerissen und die Witwe Nunziata stürmte, zusammen mit Lucia den Raum. Schnell hatte die resolute Frau den Apotheker zur Seite gedrängt und nun fütterte sie mit trä-

187

nenden Augen 'ihr' Kind. Fausto stellte noch weitere Fragen, bis die Frau ihn aus dem Zimmer warf.

„Seht Ihr ungehobelter Klotz denn nicht, dass der Junge im Moment nur drei Dinge braucht? Wasser, Essen und Schlaf! Auch ich möchte gerne meine vielen Fragen beantwortet haben, aber er ist so ausgehungert und müde..., lassen wir ihm doch die Zeit, sich ein wenig zu erholen. Lucia, bitte bereite für deinem Freund doch den Waschzuber vor, er braucht dringend ein Bad; wir werden seine Lebensgeister wieder erwecken."

Die Jugendliche starrte entsetzt auf ihren Freund „was ist nur mit deinen Augen geschehen mein Lieber?"

„Erst der Zuber mein Kind, er kann nichts dazu..., aber er stinkt zum Himmel. Anschließend mag er, wenn er noch die Kraft besitzt, von seinen Erlebnissen berichten."

Schweigsam und wohlig die verkrampften Muskeln und Sehnen dehnend, lag Mauro im warmen Wasser. Mit hochrotem Kopf, massierte Lucia seine geschundenen Hand- und Fußgelenke, als erneut die Türe aufgestoßen wurde und der Medico, zusammen mit Frate Matteo , nun wieder in der Kluft der Franziskaner, den Raum betrat.

„Gott zum Gruß ihr Lieben. Bei allen Heiligen..., Söhnchen wie schaust du nur aus!? Wir Mönche haben dich überall gesucht und haben dich bereits im

Arno vermutet. Dank sei dem Herrn im Himmel, du lebst und nur das ist wichtig." Matteo und Sergio schauten sich die Blessuren Mauros an.

„Alles halb so schlimm wie es aussieht. Aber deinem knurrenden Magen und deiner grauen Haut nach, hast du nichts zu essen und nur sehr wenig zu trinken bekommen. Liebste Nunzi, so nannte der Mediziner seine Liebste seit einiger Zeit, würdest du ihm bitte noch eine Schüssel kräftigende Suppe und für uns alle, einen Krug Würzwein holen? Ich danke dir und du Lucia, kannst getrost deine Augen öffnen, denn wenn du später einmal deinen Sohn wickelst, kannst du sie auch nicht verschließen. Er wird unten herum ebenso aussehen..., nur kleiner natürlich." Verschmitzt schmunzelnd hob er das Kinn der Jugendlichen und lobte sie „die Massage..., dass machst du hervorragend."

Matteo hatte den Apotheker geholt und nun saßen sie alle, einen Becher Würzwein in der Hand, um den Zuber und lauschten entsetzt der Stimme Mauros, der soeben mit der Frage „wie kann Guido noch leben? Es ist mir ein Rätsel" seinen Bericht schloss.

„Es ist mir unbegreiflich..." Sergio kratzte sich nachdenklich hinter dem Ohr „ich verstehe es nicht, aber wenn es so ist und ich glaube Mauro, müssen die Kinder hier weg. Sie befinden sich in größter Gefahr."

„Es ging das Gerücht, dass er noch leben soll, aber ich habe es für Schwarzmalerei gehalten."
Matteo lief unruhig im Zimmer umher und schwadronierte laut „du hast recht alter Knochenbrecher, die Beiden müssen verschwinden und ich weiß einen Ort, wo wir sie verbergen könnten."

„Wieder in Santa Croce?" Hoffnungsvoll flehend, blickte Nunziata den Mönch an.

„Nein, denn auch von dieser Zuflucht könnte Guido wissen. Lasst euch überraschen. Das geht noch heute vonstatten. Bitte Mauro, versuche bis dahin noch ein wenig zu ruhen."

Mit einem behaglichen Seufzer der Erleichterung, ließ der junge Mann sich satt und sauber in sein Bett sinken und kaum hatte er seinen Kopf auf das Kissen gelegt, war er auch schon eingeschlafen. Im Wohnraum saßen die Bewohner des Hauses zusammen und besprachen die weiteren Schritte.

„Wartet auf jeden Fall, bis ich zurück bin. Ich werde mich in San Marco umhören." Bruder Matteo erhob sich, kramte in einer Truhe, zog das Gewand der Dominikaner heraus und streifte es über. „Wie gut, dass ich es aufbewahrt habe, nun benötige ich es doch noch einmal."

„Matteo, du begibst dich in die Höhle des Löwen, muss das denn wirklich sein?"

„Ja, das muss es, denn nur so erfahre ich etwas über die Vorgänge im Kloster..." sprach es und verschwand eilig durch die Türe.

„Tun wir unsere Arbeit und warten ab, was geschieht," meinte der Medico pragmatisch. „Nunzi mein Engel, packe vorsichtshalber eine Reisetruhe für die Kinder..." und zum Apotheker „und du alter Giftmischer, braust einiges an Medizin für Mauro, was er vermutlich benötigen wird."

So hatte außer Lucia, jeder etwas sinnvolles zu tun und um die Zeit, bis Matteo wieder zurück kam zu nutzen, schlich sich Lucia im Mauros Kammer, setzte sich an sein Bett und bewachte seinen Schlaf. So verflogen die Stunden bis zum Abend, wie Rauch im Wind.

IN SAN MARCO

Heimlich, nun wieder ohne Bart und mit frischer Tonsur, schlich sich Bruder Matteo durch eine winzige Pforte, am Friedhof der Mönche, auf das Gelände des Klosters San Marco. Die Gärten waren noch braun und die Bäume noch kahl. Um nicht vorzeitig bemerkt zu werden, hielt er sich nahe der Mauer, bis er erleichtert die Stallungen erreichte. Dort traf er auf die ersten Frati (Brüder).

„Gelobt sei Jesus Christus..." er senkte sein Haupt und da, wegen der noch immer herrschenden Kälte, alle ihre Kapuzen hochgezogen hatten, erkannte er niemanden.

'So kann auch niemand sehen, wer sich hier verbirgt', feixte Matteo in Gedanken. Im Küchentrakt stieß er dann auf einige bekannte Gesichter.

„Bruder, Euch sah man schon lange nicht mehr in den Küchen."

„Ach wisst Ihr Bruder Umberto, in diesen Zeiten ist man mal hier und mal dort und immer da, wo man eben gebraucht wird. Aber ich habe da mal eine Frage, ach...habt Ihr wohl mal etwas zu trinken für mich? Ich komme um vor Durst."

Bruder Umberto eilte zu einigen Krügen die in der Ecke standen, und goss einen Becher voll ein. „Hier mein Freund, war das Eure Frage?"

„Nein, aber ich suche einen der 'Engel' des Prior, vielleicht habt Ihr ihn gesehen."

„Welchen denn, es sind so unheimlich viele geworden und viele böse Jungen sind dabei. Der Hunger treibt sie wohl dazu. Ich kann das nicht gut heißen." Matteo wurde hellhörig.

„Wieso Bruder, es ist doch eine gute Sache, welche die Kinder tun." Mit scheinheiligem Augenaufschlag, blickte er abwartend den Küchenmönch an.

„Glaubt mir Matteo, viele von den Engeln sind Diebe, Schmarotzer und sogar Mörder, welche unsere Gutmütigkeit ausnutzen. Nehmen wir nur diesen Guido..." der Mönch schlug sich selbst auf die Lippen, als hätte er zu viel gesagt „ich denke es ist besser, wenn Ihr jetzt geht."

„Aber Umberto..." meinte Matteo beschwichtigend „der junge Mann wurde doch gehängt; doch Ihr habt recht, er ist zu weit gegangen. Ein Mord..."

„Welcher Mord..." unterbrach der Küchenbruder hastig, „von einem Mord, hat der Prior nichts erwähnt."

„Kommt Umberto, nehmt Euch auch so einen Becher sauren Weines, halten wir ein kleines Schwätzchen dort auf jener Bank an der Mauer, wo uns niemand hören kann und bietet um Himmels willen dieses Gesöff nicht als Wein an. Ich könnte Euch und nur Euch, ein Fässchen Malvasier zukommen lassen."

Umberto, der dem Wein nicht abgeneigt war, nahm das Angebot Matteos an, versicherte sich aber nochmals „...ein ganzes Fässchen für mich alleine?"

„Versprochen... und nun zu Guido. Ich werde Euch seine Geschichte erzählen."

Einige Stunden später, wusste Matteo was er wissen wollte. So wie er in das Kloster hinein gekommen war, fand er auch wieder hinaus. Das ganze Unternehmen war einfacher abgelaufen, als er es sich vorgestellt hatte. Nun mietete er sich eine Charette (Kutsche) und hielt mit dieser, eher als verabredet, vor dem Haus des Medico.

Mauro schlief noch immer und so fand sich der Rest der Bewohner, wieder im großen Wohnraum zusammen. Aufgeregt berichtete Matteo was er herausgefunden hatte.

„Kinder..., was da geschehen ist, spottet jeder Beschreibung. Dieser Nichtsnutz Guido, hatte einen Zwillingsbruder und er entstammt einer respektablen Adelsfamilie, aus dem Dunstkreis der Medici..." Der Medico holte tief Luft um etwas zu sagen, doch Matteo machte ihm ein Zeichen zu schweigen.

„Bitte unterbrecht mich nicht, also die Frau der Familie Collino brachte Zwillinge zur Welt. Ihr Mann, der bei drei Ehefrauen zuvor, nicht ein Kind gezeugt hatte, trug berechtigte Zweifel an seiner Vaterschaft, zumal keinerlei Ähnlichkeit zu finden war. Da er aber seiner Verwandtschaft das nicht unbeträchtliche Vermögen nicht gönnte, musste ein männlicher Erbe her. So behielt er eines der Kinder und setzte das zweite einfach aus. Die Ehefrau starb an gebrochenem Herzen und so zog der Vater das Kind alleine groß, während das Andere im Armenviertel aufwuchs. Wie auch immer..., Guido fand heraus das er einen Zwilling hatte und er erpresste den Vater, der sich, um der Schande zu entgehen, selbst entleibte. Guido machte seinen Zwillingsbruder zum Spieler und eben dieser, wurde festgenommen und hingerichtet. Savonarola hat durch die Beichte, von all dem gewusst und er hat seinen 'Lieblingsengel' stets geschützt." Matteo atmete tief durch und sah auffordernd in die Runde.

„Welcher wollte mich dann umbringen?" fragte die Witwe mit leiser bebender Stimme und den Händen an der vernarbten Wunde.

„Das war Guido..."

„Frate, weshalb hat Savonarola nicht eingegriffen, wenn er doch alles gewusst hat?" Fassungslos starrte Lucia den Mönch, nun wieder im Habit der Franziskaner, an.

„Das mein Kind, weiß Gott allein. Ich denke das er es dem Prior gebeichtet hat und du weißt doch...; das Beichtgeheimnis! Der Prior musste schweigen!"

„Ich finde es nicht gut, wenn dadurch Mord und Totschlag nicht gesühnt werden und die Täter frei bleiben und weitermachen können. Nein, dass kann nicht im Sinne Gottes sein... nicht so. Meiner Meinung nach, ist das Beichtgeheimnis von Menschen erdacht, die eine Vergebung ohne jedwede Reue wollen..." entsetzt wiegte Sergio sein ergrautes Haupt „und du Fausto, alter Giftmischer, was meinst du?"

„Ich meine, wir sollten Mauro und Lucia schnellstens aus der Stadt bringen. Dieser Hundsfott Guido schreckt doch vor nichts zurück..., er geht wahrhaftig über Leichen und für das immense Erbe erst recht."

Halsbrecherisch jagte das Gespann der Charette über die zerfurchte gefrorene Landstraße. Vor wenigen Stunden hatte wieder leichter Schneefall eingesetzt und sie hatten in einer langen Schlange von Menschen gestanden, welche Florenz verlassen wollten. Doch der Prior hatte verboten, die Stadttore in jedwede Richtung zu öffnen. Morgen..., ja Morgen sollten wieder seine 'Fegefeuer der Eitelkeiten' brennen. Der Prior fühlte die Macht nahezu körperlich, die er über die Menschen hatte und so wurden die 'Ausreisenden', bis auf einige wenige Bauern und Kaufleute abgewiesen. In Matteos Kopf arbeitete es. Keiner der Insassen der Kutsche, wagte ihn anzusprechen, was hatte er nur vor? Der abweisende Ausdruck seines Gesichtes, sagte genug. Dann waren sie an der Reihe...

„Wohin wollt ihr? Der Prior hat verboten die Stadttore zu öffnen, also kehrt um!" Eine der Stadtwachen blickte neugierig in die Charette, doch was er dort sah, ließ ihn zurück weichen.

Mauro lag erschöpft und fiebernd, mit wunden Lidern und tiefliegenden Augen auf der Sitzbank, wo ihn Lucia und die Witwe festhielten.

„Was hat der junge Mann da drin? Er ist eindeutig krank." Kurz erhellte sich Matteos Gesicht, um dann sofort wieder in den ausdruckslosen Zustand zu verfallen. Nun wusste er, wie sie problemlos aus der Stadt kamen.

„Bleibt von der Kutsche weg! Der Junge hat scheinbar die Pest und seine Mutter und Schwester, haben sich vermutlich bereits angesteckt. Der Prior hat mich gebeten, sie schnellstens, aus Florenz heraus zu bringen."

„Dann will ich den Passierschein sehen, sofort!" Die zweite Torwache blickte erneut in die Charette und riss dann deren Türe auf „raus hier und zwar sofort!"

Bei den Worten von Matteo, hatte Nunziata Lucia angewiesen, sich kräftig die Augen zu reiben, bis sie sich röteten, brannten und tränten. Mit den so misshandelten Augen, die nun fiebrig wirkten, blickten sie der Wache entgegen. Lucia hatte noch einen darauf gesetzt... sie hatte sich in die Zunge gebissen und das Blut mit ihrem Speichel vermischt. Nun griff sie nach dem Arm der Wache und ließ mit einem tiefen Stöhnen das Gemisch aus ihrem Mundwinkel laufen „bitte gib mir Wasser, ich habe solchen Durst."

Angeekelt schüttelte der Wachmann die Hand Lucias ab, schlug die Türe zu und wischte die seinen, eifrig an der Hose ab.

„Ob Passierschein oder nicht... seht zu, dass ihr verschwindet und lasst euch in Firenze (Florenz) nicht mehr blicken! Tretet alle zurück, dies ist ein Pest-Transport!" Wie zur Bestätigung ertönte ein heftiger Niesanfall aus der Kutsche. Schreiend stoben die Menschen davon und das große Doppeltor öffnete sich. Matteo gab den Gäulen die Peitsche...

LANDLUFT

Nach dem Zwischenfall an der Porta San Nicolo, jagte die Kutsche die ausgefahrene Straße nach San Miniato hinauf, dann links wieder hinunter und dem Arno entgegen. Die Insassen wurden hart durch geschüttelt und erlitten manche Blessur. Als sie dem Fluss erreichten, hielt die Kutsche plötzlich an und Matteo öffnete die Tür. Auch ihn hatte es kräftig durch gerüttelt und er hielt sich stöhnend den verlängerten Rücken.

„Geht es bei euch einigermaßen? Mauro mein Junge, wie fühlst du dich, alles in Ordnung?"

„Etwas sanfter hättest du mich wecken können Matteo. Lucia hat mir berichtet, was sich in der Zwischenzeit zugetragen hat. Guido dieser Hundsfott und den kleinen Marcellino hat er in seine Machenschaften mit hinein gezogen. Wohin fahren wir Matteo?"

„Jetzt den Arno Bogen entlang und in der Höhe von Sant' Èllero, nehmen wir eine Fähre und dann geht es weiter, nach San Donato. Es ist zwar nicht sehr weit weg von Florenz, doch dort, in diesem gottverlassenen Nest, vermutet uns keiner. Außerdem liegt wieder Schnee in der Luft, da benutzt keiner die ausgefahrenen Wege. Meine Zia (Tante) wird sich freuen, mich in diesem Leben noch einmal zu sehen."

„Ach, du stammst aus jenem Ort?"
„Ja Mauro."
„Und warum flüchten wir nicht zu meinen Eltern?"
„Man weiß wo sich der Richter aufhält und du möchtest doch sicherlich nicht deine Familie in Gefahr bringen."
„Nein, Gott bewahre. Ich mache mir nur Sorgen um meine Mutter und das Kleine... ich habe noch immer keine Ahnung, ob ich ein Brüderchen oder eine Schwester habe."
Nach einer kleinen Mahlzeit aus einem mitgeführten Korb fuhren sie weiter, bis zu einer alten Bauernkate. Dort fanden sie durch Fürsprache von Frate Matteo, ein Nachtlager.
Auch am nächsten Tag, nachdem sie mit einer abenteuerlichen Fähre den Arno überquert hatten, wurden sie Hügel auf Hügel ab, wieder kräftig durchgerüttelt, bevor sie San Donato erreichten und die Porta Fiorentina durchfuhren. Matteo hatte Tränen in den Augen, denn er hätte nicht geglaubt, das kleine Weingut seiner Tante jemals wieder zu sehen.
Herzlich war die Begrüßung und tränenreich das Wiedersehen der Verwandten. Matteo lernte erstmals seine bereits erwachsenen Nichten und Neffen kennen und die waren, samt ihrer Kinder, sehr zahlreich.
Auch Nunziata, die unter der Trennung von Sergio litt, sowie Lucia und

Mauro, wurden ohne Umstände in die Großfamilie integriert. Zum Abendessen fanden sich alle in der großen Küche ein und man zählte weit über zwanzig Personen.

„Wie lange wollt ihr bleiben?" Carmelo der Mann von Matteos Nichte Camilla, blickte fragend den Onkel an.

„Warum fragst du? Wird es euch zu viel?"

„Nein bei Gott, dass nicht; aber die Frühjahrs Arbeit steht an und wir können jede helfende Hand gebrauchen, so wie auch im Herbst, bei der Weinlese."

Matteo blickte auffordernd zu Mauro, der zustimmend nickte.

„Gerne doch, ich habe mich bereits im Kloster um die Gärten bemüht und es bereitet mir großes Vergnügen, alles wachsen und gedeihen zu sehen."

„Ich könnte dich..., ich darf doch sicherlich du zu dir sagen?"

„Aber sicher..."

„Also ich könnte dich im Weinberg und auch bei den Oliven brauchen und die Signorina, könnte meiner Frau bei den Gemüse und Kräuterbeeten helfen..."

„Oh ja, ich könnte dabei mein Wissen über die Wirkung und Heilkraft der Kräuter erweitern und vertiefen," rief Lucia erfreut aus.

„Da haben wir ja bald eine weise Frau unter uns..." scherzte Tante Martha.

„Und ich? Was ist mit mir? Soll ich

etwa Daumen drehen und vor Sehnsucht nach meinem Medico ein altes Weib werden?" Entrüstet musterte Nunziata die Runde. Ihr Blick drückte so viel Enttäuschung und Entsetzen aus, dass alle am Tisch sitzenden in unbändiges fröhliches Lachen ausbrachen.

„Das ist nicht gerecht! Und dann muss ich mich auch noch verlachen lassen."

„Ach Mutter Nunziata," stöhnte Mauro belustigt und sich den Bauch haltend.

„Signora Nunziata," lachte auch Zia Martha, „Ihr könnt mir doch in der Küche helfen, denn glaubt mir, so viele hungrige Mäuler zu stopfen, kostet viel Zeit und Geduld. Auch für dich Nipote (Neffe, Enkel) gibt es hier etwas zu tun." Sie erhob sich, kramte in einem der Nebenzimmer herum und brachte eine Armbrust und einige Fischreusen an den Tisch. Dann befahl sie Matteo: „reinigen, ölen, jagen und fischen, dass wird dein Beitrag sein Neffe." Ein Braten wurde aufgetragen und während des Essens meinte Mauro nachdenklich „Matteo, traust du dir zu, nochmals nach Florenz zu reiten? Ich habe ein so merkwürdiges Gefühl, was Sergio und Berini betrifft; ich glaube sie sind in Gefahr. Guido wird sich an ihnen schadlos halten wenn er merkt, dass wir verschwunden sind."

„Auch an mir alten Mann mein Junge. Spätestens dann, als die Stadtwachen Bericht erstattet haben wusste Savonarola, dass ich beteiligt war. Warum nur werde ich das Gefühl nicht los, dass dieser falsche Prophet auf die Einflüsterungen dieses Straßenstrolchs hört; denn das da noch anderes zwischen den Beiden ist, kann und will ich nicht glauben."

„Guido erbt doch nun den Adelstitel und das Vermögen Matteo, kann es nicht sein das der Prior über Guido, Einfluss auf die Signoria zu nehmen gedenkt?"

„Hm, daran habe ich noch gar nicht gedacht. Möglich wäre es, doch da sind auch noch die Zunftmeister zu überwinden, aber es ist sehr viel Geld im Spiel... und die Menschheit ist käuflich."

Carmelo, der bislang schweigend zugehört hatte, mischte sich in das Gespräch. „Zio Matteo, ich reite! Keiner kennt mich..."

„Neffe, die Stadttore sind während des Carnevale geschlossen, genauer gesagt, während dieser merkwürdigen Fegefeuer der Eitelkeiten..."

„Was ist das?"

„Savonarola lässt alles, was ihm überflüssig erscheint auf einem riesigen Scheiterhaufen verbrennen; ich erzähle euch später davon."

„Aber Zio, der letzte Tag des Carnevale ist doch heute und wenn ich morgen mit einigen Fässern Wein aufbreche, komme ich in die Stadt und wenn ich die ganz großen Fässer, die mit dem doppelten Boden nehme, kann ich die beiden Männer ohne Aufsehen zu erregen, heraus schmuggeln. Was meinst du Onkel Matteo?"

Mit leichenblassem Gesicht hatte Nunziata zugehört und nun blickte sie bittend den Mönch an. Dieser antwortete anerkennend „nicht schlecht Neffe, aber lass uns noch eine Nacht darüber schlafen."

Am darauffolgenden Morgen, beluden Carmelo und Matteo, mit der Hilfe mehrerer Knechte das Fuhrwerk, mit den schweren Weinfässern. Doch nur die oberen, waren bis zum Rand mit Wein gefüllt. Die beiden unten liegenden Fässer, enthielten nur zur Hälfte Wein und die andere Hälfte war leer und gerade so groß, dass ein zusammengekauerter Mann Platz darin fand. Der minderwertige Wein sollte in Kaschemmen und Hurenhäusern nahe der Stadtmauer verkauft werden.

Zu Mauros Beruhigung, überreichte Matteo seinem Neffen ein gesiegeltes Schreiben, welches dieser dem Prior von Santa Croce, Santino Rossini, übergeben sollte und einen ebenfalls gesiegelten Brief an Medico Sergio und den Apotheker Fausto Berini.

„Wann denkst du, dass du zurück kommst Neffe?"

„Ich rechne mit etwa fünf Tagen, wenn es aber regnen sollte, dementsprechend länger."

„Sei vorsichtig! Mit Savonarola und

seinen Anhängern ist nicht zu spaßen. Um seine Ziele zu erreichen, geht der Prior schon auch einmal über Leichen. Übernachten kannst du in Santa Croce. Warte Neffe, da kommt mir ein Gedanke! Komm noch einmal herein, ich möchte dir die Fahrt und den Zutritt nach Florenz etwas erleichtern."

Die Beiden verschwanden für kurze Zeit im Haus und die am Fuhrwerk wartende Familie, wurde Zeuge eines kurzen Streitgesprächs.

„Nein Zio, dass mache ich nicht mit.... das ist unmöglich!"

„Doch Neffe glaub mir, es wird die Sache ungemein erleichtern!" Kurzes Gelächter drang nach draußen. Dann...

„Nein Zio..., nicht mein Haar, meine Frau wird dich umbringen!"

„Doch Neffe, glaube mir, auch das muss sein! Es wächst doch wieder nach."

„Was in Gottes Namen, treiben die da drinnen?"

Camilla die Ehefrau, wollte soeben nachsehen, als zwei Mönche gemäßigten Schrittes aus dem Haus traten. Großes Gelächter erklang, als Carmelo im Habit der Franziskaner grüßte. Seine Stimme war tief und brummend.

„Gott mit euch liebe Familie; vielleicht gefällt es mir ja in Santa Croce und ich bleibe gleich dort."

„Unterstehe dich..." lachte sein Weib vergnügt.

Er nahm die Kapuze der braunen Kutte

ab und nun brüllten die Familienmitglieder erst recht vor Vergnügen los..., auf dem Scheitel von Carmelo prangte eine frische, glänzende Tonsur, umgeben von schwarzem lockigem Haar.

„Schluss jetzt mit dem Spaß Neffe, du musst los. Gott schütze dich und die Jungfrau Maria möge dich begleiten. Gute Reise!"

„Gott mit dir, mein geliebter Ehemann und komm gesund zurück!"
Martha zog ihren, sie um Haupteslänge überragenden Sohn, zu sich herunter und küsste ihn unter Tränen „Gott schütze dich, mein Junge."

Lucia schmiegte sich Schutz suchend an Mauro und dieser legte liebevoll den Arm um ihre Schultern.

„Es wird schon alles gut gehen mein Herzchen..., ich hab dich sehr lieb."
Und alle Anwesenden wurden Zeugen eines zärtlichen Kusses der Beiden.
„Auch ich habe dich lieb Mauro." Die Familie erkannte, dass sich da Herz zu Herz gefunden hatte.

"Ich denke Matteo, dass du innerhalb der nächsten zwei Jahre eine Trauung begleiten wirst," schmunzelte Martha.

„Wenn Gott mich so lange leben lässt, werde ich das ganz besonders gerne tun Zia. Der Junge ist mir so ans Herz gewachsen, als wäre er mein Sohn. Er muss nur endlich mal zur Ruhe kommen. Ich habe schon lange ein schlechtes Gewissen, dass ich ihn in

die Sache hinein gezogen habe."
„Matteo, alles kommt wie es kommen muss und soll. Alles ist von Gott vorher bestimmt. Doch nun erzähl mir von Mauros Eltern; auch für sie, ist hier noch Platz. Im Sommer können wir noch ein Haus bauen..., alles was wir brauchen, ist doch hier reichlich vorhanden." Martha plante bereits weit in die Zukunft.

DER AUSBRUCH

Ein alles durchdringender Nieselregen fiel vom Himmel. Carmelo saß, bis auf die Knochen durchnässt, auf dem Bock seines Fuhrwerkes. Eine lange Schlange hatte sich vor der Porta San Niccolò gebildet, denn es war Markttag in Firenze. Vor Carmelos Wagen stand ein Tuchhändler und fluchte zum Gotterbarmen, da ihm ein Rad gebrochen war und sich dadurch die Stoffballen auf der zwar gepflasterten, aber nichtsdestotrotz schmutzigen Straße verteilt hatten.
Langsam sank die blasse, durch die Wolken schimmernde Sonne gegen den Horizont und Carmelo bereitete sich auf eine weitere Nacht im Freien vor. Seit zwei Tagen wartete er bereits, um in die Stadt eingelassen zu werden. Das Gerücht, dass Savonarola täglich nur ein gewisses Kontingent einlassen würde, schien sich zu bestätigen; also drückte er seinem mitfahrenden zehnjährigen Sohn Nero, die Zügel der Pferde in die Hand und wollte sich zum Stadttor durchschlagen.

„Vater, warum lässt du mich hier alleine?"

„Nero, zieh die braune Kutte der Laienbrüder über. Ich bin gleich zurück. Hab keine Angst." Hastig eilte der Vater im Gewand der Dominikaner an den stehenden Fuhrwerken und Kutschen vorbei zum Tor und begann zu schimpfen.

„He, hallo Wachen! Was soll das?" Er erinnerte sich seines geistlichen Gewandes. „Gelobt sei der Herr. Verzeiht mein polterndes Verhalten, aber ich habe ein Geschenk für das Kloster San Marco. Zwei große Fässer voller köstlichen Weines und warte nun schon seit zwei Tagen auf Einlass oder soll ich umkehren?"

„Woher kommt Ihr?"

„Aus einem Kloster nahe Vinci, der Heimat von Meister Leonardo."

„Und warum habt Ihr dann nicht das südliche Stadttor genommen?"

„Da standen noch mehr Wagen als hier," sagte Carmelo in der Hoffnung, dass dies tatsächlich so war.

„Und Ihr habt also Wein für San Marco geladen?"

„Ja und noch zwei Fässer minderen Weines, zum Verkauf in den Schenken."
„Macht mir einen Krug voll, damit ich Euch glauben kann. Ich will sehen, ob da wirklich Wein drinnen ist."

„Ich mache Euch einen ganzen Schlauch voll, wenn Ihr mich endlich passieren lasst."

„Nun..., so sei es. Hole er sein Gefährt."

Erfreut über seinen Erfolg, eilte Carmelo zu seinem Sohn und dem Fuhrwerk zurück, gab den beiden Zossen die Peitsche und fuhr, die fluchenden Händler hinter sich lassend zum Stadttor. Dort füllte er willig einige Weinschläuche und dann öffneten sich endlich die Torflügel für ihn und sein Fuhrwerk. Wie Onkel Matteo ihn geheißen hatte, fuhr er zuerst zum Haus des Medico Sergio und diesem flüsterte er verschwörerisch zu:

„Ich bin Carmelo, der Neffe Matteos. Signore, holt einige Weinschläuche und während des Abfüllens können wir alles weitere bereden."

Heimlich, da der Nachbar wieder neugierig am Fenster stand, steckte Carmelo, nun wieder in normaler Kleidung, dem Arzt den Brief von Matteo zu.

„Ja mein Herr... einen Moment bitte..." und leise „ruft Euren Wein aus, damit es echt wirkt." Also begann Carmelo laut zu rufen.

„Wein, köstlicher roter Wein aus Vinci! Wein, Wein..."

Nero lief und sammelte die leeren Schläuche ein. In der Zwischenzeit las Sergio, seinen Mitbewohnern den Brief Matteos vor. Sein Freund Fausto, hörte geduldig zu. Matteo hatte nur das nötigste geschrieben und dementsprechend, war die Nachricht recht kurz.

'Liebe Freunde, Signora Nunziata, die Kinder und meine Wenigkeit sind gut in San Donato, bei meinen Verwandten angekommen. Mein Neffe Carmelo wird euch einen Vorschlag unterbreiten, wie ihr unbeschadet aus Florenz heraus kommen könnt. Bis hoffentlich bald und Gott mit euch. Matteo.'

„Wirst du gehen Sergio?" Nachdenklich blickte dieser aus dem Fenster.

„Es könnte möglich sein, dass Mauros Freilassung durch diesen Marcello eine Finte war, um uns in Sicherheit zu wiegen."

„Du meinst, dass der Junge sie vielleicht, wenn auch ungewollt, hierher geführt hat? Möglich könnte es sein; 'Engel' wie dieser Guido, sind mit allen Wassern gewaschen und schrecken vor nichts zurück." Fausto ging unruhig auf und ab, was Sergio auf die Nerven ging.

„So setze dich doch endlich hin, so kann ich nicht nachdenken." Die Anspannung im Raum war greifbar, als der Apotheker fragte „...und was gedenkst du jetzt zu tun?"

„Ich werde mich erst einmal mit Carmelo treffen und mit ihm besprechen, wie die Flucht ablaufen soll. Einige Tage Ruhe auf dem Land werden uns allen gut tun."

„Ja, ja, vor allem dir du Knochenbrecher; du brennst doch sichtlich darauf, deine Nunziata wieder zu sehen," lachte Fausto den verliebten Medico aus.

Dieser wurde rot und kramte verlegen seinen warmen Umhang aus einer Truhe. Mit den Worten „warte bitte hier auf mich," verschwand er und schlug das Haustor hinter sich zu.

Einige Stunden später, es war früher

Abend geworden, trafen sich die drei Männer und der kleine Nero, in der Schenke 'zum faulen Mönch' die ganz in der Nähe lag. Dort hatte Carmelo seinen Wein verkauft und der schmierige Wirt hatte gemeinsam mit seinem Knecht, wieder leere Fässer, über die präparierten Fässer verladen.

„Signore Medico, ich überbringe Euch herzlichste Grüße von Signora Nunziata, Lucia und Mauro und ich habe den Auftrag Euch und auch Signore Farmaciste (Apotheker) zu ihnen zu bringen. Was sagt Ihr dazu?"

„Also ich, komme sofort mit," meinte Sergio mit verliebten Hundeaugen und blickte sich in der schmuddeligen Schenke um. „Außerdem sind ungewöhnlich viele Fremde in der Stadt, was die Büttel immer aktiver werden lässt und dies gefällt mir ganz und gar nicht."

„Und du wandelst auf Freiersfüßen oder etwa nicht," lachte Fausto verschmitzt, wurde aber sofort wieder ernst „...leider muss ich noch hier bleiben. Ich habe noch einen Auftrag für eine höhergestellte Persönlichkeit zu erfüllen; demnach muss ich in der Nähe meiner 'Giftküche' bleiben. Jedoch ich verspreche euch, dass ich schnellstmöglich nachkomme."

Man verabredete, sich am nächsten Morgen im Hinterhof der Schenke 'zum Geizhals', nahe der Stadtmauer zu treffen, wo Carmelo mit seinem Sohn zu nächtigen gedachte. Die Absteige lag nahe der Porta San Giorgio so, dass man umgehend Florenz verlassen konnte.

„Und du Giftmischer willst tatsächlich noch bleiben? Savonarola betrachtet euch Apotheker doch als Alchimisten!"

„Ich kann doch einen Tornabuoni, auch wenn es nur ein Nebenzweig ist, meine Hilfe nicht verweigern; denn ich muss ja noch immer mein Haus bei dem Juden abbezahlen. Wir sehen uns ja bald wieder."

Auch an diesem Morgen, stand eine lange Schlange, diesmal zur Ausreise, am Stadttor. Sergio hatte sich in eines der unteren Fässer gelegt und war eingeschlafen. Mehrere Fuhrwerke und Kutschen waren zurück geschickt worden, als sie endlich an der Reihe waren. Das übliche 'woher, wohin, warum und was geladen' erfolgte. Carmelo leierte seinen Spruch betont gelangweilt, aber wachsam herunter.

„Ich habe Wein geliefert und fahre nun zurück nach Vinci, um Nachschub zu holen. Man kann ja nicht so schnell liefern, wie ihr in der Stadt den Wein sauft und so schnell wie ihr schluckt, vermögen die Trauben kaum nachzuwachsen. Die Fässer sind leer."

Die Torwachen, verstärkt durch die Stadtwachen, klopften die Fässer ab und siehe da... in einem der untersten, schien etwas zu sein. Rasch schlugen sie den Boden ein und der verschlafene Medico kam zum Vorschein.

"Wer seid Ihr und was zum Teufel, macht Ihr im Fass?"

„Ich bin Medico Volpe..." Der Wachhabende studierte eine lange Liste und musterte anschließend nachdenklich Sergio.

„Gegen Euch liegt scheinbar nichts vor, weshalb in Gottes Namen, verbergt Ihr Euch in dem Fass?"

„Ich wollte einen Schlafplatz im 'Geizhals', doch es war alles belegt und da ich hörte, dass der Weinhändler zurück nach Vinci will, wo ich ebenfalls erwartet werde, habe ich mir das Fass als Schlafplatz auserkoren, um seine Abfahrt nicht zu verpassen." Seufzend reckte und streckte Sergio seine Knochen.

„Nun denn, wenn es dem Weinhändler angenehm ist, so könnt ihr eure Reise nach Vinci, gemeinsam auf dem Bock fortsetzen. Gehabt Euch wohl und gute Reise. Na macht schon, wir haben hier noch mehr zu tun!" Das ließ sich der Medico nicht zweimal sagen. Mit einem gewagten Sprung war er auf dem Kutschbock und Carmelo gab den Gäulen die Peitsche. Rumpelnd fuhren sie durch das Tor.

„Auweia, dass war knapp und hätte übel enden können," mit einem großen Sack Tuch, wischte Sergio den Schweiß von der Stirne und der wieder fallende Schnee, bedeckte ihre Spuren.

Nur zwei Stunden später, klopfte es

an der Pforte des Apothekers Fausto Berini. Es war die Stadtwache mit den Bütteln, die ihn auf Savonarolas Befehl hin festnehmen sollten. Nach den Personen Sergio Volpe, Nunziata Versini, Mauro Gelsino und Lucia, Tochter der Hure Fabiana der Roten, wurde weiter gesucht.

Der Apotheker wurde in den Bargello verbracht, wo er auch unter der Folter nicht verriet, wohin die Anderen geflüchtet waren. Das einzige was Fausto immer wieder sagte war, dass der Medico mit einem Weinhändler und dessen Sohn nach Vinci gefahren sei. Die Torwachen von San Giorgio müssten es doch wissen.

„Ich selbst habe ihn zum 'Geizhals' gebracht und mich dort von ihm verabschiedet."

Nachdem er dies immer wieder wiederholte, ließ man schließlich von ihm ab und warf ihn in eine Zelle, wo bereits ein gutes Dutzend Männer auf ihre Hinrichtung warteten.

DIE FEUERPROBE

Man schrieb April 1498, als die Zellentüre geöffnet und eine Liste mit Namen verlesen wurde, u.a. fiel auch der des Apothekers Berini. Dieser vermeinte sein letztes Stündlein habe geschlagen, als er mit den Anderen der Liste auf den Innenhof des Bargello getrieben wurde. Dort erklärte der Hauptmann der Stadtwache, dass sie alle frei seien und gehen mögen, wohin es ihnen beliebt. Keine weiteren Erklärungen, nur die lakonische Anweisung, dass die nächsten Tage niemand die Stadt verlassen könne.

„Florenz ist abgeriegelt, doch dafür wird es eine Vorstellung der besonderen Art geben!"

Die Entlassenen bestürmten den anwesenden Stadtschreiber um weitere Informationen, doch dieser schwieg sich aus und meinte nur „ihr werdet schon sehen..." Dann öffneten sich das massive Tor des Bargello und spie die Freigelassenen aus.

Dem Apotheker war kalt und er fror entsetzlich. Kein Wunder... er war abgemagert, schmutzig und seine Kleidung die nur noch aus Fetzen bestand, stank bestialisch und stand von alleine. Obwohl er sich nach einem Zuber heißen Wassers sehnte, ging er nicht sofort nachhause, sondern zur Piazza della Signoria; wo er unter der Vielzahl der Bettler, gar nicht auffiel. Er wollte nur erfahren, warum eine so dichte und greifbare Spannung in Florenz herrschte.

Zum Erstaunen von Fausto Berini, beherrschten große Gruppen diskutierender Mönche und Adlige das Bild des Platzes und kurz darauf sah er auch warum..., zwei eng beieinander stehend Wälle aus hoch aufgeschichtetem Holz und Reisig beherrschten den Platz, der von einer wärmenden Frühlingssonne beschienen wurde.

„Bitte könntet Ihr mir erklären, was hier geschieht?" Fragend hielt er ein Mitglied der Signoria, den stadtbekannten Zunftmeister der Tuchhändler, Joachim Coccio an.

„Was hat es dich zu interessieren Bettler, verschwinde und belästige uns nicht oder ich rufe die Stadtwache!" Dabei versetzte er dem Apotheker eine so schwungvolle Ohrfeige, dass diese ihn auf das schmutzigen Pflaster beförderte. Laut schimpfend und sich die misshandelte Wange haltend, erhob sich Fausto.

„Soll ich Euch verehrter Zunftmeister, in Zukunft meine Hilfe bei Euren Gichtanfällen verweigern? Was sollte das eben sein?"

Der Mann im aufwändigem Gewand drehte sich um, blickte den Sprecher in die Augen und erschrak. Das Gesicht lief vor Verlegenheit rot an und eine Hand kam dem Apotheker entgegen.

„Meister Berini... es tut mir aufrichtig leid, ich habe Euch nicht erkannt. Was zum Teufel macht Ihr auch in dieser Verkleidung?"

„Welche Verkleidung..." höhnisch lachte Fausto auf „Verkleidung, der war gut. Dank des Priors von San Marco, saß ich drei Monate im Bargello, im Loch! Da hatte ich weder saubere Kleidung, noch dufte ich nach Veilchen. Verkleidung, tststs..." er schüttelte mehrmals ungläubig den Kopf und tippte sich dann mit dem Zeigefinger an die Stirne.

„Kommt Meister Berini, ich wohne gleich dort drüben, aber das wisst Ihr ja. Kommt mit mir, bei mir könnt Ihr Euch reinigen und frische Bekleidung für Euch, finden wir sicher auch. Wir haben..., hatten..., nun ja, in etwa die gleiche Statur," stotterte der Mann „ich bin Euch das schuldig, verehrter Farmaciste (Apotheker)."

„Das Angebot nehme ich gerne an, könntet Ihr es nicht noch etwas ausweiten?"

„Um was geht es Berini?"

„Nun ja, um etwas essbares und einen Schluck Wein, ich bin am verhungern."

„Nichts lieber als das und die neuesten Nachrichten, lege ich noch oben auf." Lachend verschwanden die beiden Männer in dem sie umgebenden Gedränge.

Fausto hatte gebadet, gegessen und nun saßen die beiden Herren bei einem Becher Wein im Arbeitszimmer des

Zunftmeisters und dieser berichtete, was sich in den letzten Monaten zugetragen hatte und er schloss mit den verbitterten Worten „... und nun will Savonarola die Feuerprobe machen... freiwillig! Dieser Mönch hält sich für unsterblich! Er will doch tatsächlich, mit einer geweihten Hostie im Mund, durch die Feuerwand schreiten. Meint Ihr verehrter Farmaciste, dass er es schaffen wird?"

"Niemals! Die Geschichten der Heiligen lehren uns, dass viele für ihren Glauben gefoltert und gequält wurden, aber überlebt... hat letztendlich keiner. Und auch ein Savonarola ist nicht gefeit gegen die Naturgesetze und die alles vernichtende Kraft des Feuers. Doch wenn er es, wie auch immer, schaffen sollte... wird ihn die Menschheit wie einen Heiligen verehren und seinen falschen Lehren folgen; doch wie gesagt...ich glaube es nicht. Wann soll dieses Spektakulum eigentlich stattfinden?"

„Morgen in aller Frühe. Ich nehme Euch mit auf die Tribüne der Signoria. Doch nun Meister Berini, solltet Ihr nochmals essen und dann etwas ruhen."

Am nächsten Morgen standen sie, bei strahlendem Sonnenschein am Rande der Piazza della Signoria.

„Wo kommen nur diese vielen Menschen her? Die Stadttore sind doch schon seit Tagen ständig geschlossen. Ganz Florenz scheint auf den Beinen zu sein." Sich mit den Ellenbogen und Fußtritten durch die Menge kämpfend, erreichten sie die Tribüne und nahmen Platz. Es dauerte auch nicht lange und ein Mönch verkündete laut:

„Macht eine Gasse frei! Platz für den Prior von San Marco!"

Die Menge teilte sich und Girolamo Savonarola schritt, mit demütig gesenktem Haupt, durch die Menge. Ihm folgten seine beiden Freunde und Vertrauten, die Frati Domenico und Silvester. Dann kamen die 'Engel' von San Marco, die Psalme singend ihrem Idol und Meister folgten.

Als der Trupp die errichteten Holzwände erreichte, kehrte schlagartig Grabesstille ein und man vernahm nur das Klatschen der Quasten, mit welchen die Büttel Pech auf den Holzstößen verteilten. Das Schweigen dauerte an...

Tage zuvor, so hatte der Zunftmeister berichtet, war es bereits zu schweren Ausschreitungen gekommen und Savonarola hatte daraufhin, einen Widerruf seiner Lehren unterschrieben. Es war zu ersten Verhaftungen und hochnotpeinlichen Verhören gekommen, doch massive Unruhen zwischen den Gegnern und den Befürwortern von Prior Girolamo, ließen ihn seinen Widerruf widerrufen. Sein Vertrauter Domenico riet ihm zur Feuerprobe... und nun war es soweit.

Fausto Berini schob die Gedanken an

die Tage zuvor beiseite und er konzentrierte sich wieder auf das Geschehen auf der Piazza. Der Zunftmeister stieß ihn an und neigte seinen Kopf zu ihm. Wie ein Hauch flüsterte er in Faustos Ohr.

„Stellt Euch nur vor..., dieser Klugscheißer wollte auf den heiligen Stuhl; das hätte doch im absoluten Chaos geendet."

Ein Abgesandter des Papstes ergriff nun das Wort und er forderte Savonarola auf, sich für die Probe bereit zu machen. Doch dieser wollte noch eine Predigt über die Verruchtheit des unnötigen Besitzes halten, was ihm aber untersagt wurde. So begann er laut zu beten.

Unter die Menschenmenge kam Bewegung, da man sich zum Gebet knien wollte..., da man aber zu eng stand, war das unmöglich. Erste Schlägereien entstanden, welche sich bis in die von der Piazza abgehenden Straßen und Gassen fortpflanzten. Die Büttel und die Stadtwachen waren machtlos da sie wie festgenagelt, an den mit Pech bestrichenen Holzwänden eingekeilt waren. Nun erbat Savonarola eine Hostie, die ihm auch umgehend gereicht wurde.

„Setzt das Holz in Brand!" Laut schallte Girolamos Stimme über den Platz und eine unwirkliche Ruhe kehrte ein.

„...und lasst uns dieses unwürdige Possenspiel beenden," vollendete der

Zunftmeister leise den Satz.

Hoch schlugen die Flammen. Frauen und Kinder schrien auf und die Menge wollte vor der immensen Hitze zurückweichen, was aber bei dem Gedränge kaum noch möglich war. Den in erster Reihe stehenden Zuschauern, wurden die Haare und Brauen etwas versengt und wiederum entstand Tumult auf dem Platz.

„Nun Prior..., was ist? Hat Euch etwa Euer ach so großer Mut verlassen?"

„Ich muss noch um Gottes Beistand bitten und ich möchte noch einmal beichten."

„Das habt Ihr heute morgen bereits getan. Aber nun denn... so sei es." Savonarola wand sich zu seinen Mitbruder Silvester und Frate Domenico rief laut und allseits vernehmlich in die Menge.

„Ich werde mich für meinen Prior der Feuerprobe unterziehen!"

„Nein, der Prior muss es selbst tun!" Im Volk wurden immer mehr Stimmen laut, „... nun macht schon endlich!" und „... he Girolamo, es gibt Leute die arbeiten müssen für ihr Brot!" und „du hast wohl Angst dir den Arsch zu verbrennen!" Vereinzelt kam es zu hämischen Gelächter und unschönen obszönen Bemerkungen.

Mittlerweile war es Mittag geworden und Fuhrwerke mit weiteren Holzstämmen, bahnten sich ihren Weg und die ersten Zuschauer machten sich bereits mit bösen Bemerkungen auf den Heimweg.

„Nur die große Fresse und nichts dahinter."

„So ein Feigling..." und „Nur Gebete und nochmals Gebete... Leute geht heim, es gibt keine Feuerprobe. Der hat die Kutte voll, denn man riecht es bis hierher."Da ertönte laut eine jugendliche Stimme über die Piazza.

„Prior Savonarola! Wir, Eure Engel glauben an Euch! Geht durch das Feuer! Unsere Gebete werden Euer Schutzschild sein, Euch wird nichts geschehen!"

„Das ist Guido, ein Mörder, Dieb und Blender. Zunftmeister, lasst ihn festnehmen. Ich weiß nicht wie er es geschafft hat dem Galgen zu entgehen..., er hätte schon längst hängen müssen; doch Savonarola schützt ihn," rief Fausto Berini erbost und der Zunftmeister gab einem Büttel den erhofften Wink. Umgehend kam der Mann auf die Tribüne und er erhielt den Befehl, den jungen Tunichtgut umgehend ins tiefste Loch zu werfen.

Es wurde Nachmittag und nichts geschah... mehr und mehr Leute begaben sich enttäuscht auf den Heimweg und dann zogen plötzlich dicke, schwarze Gewitterwolken auf und der Himmel öffnete seine Schleusen. Das Unwetter löschte schnell die Glut der Holzwände und die letzten Zuschauer, verließen fluchtartig den Platz. Kaum eine Stunde später, lag die Piazza della Signoria verwaist im Regen.

„Und wie geht es jetzt weiter? Was geschieht jetzt?" Fausto vermochte seine Enttäuschung kaum zu unterdrücken.

„Ich weiß auch nur, dass der Prior festgesetzt werden soll. Man sollte ihn ohne lang zu fackeln, aus dem Fenster seiner Bibliothek werfen, dann käme unser geliebtes Florenz wieder zur Ruhe."

„... und alle meine Freunde, währen endlich wieder sicher und könnten zurückkehren, aber hört doch, was ist das für ein infernalischer Lärm?"

Beide eilten zum Fenster und erblickten eine etwa dreißig Köpfe zählende Gruppe Männer; bewaffnet mit Mistforken, Sensen, Dreschflegeln und sonstigen Attributen bäuerlicher Feld und Waldarbeit, die laut krakelten. Fausto öffnete das Fenster und fragte nach dem wohin.

„Auf nach San Marco! Schließt Euch uns an! Wir holen diesen feigen, verlogenen Kutten Pisser aus seinem Kloster und seine Anhänger auch! San Marco... wir kommen!"

„Los Berini, kleiden wir uns an. Ich denke ich werde gleich gebeten..."

Es klopfte heftig an der Pforte „Signore Coccio! Zunftmeister Joachim Coccio! Öffnet, wir müssen schnellstens nach San Marco! Eilt Euch!" Vor dem Tor standen die Mitglieder der Signoria, flankiert von zahlreichen Soldaten.

„Wir wollen Savonarolas Nest ausräumen und wir müssen vor dem Mob dort sein!"

Als sie das Kloster endlich erreichten, belagerten bereits hunderte von aufgebrachten Menschen die Klostermauern.

„Gebt uns den Weihwasserpisser Savonarola heraus oder wir stürmen das Kloster!" Wein und Schnapsschläuche machten die Runde und der reichlich genossene Alkohol, putschte die Stimmung noch mehr auf.

Verzweifelt versuchte die Soldateska die Leute zurück zu drängen. Schließlich stellte sich der Zunftmeister auf einen Steinhaufen und ließ sich ein Sprachrohr reichen.

„Leute, so bleibt doch ruhig! Wir werden die Mönche festnehmen, aber bleibt um der Liebe Christi willen friedlich und hört auf zu saufen!"

„Wir lassen uns unser Vergnügen nicht nehmen, wir wollen ihn brennen sehen, den Scheiterhaufen haben wir schon errichtet!"

Coccio fixierte den Sprecher „bist du nicht selbst ein Anhänger des Priors? Und du daneben..., auch du bist dem Prior gefolgt und hast seine Lehren weiter verbreitet!"

Das hätte der Zunftmeister besser nicht gesagt, denn nun entstand zwischen den ehemaligen Anhängern und den Gegnern des Prior, eine wilde Prügelei. Währenddessen hatte der Mob an vorderster Front, die Klostermauer durchbrochen und erstürmte nun johlend und plündernd die Gebäude. Voller Angst und Schrecken, hatten sich die Mönche in der Bibliothek verschanzt.

„Wo zum Teufel ist unser Prior?"

„Ich habe keine Ahnung!"

„Aber er sollte doch bei uns sein und uns stärken" weinte ein Novize „ich habe große Angst! Sie werden uns alle töten!"

„Man riecht deine Angst Junge. Beherrsche dich, auch wir haben nicht den Willen zu Heiligen zu werden. Es ist aber normal Angst zu haben, wir sind auch nur Menschen."

Laut wurde an die Türe gehämmert und wieder schrie der Novize „der Mob will uns lynchen!" Eine Pfütze bildete sich unter seinen Füßen.

„Hier sind die Mitglieder der Signoria und Soldaten..., öffnet und lasst euch festnehmen, dann seid ihr vor dem wütenden Mob in Sicherheit."

Ein alter, grauhaariger Mönch öffnete schließlich die Türe und die Mönche ließen sich widerstandslos festnehmen.

„Wo ist Prior Savonarola?"

„Wir wissen es nicht." Plötzlich ein lautes johlen.

„Wir haben ihn! Knüpft ihn an den nächsten Baum!"

„Nein, auf den Scheiterhaufen mit ihm! Er soll ebenso enden wie unsere Freunde!"

Die Soldaten hatten viel zu tun, den grün und blau geprügelten Prior aus den Händen des tobenden Mobs zu befreien. Die Soldaten brachten die Mönche in den überfüllten Bargello; während der, durch den Alkohol aufgeputschte Mob, das Kloster plünderte und verwüstete; obwohl die große Glocke ständig Sturm läutete und sich die restlichen Bewohner des Klosters ergaben. Man hatte viele Tode und Verletzte zu beklagen.

Am nächsten Morgen, blickte Fausto grübelnd aus dem Fenster. Coccio trat zu ihm.

„Was habt Ihr mein Freund, warum so nachdenklich? Wir haben doch alles erreicht! Die Mönche die nicht mit dem Leitwolf geheult haben, sind bereits wieder auf freiem Fuß und werden in Klöster, weit außerhalb gebracht. Die anderen werden noch verhört, unter der Folter werden sie wohl gestehen und ihrem Irrglauben widerrufen. Einige werden wohl den Bargello nicht mehr verlassen."

„Das ist es nicht Joachim. Ich mache mir Gedanken um meine Freunde in Fontebuona und in San Donato. Ich weiß nicht einmal, ob sie dort gut angekommen sind."

„Ist der Giudice nicht in Fontebuona? Wir könnten ihn hier gut brauchen, denn es wird eine Flut von Prozessen auf uns zu kommen. Es gibt immens viel zu tun."

„Ja sind denn die Stadttore wieder auf?"

„Seit gestern Abend. Warum fragt Ihr Fausto?"

„Weil ich dann endlich Kuriere zu den Freunden schicken kann, dass sie zurückkehren können."

„Tut das und bittet den Richter im Namen der Signoria, sein Amt wieder aufzunehmen." Das ließ Fausto sich nicht zweimal sagen und er schickte umgehend Boten zu Lionardo und Matteo.

Die Tage verstrichen und an einem schönen Vormittag, kam der Zunftmeister Coccio mit der Botschaft, dass das Urteil für Savonarola und die Frati Domenico und Silvester gefällt worden sei. Die Stadtherolde verkündeten bereits den 23. Mai, als Tag der Hinrichtung.

„Stellt Euch vor Fausto, Savonarola hat gestanden, ein Mordkomplott gegen Alexander VI., unseren Papst geschmiedet zu haben. Er hat sich immer mehr in Widersprüche verwickelt und er hat auch gestanden, Aufträge zu Morden erteilt zu haben. Er und seine beiden getreuen Frati Silvester und Domenico, sollen auf der Piazza della Signoria aufgehängt und anschließend verbrannt werden. Es wird wieder zu Unruhen führen. Die Stadtregierung ruft aus der Umgebung alle Soldaten zusammen, um die Stadt vor kriegsähnlichen Zuständen und Plünderungen zu schützen.

„Das ist ja bereits übermorgen und

meine Boten, sind noch immer nicht zurück."

„Das verwundert mich nicht, denn die Stadttore sind und bleiben, bis einschließlich 25. Mai geschlossen.

DIE HINRICHTUNG

Schnell, sehr schnell war der Tag der Hinrichtung gekommen. Um nur ja nichts zu versäumen und um die besten Plätze zu bekommen, hatten viele auf der Piazza und in den umliegenden Gassen genächtigt. Laut hallten die letzten Schläge der Handwerker die den dreiarmigen Galgen, die Tribünen und den gewaltigen Scheiterhaufen unter dem Hinrichtungsinstrument errichtet hatten über den Platz. Soldaten marschierten auf und stellten sich rings um das Richt-Areal und entlang des Weges, den der Schinder-Karren nehmen sollte auf.

Der Vormittag zog sich unbotmäßig in die Länge und die Piazza füllte sich mehr und mehr. Die große Glocke von Badia Fiorentina schlug zum Mittag als Unruhe in die, bis dahin ruhig abwartende Menge kam. Der Karren war unterwegs...

Savonarola und seine beiden Mitbrüder und Freunde, im Büßerhemd und mit Ketten um die faltigen Hälse, waren rechts und links mit festen Stricken am Wagenrand festgebunden. Abgemagert bis auf die, von der Folter zerbrochenen Knochen und kahl geschoren, mussten sie sich beschimpfen, bespucken und mit Steinen und Unrat bewerfen lassen. Die Soldaten griffen auch nicht ein, als nahestehende Zuschauer den Wagen erstürmten und die Wehrlosen schlugen. Endlich erreichte der Karren die Piazza della Signoria und die drei Delinquenten, wurden auf das Podest, gegenüber dem Richtplatz geführt. Nun sah man, dass auch ihre Füße mit Ketten gebunden waren, die nur kleinste Schritte erlaubten und die Drei miteinander verbanden.

Badia Fiorentina schlug die erste Mittagsstunde, als ein Abgesandter des Papstes, die Anklage und anschließend die Geständnisse verlas. Die Anklage lautete auf Ketzerei, Papstverachtung, die Verbreitung falscher Lehren und das Aufwiegeln der Bevölkerung; doch es werde die Gnade des vollkommenen Ablasses gewährt.

Sodann erhob sich ein weltlicher Richter und dieser erklärte den Ablauf der Hinrichtung, zeigte die Beurkundung des Urteilsspruches vor und ordnete dessen sofortige Vollstreckung an. Die Delinquenten wurden barfuß über eine, eigens zu diesem Zweck er richtete Brücke, welche mit häuslichem Unrat übersät war, zu dem dreifachen Galgen geführt.

Die Zuschauer applaudierten johlend, als Frate Silvester als erster hochgezogen wurde. Der Knoten des Seiles war scheinbar falsch geknüpft worden, denn der Gehängte wand sich längere Zeit röchelnd am Seil, bis er qualvoll erstickte. Als zweiter war Frate Domenico auf der anderen Seite dran. Mit demütig gesenktem Blick bekreuzigte sich der Mann und ergab sich, sehr zur Enttäuschung der Zuschauer die ein Spektakel erwartet hatten, in sein Schicksal. Buhrufe und Pfiffe erklangen und vereinzelt flogen Steine, die aber nur die absichernden Büttel und Soldaten trafen. Auch Girolamo Savonarola bekreuzigte sich und ließ sich still und ergeben hochziehen. Das Volk brach in laute Jubelrufe aus und bedauerte gleichzeitig den schnellen Tod, des am Schluss so verhassten Priors von San Marco. Nun erfolgte der laute Befehl zum Entzünden des Scheiterhaufens und da er mit viel Öl getränkt war, schlugen die Flammen sofort hoch.

Der Mob begann an ein Wunder zu glauben, als eine Windbö das Feuer von den Gehängten wegtrieb; dann aber flogen faustgroße Steine auf die baumelnden Leichen und die Flammen fanden den rechten Weg. Wieder johlte die Menge auf, als sich Arme und Beine lösten und in die wabernde Glut fielen. Ein entsetzlicher Gestank breitete sich aus und erste Zuschauer übergaben sich auf die vor ihnen Stehenden.

Nach Stunden hatten die ersten genug gesehen, um ganzen Generationen darüber berichten zu können und so machten sie sich auf den Heimweg. Nur ein paar ganz abgebrühte Anhänger des Prior blieben und schauten, bis die Flammen in sich zusammenfielen und versuchten dann, einige Knochen aus der Asche zu bergen. Die Obrigkeit aber, die Angst davor hatte das diese Knochensplitter der Verklärung Savonarolas und der daraus resultierenden Verehrung beitragen würden, jagten den Anhängern die Knochen wieder ab. Erneut wurde ein großer Holzhaufen errichtet und die zusammengetragene und mit Öl vermengte Masse des Scheiterhaufens nochmals verbrannt.

Bis zum Mittagsläuten des folgenden Tages mussten Soldaten und Büttel das Feuer am Brennen halten; auf das nicht ein Knochenfragment übrig blieb. Unter Bewachung kühlte der Haufen aus und wurde anschließend auch noch zerstampft um in der darauf folgenden Nacht, heimlich im Arno ausgestreut zu werden. Zu groß war die Angst der Signoria und des päpstlichen Gesandten, dass Stücke von Savonarolas Skelett, als Reliquien wieder auftauchen könnten. In derselben Nacht entfloh Guido, schwerverletzt aus dem Folterkeller des Bargello und er schien wie vom Erdboden verschluckt.

Endlich kehrte so etwas wie Normalität in Florenz ein, wenn auch nur vorübergehend.

MAURO...GEH UND LEBE

Zu der Zeit, da Savonarola seine Feuerprobe zu bestehen versuchte, kam in San Donato Unfrieden auf.
Einer der Söhne Carmelos genannt Arturo, wurde eifersüchtig auf Mauro; auf sein Wissen und Können.. Camilla, Arturos Mutter hatte angeordnet, dass ihre Kinder von dem jungen Gelsino etwas unterrichtet werden sollten, da diese 'unwissend wie junge Esel' wären. Der Sohn, der fast so alt wie Mauro war, wollte das nicht so einfach hinnehmen und er traktierte den jungen Mann und dessen Freundin Lucia, bis aufs Blut. Kaum das die junge Frau in die Scheune ging um etwas zu holen oder das Federvieh zu füttern, kam auch schon Arturo nach und versuchte einen Kuss zu erhaschen oder er schlich sich an und griff ihr grob unter die Röcke.
„Bilde dir nur nichts auf deinen 'gelehrten Heiligen' da drinnen ein..." zischte er in ihr Ohr „ich besorge es dir allemal besser, als dieses Möchtegern-Männlein, der nur Wissen im Kopf, aber keinen Schwanz zwischen den Beinen hat." Gewaltsam drückte er sie in das Heu, schob ihre Röcke hoch und versuchte seine Hose zu öffnen. Er war so abgelenkt das er nicht bemerkte, dass seine kleine Schwester, die im Heu geschlafen hat-

te, die Scheune verließ. Die Kleine rannte, als sei der Leibhaftige hinter ihr her, ins Haus und schmiegte sich dort Schutz suchend an Mauro.

„Anna, Annuzza, was hast du? Du bist ja ganz verstört, hat Arturo dich wieder geärgert?" Gedankenverloren zupfte er einige Heu-Halme aus dem langen Haar des Mädchens und stutzte plötzlich „...wo warst du Kind?"

„In der Scheune..."

„Hat Lucia dich geweckt?" Ein Kopfschütteln und ein Blick aus Tränen verschleierten Augen, ließen ihn und Camilla, die das Gespräch aufmerksam verfolgt hatte, aufspringen und zur Scheune eilen. Keinen Moment zu spät...

Mauro zerrte Arturo wutentbrannt von Lucia und dieser hielt, während sein erigiertes Glied aus der geöffneten Hose ragte, ein Messer in seiner Rechten und bedrohte Mauro damit. Dieser griff nach einer Holzlatte die an der Wand lehnte und schlug sie mit aller Kraft, auf den Unterarm des Jungen. Ein hässlich knirschendes Geräusch erklang durch die Scheune und laut auf kreischend ließ der Junge das Schneidewerkzeug fallen. Die rechte Hand baumelte halt und kraftlos herunter. Mit einem entsetzten Aufschrei eilte Camilla zu ihrem Sohn und gab Mauro dabei eine solche Maulschelle, dass es ihn von den Füssen riss und er eine schrill klingende Glocke im linken Ohr hatte. Schließlich erhob sich auch die geschockte Lucia, die einen blutig roten, aber ungefährlichen Schnitt am Hals hatte. Trotzig wischte sie sich über die nassen Augen, ordnete ihre Röcke und half dann Mauro auf die wackeligen Beine.

„Komm mein Herz, packen wir unser Bündel, ich vermag keine Stunde mehr, in diesem Haus zu bleiben."

„Aber wo willst du hin? Wir sind hier irgendwo im Nirgendwo..." brüllte Mauro, um den anhaltenden Ton in seinem Ohr zu übertönen.

Camilla hatte auch ihrem Sohn mehrere Ohrfeigen verpasst und kam nun zu Lucia und ihrem Liebsten.

„Es tut mir wirklich leid mein Junge, aber es war der Reflex einer Mutter, deren Kind verletzt worden ist. Bitte kommt erst einmal Beide mit ins Haus, wir werden eine Lösung...hört doch, sind das nicht Pferde und ein Wagen?"

„Ich höre nur irgendwelche Glocken," brüllte Mauro.

„Ja Camilla, auch ich höre Räder," Lucia lauschte mit geneigtem Kopf.

„Maaaaamaaaa! Babbo und mein Bruder kommen mit noch einem Mann zurück!" Anna hüpfte aufgeregt von einem Bein auf das andere. Das helle Geschrei des Mädchens hatte auch Mauro vernommen.

„Nur ein Mann? Was mag da in Florenz vorgefallen sein?"

Aufgeregt und neugierig eilte Lucia zur Tür und erblickte den Medico auf dem Fuhrwerk. Verdrängt, keineswegs vergessen war das soeben erlebte.

„Mutter Nunziata..., kommt aus der Küche, Euer Liebster ist hier!" rief die junge Frau fröhlich und erleichtert. Camilla hatte die beiden Jungen in der Scheune zurückgehalten. „Arturo, dein Vater ist ein gerechter Mann, aber wenn er hört was seiner Ankunft voraus ging, wird er dich erschlagen oder aus dem Haus jagen..., denn du hast gegen das Gastrecht verstoßen."

„Carmelo muss es ja nicht erfahren, denn Lucia wird aus Scham schweigen und wenn Arturo mir schwört, dass so etwas nie wieder geschehen wird, werden wir sagen, dass es nur ein dummer Unfall war und er gestürzt ist."

„Nun mein Sohn..., antworte! Willst du von deinem Vater totgeschlagen werden oder dich entschuldigen und einen Unfall einräumen?" Camilla wurde langsam ungeduldig und packte ihren Sohn hart am Arm.

„Unfall, ich bin über meine eigenen Füße gestolpert" meinte Arturo scheinbar reumütig; bedachte Mauro aber aus zusammen gekniffenen Augen mit einem bösen, rachsüchtigen Blick. Diesem wurde schlagartig klar das, das Bleiben keinen Sinn mehr machte, wenn er seine Freundin schützen wollte.

Nun erst liefen alle hinaus und begrüßten Carmelo, Nero und den Medico. Sergio Volpe erkundigte sich, nach einer ausführlichen Begrüßung, nach dem Mönch Matteo.

„Den haben wir seit Tagen nicht mehr gesehen. Er ist auf der Jagd und wollte binnen einer Woche wieder zurück sein. Nun..., wir haben hier auch gleich einen ungeschickten Patienten für Euch."

Camilla schob ihren Sohn zu dem Arzt. Dieser sah sich den Bruch genau an und sein geschultes Auge entdeckte sofort, den wie abgeschnitten wirkenden Bluterguss und die noch in der Wunde steckenden Holzsplitter. Fragend blickte er zu Mauro, aber da der junge Mann kaum merklich mit dem Kopf schüttelte, beließ es der Medico bei seiner Untersuchung. Er hatte aber sehr wohl die sich deutlich abzeichnenden fünf Finger auf Mauros Wange und die schiefe Kopfhaltung, die man auch bei Schwerhörigen beobachten kann bemerkt.

„Nunzi meine Liebe, könntest du mir bei dieser Verwundung helfen?" und zu Mauro: „Anschließend möchte ich dringlich mit dir sprechen mein Sohn."

„Aber gerne Sergio. Hast du etwas von meinen Eltern gehört?"

„Nein, leider nichts."

Carmelo kam mit einem Muli aus der Scheune und verkündete:

„Also ich reite jetzt los und suche meinen Cousin, denn Mutter ist schon ganz aufgeregt und besorgt, wo er solange bleibt."

Zwei Tage später, war der Hausherr

mit Frate Matteo zurück. Das Muli zog eine Trage hinter sich her, worauf der Mönch stöhnend lag. Dieser war von einem rasenden Keiler angegriffen und schwer am Bauch verletzt worden.

„Ich habe ihn in einem notdürftig errichteten Unterstand gefunden. Er fiebert stark und ich befürchte, dass in seinem ebenfalls verletzten Bein, der Wundbrand tobt. Das Körperteil, riecht ebenso faulig wie das Wildfleisch, das ich vergraben habe."

Nach einer Woche der Qual, schloss der so beliebte Mönch für immer seine blauen Augen und auch Mauro, sah keinen Grund zum Bleiben mehr. Bei einem Spaziergang durch den Weinberg, erzählte er Sergio von den jüngsten Vorfällen und von der Rachsucht des Arturo.

„Er wird nicht aufhören Lucia zu belästigen. Im Augenblick muss er sich noch beherrschen, aber wenn der Bruch verheilt ist, dann..."

„Mein Sohn, hast du dir das auch gut überlegt? Bedenke was das für Strapazen werden, willst du Lucia dem wirklich aussetzen?"

„Ich muss Sergio..., der Junge wird keine Ruhe geben; er hat Blut geleckt und du und Nunziata, ihr wollt doch auch irgendwann zurück nach Florenz."

„Wir warten aber noch auf Fausto und die neuesten Nachrichten. Savonarolas Stern ist im sinken und wenn seine Macht gebrochen ist...; erst dann kehren wir zurück."

„Bitte versuche auch mich zu verstehen Sergio. Uns hält hier nichts mehr. Matteo ist tot und ich möchte zu meiner Familie, zu unserer Familie, denn Lucia ist auch ein Teil davon."

„Ich verstehe dich ja Mauro, besser als du vermeinst. Schließlich war auch ich einmal jung und bin es, dank Nunziata, wieder geworden."

„Ach wirklich? Wird man dank der Liebe, tatsächlich wieder jünger?" scherzte Mauro, was ihm einen freundschaftlichen Boxhieb von Sergio einbrachte.

„Söhnchen, warten wir noch bis eine Nachricht von Freund Fausto eintrifft, es kann nicht mehr allzu lange dauern; dann magst du mit Gottes Segen gehen, wohin es dir beliebt. Da ich ahne, dass du direkten Weges nach Fontebuona willst, bist du ebenfalls gut beraten noch etwas abzuwarten. Ende Mai sind die Nächte wärmer und trockener. Ich möchte nicht, dass ihr euch den Tod holt. Bitte mein Junge..., warte noch ein wenig."

Die Tage vergingen zäh und mit viel Arbeit im Weinberg, denn der Rebschnitt stand an. Mauro ließ Lucia keinen Moment aus den Augen, denn Arturo zog sie mit seinen gierigen Augen aus und schlich wie ein verliebter Kater um die Scheune, wenn sie im Zuber saß und sich badete. Auch Mutter Nunziata wusste, eingeweiht von Camilla, von den Geschehnissen und so überwachte auch sie, sich ständig argwöhnisch um blickend die junge Frau.

Ende April verstarb dann auch Martha, die Mutter Carmelos und die Tante von Matteo. Sie die Matrone, hatte alles zusammen gehalten und sich um alles gekümmert; doch nun wollten ihre ältesten Enkel das Erbe der Großmutter aufgeteilt wissen. 'Teilt es gerecht unter euch auf', hatte sie erst einige Tage zuvor gesagt, da es Carmelo und Camilla eher in die Stadt zog und die Enkelkinder, allen voran Arturo, ihr Recht sofort und unverzüglich wollten. Nur der kleine Nero, er wollte nichts; er wollte wie sein Vorbild Matteo ein guter Franziskaner Mönch werden.

Dann war der große Tag, auf den alle so gewartet hatten gekommen. Abgehetzt und müde traf endlich der ersehnte Bote des Apothekers Fausto Berini ein. Sergio erbrach das Siegel an dem Pergament, was eigentlich an den verstorbenen Matteo gerichtet war und las laut vor:

'Mein lieber Matteo! Liebe Freunde, die ihr nicht hier in diesem Hexenkessel weilt! Savonarola hat die Feuerprobe, die er doch selbst wollte, nicht vollbracht und er sitzt nunmehr mit seinen engsten Anhängern in Bargello. Auf den Straßen sind allerorten Unruhen und man ist seines Lebens nicht mehr sicher. Die Stadttore sind mal auf, mal zu und keiner weiß was am nächsten Tag sein wird. Ich habe keine Ahnung, ob euch die Nachricht tatsächlich erreichen wird. Ich selbst war ebenfalls Gast im Bargello und nehme an, dass ich meine Freilassung Signore Tornabuoni verdanke, der Dank meiner Giftmischerei seine Gichtanfälle erträglicher findet. In der Hoffnung, dass bei euch alles seine Ordnung hat, grüßt euch, euer Giftmischer Fausto Berini. Gott mit euch allen.'

„Der Nichtsnutz verliert seinen Humor wohl nie..." lachte Sergio ob der guten Nachrichten. „Wie lang habt Ihr gebraucht, diese Nachricht hierher zu bringen," fragte er den Boten.

„Fast drei Wochen, denn es hat sehr lange gedauert, bis ich aus der Stadt kam Signore."

„Ihr habt jetzt mit zugehört, also könnt Ihr uns doch erzählen, was weiter geschehen ist oder? Berichtet und es soll Euer Schaden nicht sein..." Sergio machte die allseits bekannte Geste des Geldzählens und so erzählte der Mann aus seiner Sicht, was weiterhin geschehen war.

„Die Stadtwachen haben immer nur ein gewisses Kontingent heraus oder hinein gelassen, da wird ein kleiner Überbringer von Nachrichten immer übersehen und an die Wand gedrückt. Als sich dann eines Abends, das Tor direkt vor meiner Nase schloss, reichte es mir gründlich. Am nächsten Tag, habe ich mich zwischen den Achsen eines Wagens fest gebunden und bin so endlich aus der Stadt gekommen. Allerdings musste ich anschließend eine ganze Woche im Heuschober eines Bauern verbringen, da mir ein spitzer Stein den Oberschenkel aufgerissen hatte."

„Signore, hinkt Ihr deshalb?" Interessiert fragte Sergio nach.

„Ja und ich glaube, es hat sich entzündet, es pocht so merkwürdig."

„Ich kümmere mich sofort darum. Gibt es sonst noch etwas zu vermelden?"

„Aber ja Signori..., der Tyrann Savonarola ist tot und verbrannt," bemerkte der Bote gleichgültig.

Wie von einer Tarantel gestochen sprang Sergio auf, „Savonarola ist tot? Und das sagt Ihr erst jetzt..., dass ist die wichtigste Nachricht überhaupt!" Der Medico rannte aufgedreht im Zimmer umher. „Freunde...es ist vorbei! Wir können zurück nach Florenz!" Er blickte zum Himmel und schrie mit sich überschlagender Stimme „Matteo hörst du das? Er lebt nicht mehr! Savonarola hat sein Leben ausgehaucht..., was für eine Freude!" Auch seine Liebste bekam seine überschäumende Freude zu spüren. Er riss sie an sich und drehte sich mit ihr im Kreis, „Nunzi meine Liebe, wir können, dürfen..., müssen heiraten! Endlich sehe ich den Giftmischer und meine Heimatstadt wieder!"

Verblüfft sah der Bote zu und fragte dann besorgt Carmelo: „Herr, ist der

Signore vielleicht krank? Ist er besessen?"

„Nein, er ist nur außer sich vor Freude und glücklich wieder heimkehren zu können," lachte Carmelo und schmiedete in Gedanken bereits Pläne für seinen geplanten Weinhandel.

„Nun könnt ihr euch auf den Weg zu deinen Eltern machen, denn auf diese Nachrichten habe ich noch gewartet. Mauro..., geh und lebe dein Leben!" Etwas merkwürdig war dem Medico schon zumute, denn der Junge und seine Freundin waren Sergio sehr ans Herz gewachsen.

GEFÄHRLICHE SUCHE

Die hektische Aufbruchstimmung machte sich im ganzen Haus bemerkbar. Als erstes gingen Mauro und Lucia; sie wollten so ziemlich querfeldein zu den Eltern nach Fontebuona. Kein leichtes Unterfangen, doch jetzt zu Anfang Juni war es am besten. Die Wildtiere, allen voran die Wölfe, fanden genug Futter und auch die jungen Leute, würden nicht zu darben brauchen. Mit einem voll beladenem Muli, welches ihnen Carmelo zum Geschenk machte, begaben sie sich auf den Weg ins Ungewisse. Auf dem geduldigen Tier befanden sich Vorräte, eine geölte Plane gegen Regen, wetterfest verpackte Wechselkleidung und Umhänge, sowie ein Kästchen mit Verbänden und Medizin. Beide hatten an ihren Gürteln Beutel mit Feuerstein und Zunder, sowie doppelseitig geschliffene Messer in Lederscheiden. Auf Mauros Schultern befanden sich, eine kleine Armbrust, sowie ein Lederköcher mit deren Pfeilen, während Lucia einen Sack gefüllt mit einigem Werkzeug trug.

Derart ausgerüstet, mit Glück und Segens-Wünschen überhäuft, sowie lieben Grüßen und Nachrichten an die Familie, machten sich die Beiden auf den nicht ungefährlichen Weg, in die Ausläufer des Apennin. Zunächst nach Norden, wo sie nach etwa drei Tagen den Monte Giovi erreichen sollten und danach durch die Täler weiter nach Westen, bis Fontebuona. Sollten sie sich jedoch verlaufen, sollten sie immer nach Süden gehen..., heraus aus den Bergen und dem Wald.

Vergnügt und Hand in Hand, starteten die Jugendlichen an einem Sonntagmorgen zu ihrer abenteuerlichen Reise ins erwachsen werden.

Am ersten Tag liefen sie über ausgetretene Pfade zwischen Wäldern, Feldern und vereinzelten Weinbergen und erreichten am Abend das Tal des Sieve. Mauro fing zwei Fische, steckte sie auf Ästchen und briet sie auf kleinem Feuer. Nach dem Essen schwatzten sie noch ein wenig, rollten sich aber bald in ihre Decken und waren kurz darauf eingeschlafen.

Carmelo hatte ihnen eingeschärft stets am Flüsschen zu bleiben, bis sie das Dorf San Lorenzo erreichen würden. Dieser Weg wäre dann zwar länger, aber auch sicherer. Von dort sollten sie dann weiter nach Süden, wo sich einige verstreute Dörfer befinden sollten, dort könne man dann weiter, nach dem Weg nach Fontebuona fragen. Sollte aber wieder erwarten alles dumm laufen, sollten die Beiden nur immer nach Süden gehen und würden sich dann, nahe Florenz wieder auf dem rechten Weg befinden.

Der junge Mann war guten Mutes, die Eltern problemlos zu finden und so liefen sie noch einige Tage fröhlich und unbeschwert, am Ufer des Sieve entlang. Am vierten Tag war es bereits am frühen Morgen schwül heiß und Myriaden von Stechmücken hüllten sie sirrend ein.

„Mauro bitte lass uns durch den Wald gehen, ansonsten holen wir uns noch das Fieber oder kratzen uns zu Tode."

Also schnappten sie ihr Muli und stiegen einen Hügel hinauf in den kühleren Wald. Müde und ausgelaugt wie sie waren, kamen sie nur sehr langsam vorwärts. Dann gegen Abend, verfinsterte sich auch noch der Himmel. Entferntes Grollen und immer näher kommende grelle Blitze, kündeten von einem gewaltigen und heftigen Unwetter.

„Wir müssen wieder an den Fluss zurück Lucia, hier im Wald ist es zu gefährlich," schrie Mauro gegen den aufkommenden jaulenden Wind. Doch wo war das Wasser? Durch die rasch einfallende Dunkelheit hatten sie die Orientierung verloren und nun begann es auch noch heftig zu regnen. Der junge Mann band das Muli fest an einen Baum, nahm die geölte Plane, riss Lucia auf den Boden und zog dann das wetterfeste Tuch über sie beide.

Es krachte und knallte ununterbrochen und bald war auch ihre Kleidung durch das nasse Moos völlig durchnässt. Mauro zog die zitternde Lucia zu sich und sie presste sich voller Angst an ihn. Irgendwann schliefen sie trotz des Lärms, des Regens und der Kälte, die langsam in ihre Glieder kroch ein.

Am darauf folgenden Morgen umgab sie so dichter Nebel, dass sie gerade noch die Hände vor ihren Augen erkennen konnten, weshalb sie tatenlos und eng aneinander geschmiegt unter der Plane sitzen blieben und nur trockenes Brot aßen und und zum Trinken die Wassertropfen von den Blättern auffingen.

Zwei schier endlos lange Tage mussten sie so zubringen, aber am dritten Tage war die Sonne kraftvoll und wärmend wieder da; doch nun fanden sie kein trockenes Holz und auch das Muli war sehr geschwächt. Gott sei Dank waren wenigstens die gut verpackten Kleidungsstücke zum wechseln trocken geblieben und so, rieben sie sich gegenseitig verschämt ab und zogen frische trockene Sachen an.

„Suchen wir das Flüsschen und gehen dann weiter. Heute Abend gibt es dann wieder ein Feuerchen und etwas warmes in den Magen."

Lauschend neigte Lucia den Kopf zur Seite „...amore mio, ich höre Wasser rauschen."

Mauro der etwas weiter weg stand antwortete „ich hier auch mein Herz, aber welches von den beiden ist nun der Sieve?" Der extrem starke Regen hatte winzige Bachläufe, zu reißenden Flüssen anwachsen lassen.

„Beide fließen in unterschiedliche

Richtungen und wenn wir dem falschen folgen, geraten wir immer tiefer in den Wald, aber wir können auch nicht solange warten, bis der eine versickert ist Lucia...Lucia? Wo bist du? Herzchen, ich habe keine Lust auf Spielchen und es ist nicht lustig! Lucia? Luuuciiiaaa!" Doch die Freundin war nirgends zu sehen. Noch einmal rief er ungehalten und mit bösem Unterton nach dem Mädchen... nichts und nun bemerkte er auch, dass das Muli fehlte, ihm schwante furchtbares... da, war da nicht ein entfernter Schrei gewesen?

Angestrengt lauschte er, aber er vernahm nur das rauschen des Windes und den Gesang der Vögel. Da war es wieder: „...au...oooo", das war Lucia! Mauro stellte über sein Gehör die Richtung des Rufes fest und suchte akribisch den feuchten Boden ab. Es dauerte nicht lange und er fand eine unübersehbare Spur aus niedergetretenen Pflanzen, Muli-Tritten und Fußabdrücken die tiefer in den Wald hinein führte; Mauro folgte der Spur, weiterhin angestrengt auf die Geräusche lauschend.

Scheinbar hatte eine Bande der so gefürchteten Räuber des Apennin das Mädchen entführt und das Muli geraubt. Der Junge verbot sich selbst, an die Konsequenz für Lucia zu denken, denn er benötigte seine ganze Aufmerksamkeit zur Spurensuche und diese führte ihn, immer tiefer in das Gebirge. Die Wälder waren wild, dunkel, dicht und der junge Mann hatte noch keinerlei Plan, wie er seine Freundin befreien sollte. Denn weder wusste er wo sich das Lager der Banditen befand, noch mit wie vielen Personen er es zu tun bekommen würde, er besaß ja nichts weiter mehr als sein Messer.

Wieder wurde es Nacht und er wagte auch diesmal nicht, ein Feuer zu schlagen. Hungrig und erschöpft lehnte er sich an einen Baum und schloss müde seine Augen. Plötzlich fuhr er aus dem Halbschlaf hoch..., waren da nicht Stimmen gewesen?

„Der Hauptmann stellt sich das so einfach vor... in der Nacht die Spuren verwischen! Das Miststück war doch nur mit diesem grünen Bengel unterwegs und der ist doch weiß Gott keine Gefahr für uns, aber die Kleine ist recht niedlich, trotz ihrer Narben, aber sie hat ein enges Loch und der Hauptmann meinte, sie sei noch Jungfrau gewesen. Hahaha..." lachte der Unsichtbare dreckig, „der Alte hat sich mit seiner Gier selbst eine Grube gegraben, sie ist gebraucht..., nun bekommt er kaum noch etwas für sie!"

Mauro durchfuhr ein heißer Schmerz und er rief sich selbst sofort zur Ordnung. Mit blinder Wut konnte er seinen Schatz nicht befreien und so lauschte er mit geballten Fäusten weiter, während er versuchte die Dunkelheit mit seinen Augen zu durchdringen. Da... ein flackernder Schein zwischen den Bäumen, das Licht einer Fackel!

„Aber die Haare, diese herrlichen, duftenden Haare... die hätte er ihr nicht abschneiden brauchen. Nun sieht sie aus, wie eine überführte Hure."

„Ist sie das nicht auch? Zumindest hat der Alte sie dazu gemacht. Hahahahahaha..."

Um nur ja jedes Ästchen zu ertasten kroch Mauro auf allen Vieren an die Männer heran und seine Gedanken überschlugen sich. 'Ich darf sie jetzt nicht angreifen, sonst finde ich den Weg in das Lager nicht' schoss es ihm durch den Kopf 'am besten ist, ich folge ihnen und überlege vor Ort, was ich tun kann.'

Mit langen Wedeln aus Reisig, versuchten die Männer die hinterlassene Spur zu beseitigen.

„Der Junge hat viel zu viel Angst, um uns zu folgen. Das Stadt Bürschchen würde sich nur verlaufen und dann heulen wie ein Kleinkind. Hahahaha..." ein lautes hämisches und Mauro vertrautes Lachen dröhnte durch den Wald.

„Halts Maul du Esel oder willst du mit der neunschwänzigen Katze ausgepeitscht werden? Der Hauptmann kennt da keine Gnade. Nun mach schon Guido... ich will am Feuer noch einen saufen!"

Dieser Name und dieses Gelächter...,

Mauro bekam eine Gänsehaut, aber es war ja unmöglich! Er schlich näher...

„Aber auf das kleine Miststück, freue ich mich auch. Wir werden sie doch bekommen, wenn der Hauptmann sie satt hat?"

„Gesagt hat er es. Mich amüsiert am meisten, dass die beiden Grünschnäbel nicht wussten, dass sich nur wenige Meilen weiter, ein Kloster zu ihrem Schutz befunden hätte. Die Kinder von heute..., verwöhnt und dumm. Du Guido bist natürlich ausgenommen."

„Graziano, hör endlich mit deinem schwachsinnigen Gewäsch auf und lass uns zur Meute zurückkehren, ich habe Hunger."

Nun spürte auch Mauro, dass er seit nahezu vier Tagen nichts mehr in den Magen bekommen hatte. Er nahm einen kleinen runden Stein auf, rieb ihn an seinem Wams sauber und steckte ihn in den Mund. Vorsichtig lutschte er daran herum und dann bewegte er sich, weiterhin Geräusche vermeidend in die Richtung, welche die beiden Räuber genommen hatten. Er wusste nicht mehr wie lange er schon über den Boden gekrochen war, als er Feuerschein bemerkte und leise Stimmen vernahm. Mit aller Vorsicht schob er sich weiter, bis an den Rand eines Felsabbruchs. Sein Blick fiel auf eine Lichtung in einer Senke unter ihm..., er hatte das Lager der Banditen gefunden und im Widerschein des Feuers, sah er etwa zehn

Mannen sitzen. Doch wo war Lucia? Ein leises Schnauben verriet ihm wo die Mulis standen; doch da war auch noch ein großer Wolfshund, der gerade genüsslich an einem Knochen nagte.

BANDITEN

Mauros Augen gewöhnten sich an das flackernde Zwielicht und nun konnte er auch Einzelheiten erkennen. Was er für achtlos hingeworfene Decken gehalten hatte, entpuppte sich als seine Lucia, eingewickelt wie eine Presswurst und das Bild wurde immer deutlicher. Nun erkannte er auch ihren fast kahlgeschorenen Kopf, die angstvoll aufgerissenen Augen und auch den schmutzigen Knebel in ihrem Mund konnte er erkennen.

„Komm doch her ans Feuer mein Liebchen..." grinste einer der Männer und entblößte dabei einige schwarze Stummel, im ansonsten zahnlosen Mund.

„Sagt nur nicht, dass Ihr schon wieder könnt Hauptmann!"

„Ja, ich kann immer, ganz im Gegensatz zu euch Schwächlingen! Na wie wäre es Liebchen... reiten wir nochmal einen heißen Galopp?" Hässlich obszönes Lachen klang auf und zotige Bemerkungen machten die Runde.

Mauro schluckte krampfhaft, als er Lucias Wimmern hörte und bittere Galle stieg in seiner Kehle auf. Er fixierte Lucias Augen, was auf diese Entfernung nicht gerade einfach war und dann sendete er ruhig und intensiv seine Gedanken aus.

'Liebste, ich bin hier, ganz nahe bei dir und ich hole dich da raus.

Noch weiß ich nicht wie, aber ich schwöre dir, ich werde dich befreien.'

Es war verblüffend.... Lucia schien seine Gedanken vernommen oder gespürt zu haben, denn das Wimmern erstarb und sie suchte mit ihren Augen den Abbruch ab. Sachte hob Mauro einen Ast und bewegte ihn, entgegen der Windrichtung auf und ab. Sie schien es gesehen und verstanden zu haben, denn Lucia bewegte ihren Kopf auf die gleiche weise.

„Wem gibst du Schlampe Zeichen?" Der Hauptmann eilte zu ihr, riss sie auf die Beine und schüttelte sie wie eine leblose Gliederpuppe. „Wer mich verrät, verrät Gott...merk dir das... merkt es euch alle!" Hart gab er dem Mädchen einen Stoß, der sie beinahe in die Glut des Feuers beförderte und dann rief er den großen Hund: „Borgia... beiss zu!"

Mauro kam nicht dazu sich zurück zu ziehen; denn im Nu war der riesige Köter über ihm und hechelte seinen heißen Atem in sein Gesicht. Die Schnauze mit den entblößten, gefletschten Zähnen kam näher und näher..., doch plötzlich glitt die lange, klebrige Zunge des Hundes über Mauros Wange.

Der Junge erholte sich schnell vom ersten Schrecken und zaghaft streckte er seine Hände nach oben und kraulte das Tier liebevoll, doch mit dem nötigen Respekt, hinter den Ohren. Der Hund ließ augenblicklich von ihm ab, setzte sich abwartend auf seine Hinterläufe und blickte Mauro abwartend an. Ahnte das Tier sein gutes Herz und das er Hunde über alles liebte? Er wusste es nicht, aber er hatte einen Verbündeten gefunden. Zärtlich flüsterte er dem Tier zu: „Gehe zurück Borgia, ich werde dich rufen wenn ich dich brauche. Schütze die Frau so gut du vermagst, bitte und nun geh."

Das Tier warf ihm einen letzten Blick zu, lief dann zurück an das Feuer und legte sich, die Abbruchkante nicht aus den Augen lassend, dicht zu Lucia. Konnte das sein? Hatte ihn das Tier wirklich verstanden?

Im Morgengrauen des darauffolgenden Tages wurde Mauro der in einer Bodensenke, zugedeckt mit einigen abgebrochenen Ästen geschlafen hatte, von einem sanften und etwas feuchten schubsen geweckt. Wen wundert es, dass er dabei an seine Freundin dachte, hatte er doch soeben von ihr geträumt, nur... sie roch wesentlich besser als ein nasser Hund. Langsam öffnete er seine Augen und er erblickte 'Borgias' riesigen Schädel. Liebevoll krault er das drahtige, struppige Fell des Tieres.

„Was machst du hier? Man wird merken wenn du immer wieder wegläufst." Der Wolfshund lief einige Schritte weg und brachte dann, zur großen Verblüffung des jungen Gelsino, einen Knochen mit reichlich gebratenem Fleisch daran. Er legte diesen vor Mauro ab, blickte ihn mit triefenden Augen an und als er nicht reagierte, rollte der Hund den Knochen näher zu ihm.

„Ist der für mich?" und wieder kraulte er das Tier, dessen Rute vor Freude nicht still zu stehen vermochte. „Ich danke dir herzlich mein vierbeiniger Freund, doch nun lauf zurück und achte auf Lucia," ein letztes Mal streichelte er das große Tier, ehe es zurück in das Lager lief. Nun nahm Mauro sich den Knochen vor, der von einem Hirsch stammen konnte und der vermutlich nicht für 'Borgia' gedacht war, denn es befanden sich nur Schnittspuren an dem Fleisch. Außerdem roch es noch frisch und so verzehrte Mauro heißhungrig, jedoch bedächtig kauend das Fleisch. Gott sei Lob und Dank, er hatte wenigstens sein Messer noch.

Im Lager der Banditen entstand große Hektik und man machte sich zum Aufbruch fertig. Es wurde gesucht und geflucht.

„Verdammt nochmal..., dieser Köter hat mir mein Essen gestohlen; wo treibt der sich schon wieder herum? Borgia, Boooorgiaaa!"

„Mach doch deine Augen auf, er liegt friedlich bei dem Weib und dein Fleisch wirst du gestern selbst gefressen haben..., so besoffen wie du warst, würdest du ja nicht mal gemerkt haben, wenn wir deine Eier abgeschnitten hätten. Hahahahaha... Hauptmann, seid doch froh das der Köter das Weib wärmt oder möchtet Ihr einen Eiszapfen im Bett; die Nächte hier oben, können ganz schön kalt sein."

„Los jetzt Leute bewegt euch, wir wollen doch morgen Abend im Hauptlager sein..., die Meute wartet doch schon auf den Wein!"

Und wieder ging es den ganzen Tag, bergauf und bergab. Mauro verspürte die Schwäche des Hungers in den Knochen und kam so nur mühsam, mit dem Tempo der Bande mit. Am Nachmittag schließlich, ließ er sich kraftlos und ausgelaugt auf den Boden fallen. Erschöpft begann er zu weinen, als er an Lucia dachte. Gerade wollte er sich wieder erheben, da hörte er ein Hecheln hinter sich... 'Wölfe', war sein erster Gedanke, doch dann legte sich eine Schnauze auf seine Schulter und als er sich umwandte, schaute er in ein seelenvoll blickendes braunes Augenpaar. Es war Borgia, der im Lager einen Laib Brot stibitzt hatte und diesen nun auf Mauros Beine fallen ließ. Voller Dankbarkeit umarmte der Junge den Hund, der dabei leise aufjaulte.

„Was hast du mein Freund, hat man dich geschlagen?" Vorsichtig tastete er den Brustkorb des Tieres ab. Da... zwei Rippen waren gebrochen und Mauro fühlte zahlreiche Vernarbungen unter dem drahtigen Fell. „Du bist ein so liebes, aufmerksames Tier und hast eine so schlechte Behandlung nicht verdient."

Der Hund leckte ihm die Hände, als hätte er jedes Wort verstanden, dann lief er los, blieb wieder stehen und wandte sich wartend zu Mauro um. „Lauf zu Borgia, ich finde euch schon. Doch warte noch einen Augenblick..." der junge Mann kramte in seinen Beuteln herum und fand schließlich was er suchte; einen kleinen kupfernen Anhänger in der Form einer Träne, den Lucia ihm vor zwei Jahren geschenkt hatte. Er legte das Stück auf seine Handfläche und streckte diese dem Hund hin.

„Borgia, bitte bringe dies der Frau, sie wird dann wissen, dass ich in ihrer Nähe bin. Meinst du, du kannst das?"

Ein Laut, der wie ein unterdrücktes Bellen klang, ertönte aus der Kehle des Hundes. Vorsichtig und nur mit den Lippen die Hand berührend, nahm der Hund den kleinen Gegenstand auf, warf dem Jungen noch einen letzten Blick zu und verschwand dann im Unterholz.

'Dieses Tier hat mir der Himmel geschickt', schoss es durch Mauros Gedanken und ein stilles Dankgebet stieg auf, zu den dichten Baumkronen. Mittlerweile war es stockdunkel geworden und nur der, bereits von weitem zu sehende Widerschein des Lagerfeuers, hatte Mauro den Weg gewiesen. Wieder hatte sich die Bande, ein Lager nahe einer Bruchkante errichtet, so das es von einer Seite geschützt war.

Der junge Mann hatte sich kaum niedergelassen, da vernahm er auch schon Lucias verzweifelte Schmerzensschreie und Borgias wütendes, aggressives Bellen. Mauro knirschte mit seinen Zähnen und ballte die Fäuste, um nicht zu schreien, denn dann würden sie ihn finden und töten. Wenn er ruhig abwartete, konnte er wenigstens versuchen sie zu befreien.

Nach einiger Zeit erstarben die gepeinigten Schreie der jungen Frau und nur der an einem Baum angebundene Hund, bellte ununterbrochen weiter.

Aus einem provisorischen Zelt kam wütend der Hauptmann und schrie: „Was ist mit diesem Köter los? Erst beißt er die Hand die ihn füttert und dann gebärdet er sich wie doll. Prügelt die Töle aus dem Lager oder bei Gott, ich schlage ihn tot!"

„Ich werde ihn bis morgen außerhalb des Lagers anbinden. Borgia wird nur etwas zu fressen brauchen, dann gibt er ruhe."

„Dann verdammt nochmal gib ihm endlich etwas, damit er seine Schnauze hält und bring das Weib zum Bach, dass sie sich reinigen kann. Oh, ist die eng, was war das für ein Genuss," ein widerlich selbstherrliches Lachen zog durch das Lager.

Mauro vermeinte nie mehr schlafen oder essen zu können, doch als Borgia wieder mit einem Kanten Brot kam, schlang er es trocken würgend hinunter und weinte sich dann, im borstigen Fell des Hundes in den Schlaf.

Mitten in der dunklen Neumondnacht, erwachte der Junge durch das Knurren des Tieres. Ein Läufer mit Fackel wäre beinahe auf sein Laubbett getreten. Neugierig robbte der junge Mann an den Rand des Lagers und was er dort hörte, erweckte seine Lebensgeister wieder. Der Bote war aus dem Hauptlager gekommen und er berichtete nun aufgeregt, mit sich überschlagender Stimme.

„Im nächsten Quertal in dieser Richtung..." seine schmutzige Hand wies nach Osten „liegen mindestens zwei hundert Soldaten. Euer letzter Überfall, der auf das Weingut, hat diese Suchaktion ausgelöst. Der Befehlshaber sprach von zehn Toten die Ihr hinterlassen habt und hättet Ihr nicht auch noch Feuer gelegt, wäre die Sache unbemerkt geblieben. Außerdem müssen wir einen Verräter unter uns haben oder woher will die Soldateska sonst wissen, wo unser Hauptlager ist?"

„Das ist doch gar nicht so schlimm," der Hauptmann kratzte genussvoll seinen verlausten Kopf „dann bleiben wir eben hier, bis der Angriff vorbei ist. Lauf zurück und versuche das Hauptlager zu warnen. Sofort! Und ihr...," er blickte mit glasigen, trunkenen Augen in die Runde „ dämmt das Feuer, knebelt das Weib und verhaltet euch ruhig. Wo ist denn dieser unzuverlässige Köter nun schon wieder?"

„Er wird jagen."

„Wenn er zurück kommt, dann stecht ihn ab!" Mauro hatte genug gehört. Er legte den Arm um den Wolfshund, der die ganze Zeit neben ihm gelegen hatte und flüsterte ihm ins Ohr.

„Zurück Borgia, aber ganz leise und vorsichtig."

Der Bote rannte wieder an ihnen vorbei und als sie außerhalb der Hörweite des Lagers waren, kniete sich Mauro vor das Tier, blickte ihm fest in die Augen und fragte: „Borgia, hast du das gehört? Töten wollen sie dich, aber da sind auch Soldaten...; wollen wir zu ihnen und dieses Lager hier ausheben lassen und meine Lucia befreien? Wirst du mir dabei helfen?" Wieder erklang dieser tiefe, unterdrückte Laut aus der Kehle des Hundes. „Aber du musst mich führen...,ich wage es nicht einen Ast, als Fackel zu entzünden." Wieder dieser zustimmende Laut; ja verstand ihn denn das Tier wirklich? Der junge Gelsino hoffte es von ganzem Herzen.

In einem der Beutel an seinem Gürtel fand er die Lederriemen seiner Hand und Fußfesseln, die er aneinander knüpfte. Dann band er den langen Riemen, locker um den Hals des Hundes, was dieser willig geschehen ließ. Mauro hielt sich an der provisorischen Leine fest und sagte leise: „Bitte Borgia, bring mich zu den Soldaten und du kannst bei mir bleiben, solange du lebst. Auf Borgia..., such die Soldateska." Ein stilles Stoßgebet stieg gen Himmel. 'Herr, bitte zeige ihm den rechten Weg.'

Die Sonne erklomm langsam den Morgenhimmel und schickte ein paar Strahlen durch die hohen Baumkronen, auf den Boden vor Mauros Füße. Dann endlich, um den Nachmittag herum, erreichten sie einen schmalen, aber klaren Bach, wo der Junge und sein vierbeiniger Freund ein wenig trinken und rasten konnten. Der junge Mann ersehnte nichts mehr, als sich in das Rinnsal zu legen, zu waschen und sich frisch zu bekleiden, doch die Suche nach den Soldaten, war viel wichtiger.

DER SPURENSUCHER

Jählings hob Borgia seinen Schädel und begann zu winseln; gleichzeitig legte sich eine schwere, behandschuhte Hand auf des Jungen Schulter.

„Ja wen haben wir denn da?"
Mauro wand sich erschrocken um und hob langsam die Augen... er hatte einen der verdammten Banditen erwartet, doch nun erblickte er einen älteren bärtigen Mann, in der Bekleidung eines Jägers.

„Was in des Herren Namen, treibst du so alleine in dieser gottverlassenen Wildnis?"

„Ich bin doch nicht alleine, ich habe einen treuen und wachsamen Freund bei mir," liebevoll tätschelte er den großen Kopf des Wolfshundes, was dieser mit einem begeisterten Schwanz wedeln quittierte. Fröhlich lachend, stellte der Mann sich als Spurensucher der Soldateska vor.

„Man nennt mich Ginetto und ich suche nach dem Hauptla..."

„...Hauptlager der Apennin Räuber," ergänzte Mauro grinsend und blickte dabei mit hungrigen Augen und knurrendem Magen, auf den Brotbeutel des Mannes.

„Du kennst dich aus mein Junge, aber du schiebst Kohldampf nicht wahr? Aber zuerst; weißt du etwas über diese verfluchten Mordbrenner?"

„Aber ja, deshalb suche ich die Soldaten. Wenn Ihr..."

„Nenne mich Ginetto und du, ich bin doch kein Herr. Komm, lass uns auf jenen Baumstamm dort setzen und etwas essen; danach kannst du mir deine Geschichte erzählen."

„Das hört sich sehr gut an. Seit Tagen habe ich nur in den Magen bekommen, was mein vierbeiniger Gefährte mir gebracht hat. Ich bin glücklich, dass du mich gefunden hast Ginetto." Der Mann öffnete seinen Beutel und reichte ihn Mauro.

„Iss mein Junge, iss dich nur satt. Du hast es verdient, denn es scheint mir, dass meine Suche beendet ist."

„Davon könnt Ihr... Verzeihung, kannst du ausgehen," und nun begann der junge Mann kauend zu berichten, was geschehen war.

„Ich schwöre dir Mauro Gelsino..., wir holen dein Mädchen da heraus und wenn wir den Hauptmann dieser Mörderbande endlich bekommen, kannst du dir einer Belohnung sicher sein. Diese Kerle sind wie die Pest und ebenso unberechenbar. Bist du fertig mit essen?" Beschämt blickte Mauro den älteren an.

„Vergib mir, nun habe ich gemeinsam mit dem Hund, deinen ganzen Vorrat verzehrt und du hast nichts mehr."

„Das ist doch nicht so schlimm, denn bis zum Einbruch der Dunkelheit sind wir im Lager der Soldaten und du wirst der Held sein, denn du hast uns eine lange und umständliche Suche erspart, dass ist viel wichtiger für mich als Brot und Käse. Komm lass uns nun aufbrechen, mein Capitano wird begeistert sein. Du brauchst deine Geschichte auch nicht noch einmal zu erzählen, denn das mache ich und du kannst schlafen. Wenn alles gut geht, wird dich dein Mädchen wecken und ihr könnt gemeinsam euren Weg zu deinen Eltern fortsetzen."

Mechanisch setzte Mauro einen Fuß vor den anderen. Er war zum umfallen müde und auch das denken bereitete ihm Schwierigkeiten. Ginetto war froh über das Schweigen, denn er kannte die Räuberbande und ihre mörderischen Umtriebe und er war lange nicht so zuversichtlich wie er sich gab.

Wie von dem Spurenleser versprochen, erreichten sie in den späten Abendstunden das Lager der Soldateska. Der Befehlshaber rief umgehend Ginetto zu sich.

„Ihr seid derart schnell zurück das ich annehme, dass die Bande uns wieder entwischt ist und was für einen Unflat habt Ihr da bei Euch? Wer ist dieser Bengel, etwa ein Denunziant? Und schafft um der Liebe Christi willen, diesen verlausten Köter aus meinem Quartier!"

„Sachte, sachte Comandante, dieser junge Mann ist ein gar wichtiger Zeuge. Nur er und sein Hund wissen, wo sich der Hauptmann und der harte Kern der Bande verbergen. Ohne dieses treue Tier, wäre er nicht mehr am Leben! Der junge Mann trägt einen guten Namen; er ist Mauro..., der Stiefsohn des Richters di Vitali und er hat viel durchgemacht..., Ihr solltet ihn mit Freundlichkeit und Respekt behandeln."

Verärgert legte Ginetto seinen Arm um Mauros mager gewordene Schultern, um diesen vor einer unbedachten Antwort zu bewahren. Doch alleine die Erwähnung des Giudice, ließ den Kommandanten ruhiger werden und er bot dem Jungen sogar einen Sitzplatz an.

„Herr, ich denke er würde sich lieber reinigen und dann schlafen. Nachdem er mir bereits alles berichtet hat, kann ich es an Euch weitergeben..." und zu Mauro: „ich weiß, wie du dieses Tier liebst, aber würdest du ihn mir zu treuen Händen überlassen? Ich schwöre, ich werde auf ihn acht geben, aber er muss uns führen und dein Mädchen beschützen, wenn wir diesen Saustall von Lager stürmen." Müde und abgekämpft stimmte Mauro zu und wieder flüsterte er in Borgias Ohr.

„Hör gut zu mein Gefährte, du wirst mit Ginetto gehen und seinen Befehlen gehorchen. Führe sie zu Lucia und bringe sie zu mir und dann, bleibst du für immer bei uns. Mache deine Sache gut Borgia." Folgsam trottete das Tier zu dem Fährtenleser und blickte ihn erwartungsvoll an.

Der junge Gelsino war in ein anderes Zelt gebracht worden. Dort war auf Ginettos Geheiß, ein Zuber mit heißem Wasser gefüllt und trockene, saubere Kleidung zurecht gelegt worden und während der Junge sich in den Badezuber gleiten ließ, unterhielten sich der Fährtenleser und der Kommandant Claudio Pulce miteinander.

„Der Junge ist doch etwas sehr wirr im Kopf, auf dessen Worte kann man doch nichts geben Ginetto. Vielleicht macht er gemeinsame Sache mit dem Räuber-Pack. Wer so mit einem Hund spricht, ist nicht ganz richtig..." Pulce tippte sich an die Stirne „da drin."

„Dem muss ich entschieden widersprechen..., ganz im Gegenteil, der junge Mann ist ausgesprochen intelligent und der Hund, ungewöhnlich klug. Lasst Euch die Gelegenheit diesen Hauptmann endlich zu erwischen nicht entgehen. Nennt mir einen Grund, warum Mauro lügen und gemeinsame Sache machen sollte, diese Pestbeulen haben seine Freundin und sie haben sie vergewaltigt und gedemütigt. Er hat also allen Grund, sie bis aus Blut zu hassen."

„Gut denn... so lasst antreten und gehen wir los. Habt Ihr Information, wie weit es bis zum Lager dieser Mordbuben ist?"

„Laut dem Jungen, eine gute Tagesetappe. Ich würde vorschlagen nicht zu marschieren; sondern uns in losen Gruppen zu bewegen und vor Ort angekommen, von verschiedenen Seiten zu zuschlagen. Laut dem Jungen befindet sich das Lager in einer Bodensenke, die von drei Seiten zugänglich ist, die vierte Seite ist ein Abbruch mit lockerem Gestein, also wird in diese Richtung niemand fliehen. Gebe Gott, dass wir das Mädchen lebend heraus bringen."

„Ob das allerdings so gut ist wenn sie missbraucht wurde, mag ich bezweifeln. Ihr wisst doch selbst, dass diese Frauen über kurz oder lang im Hurenhaus landen."

„Das ist ganz alleine Mauros Sache, darum sollten wir uns nicht kümmern; ich weiß nur das er sie liebt und Ihr wisst selbst, was Liebe alles vermag."

DIE BEFREIUNG

Das erste Morgenlicht war genau richtig, um das Räuber Nest zu umzingeln, zwar fielen erst wenige Strahlen des Tagesgestirns durch den dichten Bewuchs, doch der Hund Borgia führte die Soldaten bis nahe an das Lager.

„Verteilt euch an den drei Seiten der Mulde und sobald der erste Sonnenstrahl in das Lager fällt, schlagen wir zu. Wenn wir genug Glück haben, sind die Kerle noch besoffen, dann haben wir leichtes Spiel," flüsterte Pulce und nahm, den doch mitgekommenen Mauro zur Seite. „Wenn du möchtest kannst du vom Abbruch aus zusehen, aber ich möchte keinen Laut von dir hören. Kannst du deinem Hund Borgia - komischer Name für diesen Köter - befehlen uns anzuzeigen, wo sich deine Freundin befindet? Nicht das wir sie mit den Pfeilen treffen..., aber erst wenn ich es dir sage."

Angespannte Stille breitete sich aus und dann ertönte plötzlich ein warhaft unmenschlicher Schmerzensschrei aus der Mulde.

„Aaaaaah...! Du verdammtes Miststück, dir werde ich es zeigen! Du hast ihn mir beinahe abgebissen! Verrecken sollst du verdammte Schlampe! Sobald es hell ist gehörst du meinen Männern, Guido, Guuuiiidooo! Schaffe mir diese Schlampe aus den Augen oder ich bringe sie sofort um!"

Die Leute waren wach geworden und eilten verschlafen zum Zelt des Hauptmanns. Einer, vermutlich Guido, zerrte Lucia deren Mund blutverschmiert war, an den Haaren aus dem Zelt, band sie an einem Baumstamm am Rande der Erdmulde und hieb ihr dann, mit der geballten Faust in den Oberbauch. Würgend und keuchend sank die junge Frau nach vorn.

Der Kommandant Claudio Pulce trat nahe an Mauro heran.

„Schicke jetzt den Hund los, auf das er das Mädchen schützt. So traurig und schmerzhaft wie dieser Anblick jetzt für dich auch ist, so hat er doch etwas Gutes..., am Waldrand ist sie geschützter und leichter zu befreien."

„Lauf Borgia, lauf und schütze Lucia!" Sofort rannte der Hund los und stellte sich heftig knurrend vor die junge Frau. Diese hob den Kopf, blickte auf den Vierbeiner und musterte anschließend die Abbruchkante wo sich der Kommandant, zu ihrer Beruhigung kurz sehen ließ..., dann ließ sie ihren Kopf wieder sinken und weinte still in sich hinein.

Die Sonne schickte ihre ersten warmen Strahlen auf die Lichtung vor der Mulde und im Lager war wieder etwas Ruhe eingekehrt. Plötzlich ein sehr laut gerufener Befehl.

„Angriff! Räuchert das Pack aus,

aber lasst sie für den Galgen am Leben!" Die Brandpfeile flogen in die Zelte und setzten sie in Brand. Von den drei Seiten des Waldes her, stürmten Soldaten in das Lager. Einer der Banditen war unheimlich schnell und mit gezücktem Messer bei Lucia; dabei hatte er den Hund übersehen, der augenblicklich hochsprang und seine scharfen Zähne an der Kehle der Verbrechers platzierte. Binnen kürzester Zeit, waren die räuberischen und überraschten Mörder in Ketten gelegt. Der Comandante rief nun nach Mauro.

„He Junge, komm herunter befreie dein Mädchen und erlöse diesen Abschaum hier von dem Gebiss des Hundes..., ich will diesen Kerl lebend!"

Der junge Mann stieg den Abhang herab, zog sein Messer aus der Scheide und durchschnitt die Fesseln Lucias. Liebevoll fing er die Ohnmächtige auf und ließ sie vorsichtig auf den Boden gleiten; dann trat er zu dem im Schmutz liegenden Mann.

„Borgia, lass aus!" Der brave Hund löste sein kräftiges Gebiss von der Kehle des Mannes und blickte Mauro abwartend an. „Lege dich zu Lucia und wärme sie du großartiges Tier."Dann wand er sich an den am Boden liegenden und vor Angst zitternden jungen Mann.

„Los steh auf Guido! Wie auch immer du es geschafft hast aus Florenz und vom Galgen zu entkommen..., hier ist deine Lebensreise beendet. Du hast doch wohl nicht angenommen, dass ich aufgeben würde? Und diesmal... ist dir der Galgen gewiss! Comandante Pulce, legt diesen Abschaum bitte in doppelte Ketten; der muss mit dem Teufel im Bunde sein, denn er ist bereits schon zwei mal dem Galgen entwischt."

Guido hatte, obwohl er die Hosen so voll hatte das es in den Himmel stank, seine unverschämt krankhafte Selbstsicherheit wiedergefunden und so giftete er lautstark und provozierend Mauro an.

„Auch ich habe deinem Huren Weib beigelegen und glaub mir, ich habe jeden Augenblick aus vollen Zügen genossen. Jungfrau...," ein schmutziges und anzügliches Lachen drang zwischen seinen Zähnen hervor und marterte Mauros Gehör.

Ohne irgendwelche Vorzeichen schnellte seine Faust vor und unter der Wucht des Schlages brachen Guidos Zähne, seine Lippen platzten auf und ein Schwall Blutes ergoss sich auf den Waldboden.

„Es tut mir leid Pulce, aber auch meine Beherrschung ist begrenzt und ehrlich gesagt total am Ende. Zu seiner Person..." Mauro trat mit der Stiefelspitze nach dem am Boden Liegenden: „er war der 'Oberengel' Savonarolas und eigentlich sollte er ebenso enden. Seit Jahren schon hat er Lucia und mich drangsaliert und gedemü-

tigt. Nur seinetwegen mussten viele Freunde sterben. Durch Verrat, Betrug und sogar Mord... nun ist es genug!"
Mauro hatte bei seinen letzten Worten einen Streifen aus Guidos Wams gerissen und diesen zwischen die Zähne des ständig Jammernden gestopft.

In der Zwischenzeit hatten die Soldaten eine notdürftige Trage gebaut und Lucia darauf gebettet. Dann machte sich eine lange Schlange auf, um das Quartier der Soldateska noch vor der Dunkelheit zu erreichen.

Der Räuberhauptmann, dessen vordere Beinlinge blutüberströmt waren, lief breitbeinig und in doppelte Ketten gebunden, zwischen vier Soldaten und Guido, der stöhnend einen Fetzen vor die stark blutenden Lippen hielt, wurde ebenso behandelt. Nachdenklich trabte der junge Gelsino neben der provisorischen Trage, mit der noch immer ohnmächtigen Lucia her. Seine etwas verworrenen Gedanken, drehten sich um ihre gemeinsame Zukunft. Denn egal was geschehen war, er würde sie nicht fallen lassen oder gar verstoßen. Doch um zu genesen und zu vergessen brauchte sie jetzt nichts weiter, als seine Liebe, sein Vertrauen und sein Verständnis.

Im Quartier der Soldaten befand sich, Gott sei es gedankt, auch ein Mediziner, der sich um Lucia, Guido und den Hauptmann kümmerte. Da dieser jedoch nicht wusste, was bei den Banditen geschehen war, legte er die Drei nebeneinander auf, mit Moos gefüllte Säcke. Da erwachte die junge Frau... und blickte direkt in das verhasste Gesicht des Hauptmanns. Laut, schrill und voller Entsetzen begann sie zu schreien und dann sprang sie auf und wollte aus dem Zelt fliehen..., doch der Hauptmann war schneller. Er packte sie am Fuß, brachte sie so zu Fall und dann war er über ihr. Er setzte sich auf ihren Leib, legte seine großen Hände um ihren Hals und drückte erbarmungslos zu.

„Ich weiß das ich so oder so aufgehängt werde, deshalb bringe ich dich Miststück davor noch um! Du Schlampe hast mich nahezu entmannt!" Lucia röchelte und lief blaurot an..., sie wehrte sich nicht einmal, was den Mann noch mehr anstachelte.

„Los wehre dich, du Hure ich..." Ein massiver Ast krachte auf seinen Rücken, genau zwischen die Schulterblätter und presste schlagartig die Luft aus seinen Lungen. Schnell löste er die Hände vom Hals Lucias und dann versuchte er, pfeifend Luft zu holen. Langsam drehte er sich um.

„Du...? Warum Guido? Wir sind doch Freunde..." keuchte er stockend. Das Zelt hatte sich mit Neugierigen gefüllt und auch der Kommandant, Mauro und der Spurenleser Ginetto kamen geeilt. Sie kamen gerade noch rechtzeitig an, um Guidos Antwort zu hören.

„Ich bin noch so jung, gerade mal achtzehn Jahre; meinst du wirklich das ich sterben will? Wir waren niemals Freunde..., ich habe dich nur benutzt."

„Du wirst aber am Galgen enden, dafür werde ich persönlich Sorge tragen. Du hast für deine Jugend, viel zu viel auf dem Kerbholz als das dir, das hier noch helfen könnte." Pulce legte den beiden Delinquenten wieder die Ketten an und schrie dann nach dem Medico.

„Wie könnt Ihr nur die Fesselung dieser Verbrecher lösen! Beinahe wäre Gevatter Tod zu Gast im Lager gewesen und Ihr wäret daran Schuld gewesen!"

„Comandante, mir hat keiner etwas gesagt und alle Drei waren ohne Bewusstsein," entschuldigte sich der Mediziner.

„Nun denn, jetzt wisst Ihr es. Mauro, nimm dein Mädchen mit in mein Zelt, ich überlasse es euch und schlafe im Freien, wie es sich für einen Soldaten gehört. Achte gut auf sie, denn sie ist auch eine Gefahr für sich selbst!"

„Danke, aber wie kommt Ihr, auf die Gefahr für sich selbst?"

„Das Mauro liegt doch auf der Hand...; sie hat sich nicht gewehrt und ihr Blick, er ist leer, irgendwie seelenlos und abwesend."

„Ihr habt recht, aber sie ist auch hilflos und schwach."

„Ja junger Mann, auf dich kommt harte Arbeit, die viel Geduld erfordert zu. Du musst ihren Lebenswillen wieder erwecken. Ihr Beide kommt doch morgen mit nach Firenze? Ich rechne damit, dass wir eine gute Woche benötigen werden."

„Nein, ich möchte mit Lucia weiter nach Fontebuona zu meinen Eltern. Wenn Ihr mir die Richtung anzeigen könntet, werde ich es auch finden. Die Zeit in der Natur wird Lucia helfen ihren Seelenfrieden wieder zu erlangen."

„Aber du solltest wissen, dass die Signoria ein hohes Kopfgeld auf die Bande ausgesetzt hat, welches nun dir und deiner Freundin gehört. Wo und bei wem soll ich es hinterlegen?"

„Bei Medico Sergio Volpe oder dem Apotheker Fausto Berini. Sie wohnen..." hastig unterbrach der Kommandant den Jungen.

„Bei Medico Volpe? Er lebt also noch? Was für eine Freude..., mein Cousin lebt! Ich weiß wo die Beiden wohnen; da habe ich doch gleich einen Grund, die Beiden zu besuchen."

Noch zwei Tage blieben die Soldaten und am dritten Tag, überreichte Pulce, Mauro eine vage Karte, ein voll bepacktes Muli und er ermahnte den jungen Mann vorsichtig zu sein.

„Der Rest der Bande treibt sich noch immer hier herum. Mache also kein großes Feuer und bleibt beieinander. Das Gebirge ist groß, wenn ihr euch verlauft... und achte auf die Sonne

Söhnchen, sie muss stets rechts von dir stehen. Nach fünf, nun ja nach Lucias Zustand, zehn Tagen kommt ihr in dichter besiedeltes Gebiet, dann könnt ihr euch einfach durchfragen."

„Vielen Dank für alles Signore Pulce und grüßt mir den Knochenbrecher und den Giftmischer... und bitte seid anwesend, wenn Guido gerichtet wird; es ist mir ungeheuer wichtig."

Mauro schob Lucia zum Comandante damit sie sich verabschieden konnte, doch sie blickte nur leer und desorientiert durch ihn hindurch. Er wollte sich entschuldigen, doch Pulce winkte ab.

„Ich wünsche euch beiden viel Glück und dir Mauro, ganz besonders viel Geduld; du wirst sie brauchen können. Ach ja, hier ist noch jemand, der euch begleiten möchte..., los lauf!"

„Borgia! Wo hast du nur gesteckt? Komm her mein Freund..." und beim Anblick des Vierbeiners, kehrte etwas Leben in die Augen Lucias zurück.

GINONNA

Die Sonne bestimmte den Tagesablauf der beiden Wanderer. Stoisch und ohne sich zu beklagen, lief Lucia neben Mauro her und brach am Morgen des neunten Tages lautlos zusammen. Schweigend nahm er sie auf seine Arme und trug sie zurück zu der Lichtung, auf der sie die Nacht verbracht hatten. Erneut baute er das, von Pulce geschenkte Soldatenzelt auf und legte die fiebernde Lucia hinein und dann schickte er Borgia zu ihr.

„Gib gut acht auf sie, ich bin bald zurück!" Von der ersten Birke die er fand, zog er einige Streifen Rinde ab und dann sammelte er Holz für das Feuer. Zurück auf der Lichtung, durch die ein kleiner Bach floss und die von zwei Seiten durch steil aufragende Felswände begrenzt wurde, schichtete er ein paar Steine im Kreis und schlug darin ein Feuer. Ein kleiner gusseiserner Kessel voller Wasser nahm die Rinden Stücke auf, die er langsam durchziehen ließ, dann sammelte er erneut Feuerholz und suchte Kräuter und Beeren. Zwischendurch sah er immer wieder nach seiner Freundin, die still und teilnahmslos in dem Zelt lag.

Gegen Abend, er hatte aus den mitgegebenen Vorräten eine Suppe gekocht, flößte er Lucia etwas davon ein und schob ihr anschließend ein paar zerdrückte Beeren zwischen die spröden Lippen. In der Nacht bekam die junge Frau den Schüttelfrost und Mauro kroch zu ihr unter die dünne Decke. Laut schreiend wehrte sie ihn ab und zerkratzte dabei seine Arme und sein Gesicht. Er hatte alle Hände voll damit zu tun, ihr die erkalteten und nun elastischen Rinden Streifen um die Waden zu wickeln und ihr etwas von dem fiebersenkenden Sud einzuflößen. Tage vergingen und an dem Zustand Lucias wollte sich nichts ändern.

Sinnend starrte Mauro in das flackernde Feuer, was sollte und konnte er denn noch tun? Gedankenverloren kraulte er Borgia hinter den Ohren, als dieser sich jählings aufrichtete und mir aufgestellten Ohren knurrend zum Waldrand starrte. Da knackte laut ein Ast...; der junge Mann rannte zum Zelt und legte in aller Eile einen Brustpanzer an, dann nahm er Schwert und die Armbrust auf. Er war gewillt ihrer beider Leben so teuer wie nur möglich zu verkaufen. Doch kaum war er fertig, ging das Knurren des Hundes in freudiges Gebell über. Verwirrt blieb Mauro vor dem Zelt stehen und er fixierte den Waldrand dort, wo Borgia schwanzwedelnd verschwunden war.

„Nicht schießen mein Junge! Ich bin es..., der Spurenleser Ginetto Collodi! Pulce meinte ich könne euch behilflich sein und scheinbar hatte er recht!"

„Meister Collodi..., wie freue ich mich Euch zu sehen!"

„Nicht Euch..., du bitte Mauro."

„Gerne mache ich das und ich brauche Eur..., Verzeihung, deine Hilfe tatsächlich. Ich habe mir überlegt, den Winter hier im Wald zu verbringen."

„Bist du verrückt Mauro? Im Apennin gibt es unzählige Wölfe und Bären! Doch wenn ich recht überlege..., eigentlich wollte ich,in die sogenannte 'neue Welt', aber das Abenteuer mit euch Beiden hier? Es reizt mich und auf die andere Seite des Meeres, kann ich anschließend noch immer."

„Welche 'neue Welt'? Worüber zum Henker sprechen wir eigentlich?"

„Weißt du was Mauro? Ich bleibe bei euch und an den langen Abenden, erzähle ich euch etwas von den Seemännern Christoforo Colombo und Amerigo Vespucci und was sie entdeckt haben. Und nun genug geplaudert; machen wir uns daran eine Hütte zu bauen die der Kälte stand hält. Doch zunächst bringen wir die Vorräte ins Zelt und machen einen groben Plan."

„Danke das du bleibst und mir hilfst Meister Ginetto Collodi. Wenn wir irgendwann zurück in Florenz sind, werde ich dich dafür bezahlen."

„Darüber sprechen wir noch Mauro. Doch jetzt, an die Arbeit!"
Am nächsten Morgen, begannen die beiden Männer gleich große Baumstämme für eine Behausung zu fällen und zu bear-

beiten; wobei sie abwechselnd nach Lucia sahen. Ginetto hatte nicht nur Vorräte, sondern auch Werkzeug, Decken und Medizin auf seinen Mulis mitgebracht und so saß Lucia, bei brütender Julihitze, in mehrere Decken gehüllt vor dem Zelt und sah den Männern teilnahmslos zu.

So vergingen zwei Wochen voller Schufterei und die Hitze hielt an und das Bächlein drohte zu versiegen.

„Mein Junge, ich mache mich auf und schaue nach was das Wasser blockiert, bis jetzt sind wir gut voran gekommen und das muss so bleiben, wenn uns der Winter nicht mitten in der Arbeit überraschen soll. Ruhe dich in der Zwischenzeit ein wenig aus und versuche Lucia aus ihrer Lethargie zu reißen, wir benötigen auch ihre Hilfe."

„Meister Collodi, wirst du lange unterwegs sein?"

„Nein mein Junge, ich rechne mit drei bis vier Tagen und ich muss die Maultiere für den Fall mitnehmen, dass Steine und Holz zu bewegen sind."
Natürlich verriet Ginetto nicht, dass er selbst den Ausfluss der Quelle blockiert hatte, da er in Wahrheit nochmals in das Hauptlager der Banditen wollte, um weitere Wintervorräte und Werkzeuge zu organisieren. Mauro hätte sicherlich versucht ihm das auszureden, da er noch immer unter der Entführung Lucias litt. Collodi kannte aber die Gefahren und die langen kal-

ten und schneereichen Winter im Apennin..., doch Mauro hatte hier das Sagen und deshalb war diese List von Nöten.

„Wenn du deine Freundin dazu bewegen könntest Moos zu sammeln, wäre es gut. Wir werden es zum verstopfen der Ritzen benötigen. Ich gehe jetzt! Gott schütze euch!"

„Gott auch mit dir Meister Collodi und gib Obacht auf dich!"

Ginetto ließ die beiden unerfahrenen Jugendlichen nur ungern alleine zurück uns so wand er sich noch einige male um, ehe er zwischen den Bäumen verschwand.

Mauro braute einen Kräuteraufguss und süßte diesen mit Wild-Honig. Er war den kleinen, summenden Insekten sehr dankbar, dass sie ihre gut gefüllten Waben in geringer Höhe, in die steil aufragende Felswand gebaut hatten. Der Sud schmeckte köstlich und er nötigte Lucia immer wieder, davon zu trinken.

„Versuch doch wenigstens einmal. Wenn du nicht isst und trinkst, wirst du noch ernsthaft erkranken."

„Was interessiert es dich? Mir ist es gleich." Das es ihr jedoch nicht egal war, zeigten die tief in die Unterlippe gegrabenen Zähne und die geballten Fäuste. Ihr ganzer Körper war auf Abwehr... angespannt wie ein Bogen.

„Lucia, so geht das nicht weiter, du

setzt unser aller Leben auf Spiel wenn du nicht mit hilfst. Ich liebe dich und ich kann nichts für das, was dir geschehen ist..." zärtlich wollte er sie in seine Arme schließen, doch sie stieß ihn grob zurück.

„Fass mich nie wieder an, ihr Männer seid doch alle gleich," und plötzlich hob sie ihre Stimme und schrie durchdringend schrill „... ihr seid alle Hurenböcke! Hurenböcke..." immer mehr steigerte sich die junge Frau hinein. Nun hob sie auch noch Steine und schleuderte diese auf Mauro. „Hurenbock...!" Dann rannte sie auf ihn zu und malträtierte ihn mit ihren Fäusten, wobei sie einen Stein in der rechten Hand hielt. „Alle seid ihr geile Böcke!" Sie kreischte und schrie derart, dass sich das Blut in ihren Augen staute und die Augäpfel rot wurden. Nun schlug sie mit ihrer Rechten zu und traf Mauro, an seinem bereits geschädigten Ohr. Ein stechend scharfer Schmerz durchfuhr seinen Körper und Sterne blitzten vor seinen Augen.

„Lucia! Schluss jetzt!" Er packte fest ihre Oberarme und schüttelte sie. Hasserfüllt funkelte sie ihn an und spuckte ihm ins Gesicht.

„Du Huren Knecht, lass mich sofort los!"
Diese Furie, war nicht seine liebevolle sanfte Lucia. Und wieder ein Schlag mit der Stein bewehrten Faust. Mauro wusste sich nicht mehr anders zu hel-

fen; er holte aus und gab seiner Freundin eine kräftige Ohrfeige die ihn mehr schmerzte, als Lucia in ihrem Wahn. Mit weit aufgerissenen, roten Augen starrte sie ihn an und brach dann schluchzend in seinen Armen zusammen. Schweigend öffnete er ihre Hand entfernte den Stein und warf ihn weit weg. Dann schöpfte er am Bach Wasser und wusch ihr zärtlich das Gesicht.
Seine Stimme war ruhig und sanft, als er sie fragte: „...ist wieder alles gut? Lucia, Liebste... du musst verstehen, ich leide unter den Vorfällen ebenso wie du, aber wir ändern nichts daran wenn wir uns gegenseitig zerfleischen. Wir können das Geschehene nur gemeinsam überwinden, verstehst du? Ich liebe dich deshalb doch nicht weniger..., eher noch mehr. Du hast es doch nicht freiwillig getan; man hat dir sehr weh getan, aber dieser Schmerz betrifft uns doch Beide, aber er darf uns nicht entzweien verstehst du?"

Sie nickte und hob den Tränen verschleierten Blick. Forschend und voller Angst schaute sie in seine Augen, doch sie konnte weder Wut noch Verachtung in ihnen finden, sie sah nur Trauer und unendliche Liebe in seinem Blick. Langsam hob sie ihre Hand und strich ihm über die Wange.

„Gib mir Zeit Mauro, bitte."

„Alle Zeit die du brauchst mein

Herz, ich werde immer für dich da sein und dich halten." Liebevoll beugte er sich über ihr schmal gewordenes Gesicht und küsste zärtlich die Tränen von den langen Wimpern.

„Mauro... wie kommen wir hierher und wie bin ich den Banditen entkommen und was in Gottes Namen, macht dieser Köter der Räuber hier bei uns?"

„Du kannst dich an nichts mehr erinnern?"

„Nein, aber ich habe großen Hunger."

„Ich hole dir etwas, aber iss langsam und kaue gut, denn du hast seit einigen Tagen nichts mehr gegessen." Während die junge Frau bedächtig aß, erzählte Mauro was geschehen war; beantwortete geduldig ihre Fragen und schloss schließlich mit den Worten „...und wäre Borgia nicht gewesen, wer weiß ob wir dich hätten befreien können. Du verdankst dieser treuen Seele dein Leben." Die junge Frau betrachtete respektvoll den struppigen Hund.

„Eine Schönheit ist er nicht gerade, aber er hat liebe treue Augen" und als hätte Borgia sie verstanden, legte er seinen massigen Schädel auf die Beine Lucias und ließ sich mit dankbarem Blick, das drahtige Fell kraulen. „Und du bist also der Meinung, wir sollten den Winter hier verbringen?"

„Ja mein Herz. Der Gedanke dabei ist, dass sich unsere Körper und Seelen erholen sollen, ehe wir zu den Eltern gehen und in dem Fährtensucher

Ginetto Collodi haben wir einen erfahrenen Helfer und verlässlichen Freund. Keine Sorge meine Liebe, er ist ein guter und ehrlicher Weggefährte, auf den wir uns verlassen können und der dich in Ruhe lassen wird. Bist du mit dem Essen fertig und fühlst dich stark genug, um mit mir Moos zu sammeln?"

„Kommt der Hund mit?"
„Aber selbstverständlich, er wird dir nicht von der Seite weichen. Nicht wahr Borgia?" Und wie jedes mal wenn er das Tier etwas fragte, kam als Antwort dieses tiefe kehlige Geräusch und er erhob sich sofort und stellte sich dicht neben Lucia, die sofort nach dem Lederriemen griff.

„So fühle ich mich sehr viel sicherer. Mit ihm an meiner Seite kann mir nichts geschehen. Komm, gehen wir Moos sammeln."

Fünf Tage später, man schrieb den 12. August 1498, kam Ginetto mit zwei schwer beladenen Mulis und einer Frau, die ebenfalls zwei Mulis führte zurück. Es war am späten Vormittag; Mauro und Lucia sammelten Moos, Beeren und Pilze, als Borgia plötzlich freudig bellend im Wald verschwand. Erschrocken blickte die junge Frau auf „da kommt jemand Mauro!"

„Keine Angst amore mio, dass ist nur Meister Collodi..., aber irgendetwas ist schief gelaufen, es kommt noch immer zu wenig Wasser aus der Quelle. Komm, lass uns zurück zur Lichtung laufen." Dort stand bereits der Spurensucher und lud die Maultiere ab.

„Kinder nicht wundern, ich erzähle euch heute Abend am Feuer, wo ich tatsächlich war. Vorerst nur so viel... dieses Weib hier, ist meine Liebste Tanja, auch sie wurde einst entführt und von den Banditen festgehalten und sie hat dort im Lager als Köchin ein armseliges Leben fristen müssen, nachdem auch sie missbraucht und geschändet wurde. Lucia und Tanja..., sie eint das gleiche böse Schicksal. Drei Jahre habe ich nach ihr gesucht und dank deines Berichtes Mauro, konnte ich sie endlich befreien... und noch jemanden; doch dazu später. Die Quelle hatte ich, ich hoffe ihr verzeiht mir, absichtlich blockiert, um einen Grund zum Verschwinden zu haben. Doch das bringe ich gleich morgen in aller Frühe in Ordnung. Ist bei euch Beiden wieder alles im Lot?" Lucia lief rot an und blickte betreten zu Boden, doch Mauro ließ nichts von den Vorfällen verlauten.

„Es ist alles gut Ginetto und wir haben viel gesammelt. Irgendwie habe ich geahnt, dass wir noch eine zweite Hütte brauchen werden; doch was hast du gemeint mit 'dazu später'?" Collodi lachte nur und zwinkerte Tanja zu.

„...und einen Stall brauchen wir auch. Nun kommt her und seht, welche Schätze wir mitgebracht haben und dann..." Ginetto lud ein Fässchen Rotwein vom Muli, „lasst uns ein bisschen feiern, ehe die Hauptarbeit beginnt. Zwei Häuser und ein Stall..., ein richtiges kleines Dorf. Lucia, du hast die Ehre, dir einen Namen dafür einfallen zu lassen, dabei können die beiden Frauen die Schlafecken errichten. Auch wenn wir beiden Paare noch keinen kirchlichen Segen haben, so wird doch jedes Paar, seinen eigenen Haushalt bekommen. Irgendwelche Einwände? Keine? Nun denn..., legen wir los."

Die beiden Männer bauten auf die Schnelle ein Holzpodest, indem sie einige Baumstämme aufeinander stapelten. Auf diese legten sie mehrere Säcke mit Mehl, ein Säckchen Salz, Beutel mit Hülsenfrüchten und Säckchen mit getrockneten Möhren, Sellerie und getrockneten Kräutern. Den Abschluss bildete ein Sack, gefüllt mit frischen Kohlköpfen. Dann deckten sie eine große geölte Plane darüber und beschwerten diese mit Steinen. An einer der Felswände stapelten sie Kisten mit Trockenfisch und Trockenfleisch, sowie Fässchen mit Kerzen, Öl und Wein. Dann stellten sie ein zweites Zelt auf und die vier Personen teilten redlich die Öllampen, Decken, Werkzeuge und Hausrat. Auch einige Säcke mit Kleidung verschwanden in den Zelten.

„Ich sagte doch, dazu später. Ich bin gleich zurück..." zur Überraschung von Mauro und Lucia, verdrückte Collodi sich in den Wald und tauchte kurz darauf mit einem weiteren Muli auf, auf dessen Rücken sich Käfige befanden. Darin befanden sich Hühner und ein Hahn und an der linken Hand, Mauro traute seinen Augen nicht, eine trächtige Kuh! Doch das war noch immer nicht alles..., plötzlich erschien eine alte Frau zwischen den Bäumen am Waldrand, die zwei Ziegen und einen Bock mit sich führte. Mauro fiel die Kinnlade herunter, als sich die Alte mit zittriger Stimme zu Wort meldete.

„Ginettino mein Sohn, sind wir endlich da? Meine alten Beine wollen nicht mehr. Ich bin diesen ständigen Wohnwechseln nicht mehr gewachsen... ich will am Feuer sitzen und meine Füße wärmen..." klagte die Alte nuschelnd, ob ihres zahnlosen Mundes.

„Mutter, Ihr seid nun zuhause, wenn auch vorerst nur im Zelt. Ruht Euch jetzt ein bisschen aus, es war doch ein langer Weg." Collodi blickte die jungen Leute aus strahlenden Augen an.

„Ja ihr Lieben, ihr habt recht gehört..., dies ist meine leibliche Mutter und ihr könnt sie Nonna (Großmutter) nennen. Sie wurde bereits vor vielen Jahren entführt und ich fand auch sie durch einen Zufall, der sich Mauro nennt, im Hauptlager der Banditen wieder. Mein Junge, ein Leben reicht nicht aus, um dir zu danken, schließlich hat man im Leben nur eine Mutter und ich darf die meine noch einmal sehen und küssen... gelobt sei Gott und seine geheiligte Mutter." Ginetto versuchte vergeblich seine Freudentränen zu unterdrücken und auch die anderen wischten über die Augen.

„Nun, dann brauchen wir drei Hütten und einen großen Stall. Beginnen wir, denn der Winter kommt schneller als man denkt. Gott zum Gruße Nonna..." So wie die beiden Jugendlichen es gelernt hatten, küssten sie der alten Frau die Hände und die Wangen... und zauberten mit dieser ehrenden Geste, ein Lächeln auf die schmalen Lippen der Alten und ein erfreutes Leuchten in ihre weisen Augen.

„Was für wohlerzogene Enkel ich doch habe, dass hast du sehr gut gemacht Ginettino." Leise sagte dieser zu Mauro und Lucia:

„Wenn es euch nichts ausmacht, so lasst sie in dem Glauben ihr wäret ihre Enkel, sie ist schon so alt und etwas wirr im Kopf..." fragend blickte er zu den jungen Freunden.

„Natürlich belassen wir es dabei..." meinte Mauro schmunzelnd. „Ginetto, hast du vielleicht einen Hufnagel?"

„Das nicht, aber ich habe Eisennägel mitgebracht; wozu brauchst du ihn?"

„Lass mich auf deinen Rücken steigen, damit ich einen in die Felswand schlagen kann. Ich möchte die Speckseiten in ein Tuch schlagen und dann aufhängen."

„Das ist eine phantastische Idee

mein Sohn." Lachend blickten sie sich an und Beide wussten, dass ihre lebenslange Freundschaft nun besiegelt war.

Die viele Arbeit die zur Verwirklichung ihrer 'Dorfpläne' vor ihnen lag, ging den Beiden relativ leicht von der Hand. Die Männer fällten die Bäume, die beiden Frauen flochten Matten aus Reisig, Nonna Maria war für die Verpflegung aller zuständig und der Hund befand sich immer in Lucias Nähe. Auch das Wetter spielte mit und so standen Mitte September zwei Blockhütten und ein Stall mit geflochtenen Wänden.

Dann wurde Nonna Maria schwer krank; sie hustete sich die Seele aus dem Leib und das Fieber war derart hoch, dass man problemlos Spiegeleier auf ihr hätte braten können. An einem arbeitsreichen Morgen, war plötzlich Ginetto verschwunden und Mauro begann bereits sich um den Freund zu sorgen, da kehrte er zurück. Wortlos beendete er seine Arbeit und auf die Frage, wo er gewesen sei, schüttelte er nur den Kopf blieb stumm und starrte verdrossen auf die vor ihm liegende Tätigkeit. In der Nacht darauf, erlag die alte Frau dem Fieber. Am Morgen lag sie wie schlafend auf ihrem Bett und Lucia, die sie entdeckte rief die Anderen zu sich.

„Nonna hat es wenigstens hinter sich, dieses verfluchte Leben. Der barmherzige Gott sei ihrer Seele gnädig und nehme sie in Frieden auf."

„Rede keinen solchen Unsinn Kind; meine Mutter war alt und krank und sie hat nun ihren Frieden bei den Engeln im Himmel gefunden. Ihr einziger und größter Wunsch war, mich noch einmal zu sehen und den hat Gott ihr erfüllt." Nun stellte sich auch her aus, wo Collodi am Vortag gewesen war, er hatte ein Grab für seine Mutter geschaufelt, in das er sie nun liebevoll bettete.

„Wir sollten ein Gebet sprechen..." sagte Mauro und dachte dabei wehmütig an seine Mutter Adriana, die er wohl nie wieder sehen würde und an Fabiana Lucias Mutter, die so grausam in den Flammen eines Scheiterhaufens umgekommen war.

Tanja, die so viele Jahre mit Maria im Lager der Banditen gelebt hatte, wollte nicht aufhören um die alte Frau zu weinen. Nur Lucia lief mit trotzig verbissenem Gesicht herum. Doch das Leben ging weiter und es würde nicht mehr lange dauern, bis der Winter Einzug hielt..., die Nächte begannen bereits empfindlich kalt zu werden.

„Mauro, du beginnst die Feuerstellen zu errichten und ich baue den Stall; nur bei den festen Dächern benötige ich später deine Hilfe. Ihr beiden Frauen näht aus den vorhandenen Fellen und einigen Decken, warme Mäntel und eilt euch, denn es liegt bereits Frost in der Luft. Ach ja und verstopft die restlichen Spalten der beiden Hütten noch mit dem gesammelten Moos."

„Wir werden sowieso alle erfrieren;" unkte Lucia und lief eilig zum Waldrand, um sich dort zu übergeben. Die einige Jahre ältere Tanja beobachtete dies nun schon seit einigen Tagen mit zunehmender Sorge. An diesem Morgen nahm sie mit besorgter Mine den jungen Gelsino zur Seite.

„Sag Mauro, kann es möglich sein das deine Lucia ein Kind erwartet?"

„Ich wüsste nicht..." siedend heiß fiel dem jungen Mann jener Tag im Räuber Lager ein, an dem Lucia so schmerzvoll geschrien hatte „oder ja, es könnte möglich sein," antwortete er zögernd. „Warum fragst du?"

„Nun, sie zeigt alle Anzeichen, dass sie mit einem Kind schwanger geht. Ihr ist übel, sie ist extrem launisch und ihr Gesicht ist in den letzten Tagen voller geworden. Ich kenne diese Anzeichen von mir selbst, auch ich hatte drei Kinder; doch das verfluchte Fieber hat sie mir genommen. Mein Junge..." vertraulich neigte sie sich zu ihm, senkte ihre Stimme und über zeugte sich mit einem Blick davon, dass Lucia sie nicht hören konnte: „Hast du es gezeugt?"

„Nein, ich habe ihr nie beigelegen, aber sie wurde vom Hauptmann mit Gewalt genommen..., so wie du vermutlich auch."

„Wirst du bei ihr bleiben?"

„Ja und ich werde dieses Kind sofern es lebensfähig ist, als das meine annehmen und ausgeben. Ich möchte Lucia die Schande, für etwas, was sie doch nicht freiwillig getan hat ersparen. Sie ist und bleibt meine Liebste und sobald wir einen Padre finden, wird sie mein Eheweib, ob mit oder ohne Kind und nun genug davon, basta!" Unwillig ließ er Tanja stehen und ging wieder daran Steine für die Kochstelle zu behauen und zu schlichten.

SCHWANGER

In Mauros Kopf herrschte das absolute Gefühlschaos. Ein Kind, er liebte Lucia deshalb nicht weniger, aber würde das kleine Wesen nicht wie sein Erzeuger werden? Diebisch, wenn nicht sogar mörderisch? Würde es die kalten, gleichgültigen Augen und die Knollennase des Hauptmanns haben und könnte er dieses Kind wirklich lieben und als das seine akzeptieren?

„Halt, Schluss mit diesen negativen Gedanken..." gebot er sich selbst halblaut „ich liebe Lucia und ich werde auch dieses Kind als einen Teil von ihr lieben!"

„Recht hast du mein Junge," Ginetto der geräuschlos wie alle Waldläufer die Hütte betreten hatte, klopfte dem Jungen auf die Schulter „deiner Freundin ist Gewalt angetan worden..., sie wurde gegen ihren Willen geschwängert und auch das Kleine ist unschuldig und nicht gefragt worden, ob es geboren werden möchte. Du hast meinen ganzen Respekt und meine Hochachtung für deine Entscheidung und weder Tanja, von der ich es erfahren habe, noch ich werden jemals ein Wort darüber verlieren. Doch Sorgen mache ich mir um Lucia selbst. Du musst sehr auf sie achtgeben und dich um sie bemühen, denn ich werde das Gefühl nicht los, dass sie etwas vorhat und ich fürchte um ihr Leben."

„Du meinst sie könnte... nein, dass wird sie nicht wagen, denn es würde sie in die Hölle bringen."

„Mauro, überlege doch... sie hat ihrer Meinung nach nichts mehr zu verlieren. In der Mitmenschen ist sie eine Hure, eine große Sünderin und ihr Kindchen, wird auf ewig ein Bastard sein. Da sie aber mit niemanden über ihre Ängste redet, drehen sich all ihre Gedanken nur darum und das ist gefährlich für sie und das werdende Kindlein."

Die Tage und Wochen vergingen mit harter Arbeit. Die beiden Männer deckten, mit schmerzenden Muskeln und weichen Knien, die Hütten mit dünnen Baumstämmen. Lucia, die filetierte Fische aus dem Bach zum Trocknen aufgehängt hatte, blieb stehen und sah nachdenklich zu.

„Wartet...," rief sie plötzlich „ich habe eine Idee!" Sie warf Ginetto ein Seil zu, dass dieser ebenfalls im verlassenen Banditen Lager mitgenommen hatte und dann knüpfte sie das andere Ende am Geschirr eines Mulis fest. „Collodi, binde dein Seilende mittig an einen Stamm!" Der Mann tat was sie verlangte und schrie dann „fertig!" Lucia hieb dem Tier auf das Hinterteil und durch den Zug den sie so erzeugte, hob sich der Stamm auf das Dach, wo ihn die Männer nur noch an der richtigen Stelle befestigen mussten.

„Danke mein Kind! Durch deinen Einfall hast du uns viel Arbeit und Zeit erspart." Innerhalb zweier Tage waren die Hütten zum Bezug fertig. Die gerodeten Böden wurden mit geflochtenen Reisig-Matten belegt, Brennholz wurde herein geschafft und die Decken auf den groben Bettgestellen, welche mit frischen und noch weichen Nadelzweigen bedeckt waren, ausgelegt.

Nun kam Mauros großer Augenblick... die Feuerstellen, der steinernen Kochstellen wurden getestet und die beiden Frauen, fanden nichts zu beanstanden. Auch der Rauch zog ohne Probleme durch eine offene Stelle in der leichten Dachneigung ab.

Viel Platz war nicht in den Hütten; die Feuerstelle in der Mitte, dahinter ein kleines Lebensmittel Lager, rechts das breite Bettgestell und links eine kleine Kiste mit Geschirr und darüber, an einigen Astgabeln aufgehängt, die genähten dicken Mäntel. Das jeweils einzige Fenster war mit Tierhaut bespannt und konnte von außen mit einfachen Rinden Läden an Lederschlaufen hängend, geschlossen werden. Als Lichtquellen dienten Öllampen und einfache dicke Kerzen aus dem Lager. Der Raum duftete so herrlich nach Harz und Wald, dass die Männer überein kamen, Fleisch und Fisch nur im Freien zu braten.

Von den fünf Mulis, lebten nur noch drei und diese fanden zusammen mit den

Ziegen, der Kuh mit ihrem Kalb und dem Federvieh Platz in dem nun fertigen, kleinen Stall.

„Tanja und ich gehen morgen noch einmal in das Lager, um ehe es verrottet noch zu holen, was wir noch gebrauchen könnten. Ihr Beide könnt noch Laub als Einstreu für die Tiere, Holz und Pilze zum Trocknen sammeln. Auch letzte Beeren und Nüsse sind willkommen. Seid ihr einverstanden?"

„Aber natürlich oder bist du anderer Meinung mein Herz?" Mauro der den Arm um Lucias Schultern gelegt hatte, sah sie von der Seite her fragend an. Stumm nickte sie und blickte dabei zu Boden.

„Komm mein Junge, füllen wir noch die Wasserschläuche und sehen nach den Tieren..." am Bach machte er Mauro noch einmal, auf das seltsam widersprüchliche Verhalten Lucias aufmerksam, „lasse sie nicht aus den Augen. Irgendetwas Ungutes geistert ihr durch den Kopf. Wir lassen euch nur ungern alleine, aber der Winter hier wird hart und lang und aus diesem Grund, wollen wir noch alles herausholen, was wir benötigen könnten."

„Hast du denn so gar keine Bedenken, dass der Rest der Bande zurück kommen könnte?"

„Oh nein. Die paar restlichen Mannen, sind tiefer in die Berge gezogen und haben sich anderen Banden angeschlossen, dessen kannst du sicher sein. Diese Sorte Menschen fühlt sich nur im Verbund stark und sicher."

Unverdrossen ging die Arbeit weiter. Ginetto und Tanja waren schon eine ganze Woche weg. Neben dem Stall türmte sich ein Berg von Laub und auf großen Rinden Stücken lagen Unmengen von Nüssen und Samen und in den Hütten baumelten an Fäden aufgezogene Pilze, Apfel und Birnenscheiben zum Trocknen von der Decke.

Mauro und Lucia fielen an den Abenden müde auf ihr Lager und auch der Hund Borgia streckte müde gähnend, seine Glieder von sich. Schnell waren die drei eingeschlafen.

An jenem Morgen erwachte Mauro und hell schien ihm die Mitherbst Sonne ins Gesicht und kitzelte seine Nase. Was nur hatte ihn geweckt? Da war ein ungewöhnliches Geräusch gewesen, da..., da winselte doch ein Hund! Schnell sprang er aus dem provisorischen Bett und zog sich Hemd und Hose über.

„Meine Stiefel... verdammt, wo sind meine Stiefel?" Suchend blickte er sich um. „Lucia? Luci..." das Bett war leer. „Borgia, Borgia wo bist du?" Laut hallte seine Stimme über die Lichtung. Da... vom Waldrand her vernahm er wieder das Winseln. Barfuß lief er zu den Bäumen und fand dort, winselnd und vor Kälte zitternd den Hund, angebunden an einen Baum. Mauro löste den Lederriemen und Borgia wollte ihn sofort in den Wald ziehen.

„Nein mein Lieber, erst zur Hütte. Ich brauche erst etwas an die Füße." Lucia schien seine Stiefel versteckt zu haben, aber warum nur? Der junge Mann der nicht erst lange suchen wollte, da ihm die warnenden Worte von Freund Collodi in den Sinn kamen, wusste sich zu behelfen. Er band sich ein paar Hirschleder Reste um die Füße, um sich die Fußsohlen nicht an den spitzen Steinen zu verletzen. Dann band er sein Messer an den Gürtel, griff sich die Armbrust und den ledernen Führungsriemen des klugen Hundes.

„Such Borgia..., such Lucia!" Der Hund stob los und zog den unsicher stolpernden Mauro durch den Nebel, der noch zwischen den Bäumen waberte, hinter sich her. Die Suche ging kreuz und quer zwischen den Bäumen hindurch. Ab und zu sah Mauro im feuchten Moos einen Fußabdruck...; Lucia schien barfuß unterwegs zu sein und nun fiel dem Jungen auch ein, dass er ihren selbstgenähten Fellmantel in der Hütte hatte hängen sehen. Erschrocken stellte er fest, dass sie nur sehr leicht bekleidet aus ihrer Unterkunft gegangen war. Der zähe Nebel hatte sich aufgelöst und die Sonne stand bereits im Zenit. Immer wieder rief Mauro ihren Namen.

„Luciaaa! Luciiiaaaa, verdammt so antworte doch!" Nichts, kein Laut außer den Vögeln und dem schwachen Wind im Geäst der Bäume. Immer wieder rief er sie mit langsam ermüdender Stimme; kein Ton, keine Antwort war zu vernehmen. Dort um jene Felsnase herum...und wieder rief seine verzweifelte Stimme. Doch halt, war da nicht eine dumpfe Antwort gewesen?

„Luciiiaaa!"

„Hier! Hierher! Hilfe!" Das war doch keine Frauenstimme?

„Such Borgia, zeig mir den Weg!"

„Hilfe! So eilt Euch doch..., sie versinkt! Herr im Himmel... gib mir Kraft! Hilfe!"

Die männliche Stimme wurde deutlicher und der Hund zog mit einer solchen Kraft, dass Mauro kaum noch zu folgen vermochte. Dann stand er plötzlich an einem steilen Abhang und es bot sich ihm, ein gar bedrohliches Bild in der Senke darunter. Ein mageres Mönchlein lag bäuchlings im Schlick eines Sumpfloches und hielt mit der rechten Hand eine junge Frau an deren Hemd fest; sie war bereits bis zur Brust versunken.

„Ich komme..." schrie Mauro mit lauter und rauer Stimme und ließ dabei Borgias Lederriemen los.

„Kommt langsam herunter, sonst verschlingt der Moloch Sumpf auch Euch..." versuchte der Mönch ihm zu zurufen, aber es wurde nur ein klägliches Stammeln.

Der junge Gelsino kletterte den Hang seitlich gehend hinab und blickte sich, unten angekommen suchend um. Da, ein breites langes Rinden Stück! Rasch holte er es und legte es auf die trügerische Oberfläche des Sumpfes. Sich ebenfalls bäuchlings darauf legend, schob er sich vorsichtig an Lucia heran. Dann rief er den Hund.

„Borgia, komm zu mir..., auf den Bauch! Komm!" Der Wolfshund erkannte instinktiv die Gefahr des Moores – und man hält es kaum für möglich – auch er holte sich ein Stück Rinde, legte sich darauf und schob sich mit den Hinterläufen solange vorwärts, bis auch er bei Lucia angekommen war.

Mauro zog das Ende des langen Lederriemens von Borgias Hals zu sich und band es vorsichtig unter Lucias Achseln schiebend, an ihrem Brustkorb fest. Das Unterfangen erwies sich als äußerst schwierig, da die junge Frau ohnmächtig feststeckte und nicht mithelfen konnte.

„Frate, kommt Ihr vielleicht aus dem Sumpf heraus?" Der Mönch robbte vorsichtig rückwärts und rief nach einiger Zeit erleichtert: „Ich habe wieder festen Boden unter meinen Füßen! Gelobt sei Gott!"

„Bitte schiebt einen starken Ast zu mir... haltet ihn aber fest! Ein Seil habt Ihr nicht zufällig bei Euch?"

„Nein, ein Seil zu meinem Bedauern nicht, aber diesen mehrfach um meinen Bauch geschlungenen Gurt!"

„So gebt mir diesen!"

Der Frate nahm das Schnur Gebilde ab

und warf es in Mauros Richtung, aber der Schwung war zu groß und es landete inmitten des Sumpflochs. Verzweifelt aufstöhnend streckte der junge Mann sich, um den Gurt zu erreichen, aber seine Arme waren zu kurz. Langsam sank Lucia tiefer ein, doch der Freund gab nicht auf.

„Borgia, hole den Gurt und beeile dich!" Mühelos rutschte der Hund auf seinem Rinden Stück näher heran, griff mit der Schnauze zu und schob sich, mit seinen Hinterläufen schiebend, an Mauro heran.

„Bleib so Borgia, wir müssen es gemeinsam schaffen, ansonsten ist Lucia verloren!" Der Junge riss die zusammengenähten Teile des Gurtes auseinander und erhielt so mehrere Stücke, die er zu einem langen Seil zusammen knüpfte. Das eine Ende band er an das Lederband um Lucias Brust und das andere um Borgias Hals.

„Bring es dem Frate mein vierbeiniger Freund..." und zu dem Mönch „schlingt es um jenen Baum dort und dann zieht!" Er wartete, bis der Frate soweit war und dann zog auch er am Seil um Lucias Brust, dass er erst mühsam ertasten musste. Selbst der Wolfshund versenkte seine Schnauze unter die trügerische Wasseroberfläche der Sumpf-Senke. Nach einigen vergeblichen Versuchen gab der Boden, mit einem schmatzenden Geräusch nach und gab die junge Frau frei und sie zogen sie ermattet, aber glücklich an das feste Ufer. Stöhnend wischte der Mönch sich den Schweiß von der Stirne.

„Ich bin Bruder Michele von den Franziskaner Brüdern und ich hatte mich beim Sammeln von Pilzen restlos verlaufen, als ich vor einer Wildsau floh. Dann sah ich diese junge Frau im Sumpf stecken..., sie hat mich auch noch beschimpft, ich solle sie doch in Ruhe sterben lassen. Das geht doch nicht, ich habe mich doch dem Leben verpflichtet und befolge die Ordensregeln des heiligen Franz von Assisi. Welche Ängste und Sorgen vermag eine so junge Frau haben, dass sie des Lebens überdrüssig ist und es wegwerfen will?" Nachdenklich entledigte der Mönch sich seiner braunen Kutte und wickelte Lucia darin ein.

Mauro hatte ein großes Feuer entzündet und blickte dem zierlichen Mann in Unterkleidung fest in die Augen.

„Ich kenne die Gründe nur zu gut, denn sie ist meine Gefährtin. Ihr Name ist Lucia und ich bin Mauro Gelsino und dieses stinkende, struppige, aber auch brave und mutige Etwas..., ist mein Hund und treuer Begleiter Borgia; der uns in unser Lager zurückführen wird." Laut auflachend hielt Michele seinen nicht vorhandenen Bauch.

„Borgia, hahaha, was für ein großer erhabener Name für einen Hund." Schnell aber wurde er wieder ernst. „Hast du dir überlegt, wie wir sie..."

er wies mit zitternden Händen auf die noch immer ohnmächtige Lucia „transportieren wollen?"

„Ich werde Zweige aneinander binden und auf die großen Rinden Stücke legen und Eure Kutte, wird sie wärmen. Zur Vorsicht decken wir sie auch noch mit Zweigen ab."

„Gute Idee, wir Beide benötigen dringend Bewegung, sonst erfrieren wir." Intensiv rieb der Mönch seine blau gefrorenen Arme und Beine. Der junge Gelsino bekam aus Scham einen roten Kopf, als er den Frate anblickte. Schnell zog er seinen viel zu groß genähten Fellmantel aus und hängte ihn Michele, um die schmächtigen Schultern, denn außer einem dünnen Hemd und der Unterhose, trug der Mönch nichts.

DORFGRÜNDUNG

Einige Stunden später erreichten sie völlig erschöpft und halb erfroren den Rand der Lichtung.

„Was sind das für Hütten? Ich glaubte immer, in diesem Gebiet würde niemand leben." Verwundert blieb Michele stehen und rieb sich die Augen.

„Wir haben sie errichtet. Wir wollen den Winter hier verbringen, auf das meine Lucia sich erholt. Doch wir sind nicht alleine, es lebt noch ein Paar mit hier. Die Beiden sind in ein verlassenes Räuber Lager, um noch zu holen, was verwertbar erscheint. Doch nun kommt ins Haus Michele, damit ich ein Feuer entfachen und wir uns wärmen können."

Während der Franziskaner seine eisigen Füße der Glut entgegen streckte und auf die Frau achtete, holte Mauro getrocknetes Laub aus dem Stall und stopfte in seiner Hütte einen Sack damit aus; dann nagelte er einige alte Bretter zusammen und errichtete so ein Bett für den Mönch. Zurück am Feuer erzählte er mit leiser Stimme, die ganze Geschichte von sich und Lucia.

„Für eure jungen Jahre, habt ihr schon viel durchmachen müssen. Besonders leid tut mir der Tot von Lucias Mutter; sie war nichts anderes als ein Bauernopfer und dies verurteile ich aus tiefsten Herzen. Jedoch was du vorhast hört sich sehr gut an, aber solange deine Gefährtin nicht ebenso denkt und fühlt, wird sie immer wieder versuchen sich das Leben zu nehmen. Vielleicht kann ich mit den Worten des heiligen Franziskus etwas ausrichten. Gott wird gewusst haben, weshalb er uns zusammen geführt hat." Langsam und bedächtig löffelte der Mönch genüsslich seine heiße Pilzsuppe und rollte sich dann auf seinem Lager zusammen, wo er sehr schnell einschlief. Dankbar breitete Mauro zwei Decken über den tapferen Mönch. Er vermochte nicht darüber nachzudenken, was ohne Michele geschehen wäre.

Nachdenklich setzte er sich an Lucias Bett und bewachte deren Schlaf. Mauro blutete das Herz, während er sie lange und intensiv betrachtete...das mittlerweile wieder nach gewachsene, nun klebrig verfilzte Haar, die hohe glatte Stirne, die Nase gerade und schmal, die kleinen Ohren, zärtlich strich er über ihre, nun eingefallenen Wangen und die kaum noch sichtbaren Brandnarben. Seufzend erhob er sich um warmes Wasser von der Kochstelle zu holen; dann wusch er zärtlich und aufmerksam ihr Gesicht. Er hatte nicht bemerkt, dass Lucia bereits seit längerer Zeit aus ihrer Ohnmacht erwacht war und so erschrak er, als sie ihn plötzlich und mit geschlossenen Augen ansprach.

„Mein Lieber, meintest du das im

ernst was du vorhin sagtest?" Würdest du wirklich für mich lügen und alle Schuld auf dich nehmen? Liebst du mich tatsächlich so sehr?"

„Ja mein Herz, doch jetzt lasse dich waschen und anschließend wirst du essen und dann schlafen amore mio (meine Liebe) und erst danach, ist Zeit um zu reden. Sorgsam kämmte er noch den getrockneten Schlick aus ihren Haaren und machte das gemeinsame Bett sauber, dann deckte sie noch mit allen vorhandenen Decken zu und nachdem er noch Holz nachgelegt hatte, schlief auch er erschöpft ein.

Der folgende Morgen war sonnig, aber kalt. Raureif bedeckte den Boden der Lichtung und die Wipfel der Bäume. Geheimnisvoll glitzerte die Welt im Sonnenlicht und zauberte eine Märchenwelt aus der, doch so trostlosen Lichtung. Aus dem Dunkel des Waldes, schälten sich zwei unförmige Gestalten mit mehreren Tieren und traten auf die Lichtung. Doch erst als sie kurz stehen blieben und die Kappen von den Köpfen nahmen, konnte man Ginetto und Tanja erkennen. Die insgesamt sechs bis auf die Knochen abgemagerten Maultiere die sie mit sich führten, liefen auf die gerodete Lichtung und blieben abwartend stehen.

„Wo ist unser Empfangskomitee? Wo sind Mauro und Lucia? Schlafen die etwa noch?"

„Sieht ganz danach aus... ist aber

sehr untypisch für die Beiden."

Da ging die Hüttentüre auf und der junge Gelsino ließ den Hund heraus ohne sich umzuschauen. Mit freudigem Gebell begrüßte Borgia die Angekommenen, worauf erneut die Hüttentüre aufgerissen wurde.

„He ihr Schlafmützen, wollt ihr uns nicht helfen die Mulis zu entladen?" Collodis klang reichlich verärgert.

„Dauert einen Moment, ich muss mich erst ankleiden..." schrie Mauro zurück und weckte damit Lucia und den Mönch Michele.

„Wo brennt es..." fuhr der aus dem Schlaf gerissene hoch.

„Es brennt nirgends, aber die Freunde sind schwer beladen zurück gekommen und wir müssen ihnen helfen."

Es dauerte Stunden, bis die Tiere entladen und alles aufgeräumt war. Tanja hatte in dem fluchtartig verlassenen Lager, sogar eine alte Wiege und Leintücher gefunden, die sie zuletzt in die Hütte trug. Groß war der nachträgliche Schrecken, als Ginetto und sie von dem Vorfall um Lucia erfuhren und dankbar drückten sie Michele die Hände, für die Rettung der Freundin.

„Was hat sie sich nur dabei gedacht, dass ist doch auch keine Lösung," echauffierte sich Tanja und setzte sich an das Lager Lucias.

In der Nacht sank die Temperatur und Tags darauf schneite es heftig und anhaltend. Die Freunde aber hatten

Glück und Verstand, bei der Wahl des Platzes für ihre Hütten bewiesen. Die begrenzenden Felswände befanden sich im Norden und Osten der Rodung und so konnte der eisige Nordostwind keine Wehen aufbauen und es blieb, bei einer normalen Schneedecke. Trotzdem bastelte Michele eine Art Schneeschaufel, um die Laufwege zwischen den Hütten und dem, nun überfüllten Stall frei zu halten. Eigentlich ging es ihnen nicht schlecht, denn Dank des Transportes aus dem verlassenen Banditen Lager, verfügten sie über genug Vorräte, Decken und Tierfutter. Nur Lucia machte allen große Sorgen. Mittlerweile fieberfrei lag sie apathisch und auf nichts reagierend auf dem Bett und starrte Löcher in die Decke. Wochenlang ging das so und ihr Bauch wölbte sich erkennbar unter den Decken. Eines Morgens im November, draußen war es bitterkalt, schrie Tanja aufgeregt auf.

„Was ist?" Ginetto hob den Kopf von seiner Korbflechterei und schaute fragend zu seiner Gefährtin.

„Da..., schaut doch! Das Kindchen..., es bewegt sich!" Tanja legte die Hand auf Lucias Bauch. Eilig kam Mauro gelaufen und bettete seinen Kopf auf die Wölbung.

„Ja ich fühle etwas und das ist mein Kind?"

„Aber sicher und wie es sich bewegt."

Mit Lucia geschah etwas seltsames; sie hob die Hand und legte sie auf das Haupt Mauros. Seufzend stemmte sie ihren Oberkörper hoch und sagte leise wie im Traum:

„Nun, wenn ihr euch alle derart freut, sollte ich mich wohl auch damit abfinden." Langsam und nachdenklich strich sie mit der Hand über ihren Leib und sah dann unsicher Mauro an. Dieser umfasste ihren Kopf und sah ihr fest in die Augen.

„Endlich bist du wieder bei dir mein Herz. Bitte, mach nie wieder so einen Unsinn..., ich hatte solche Angst um dich."

Michele räusperte sich hörbar „kann mir mal jemand sagen, wann das Kindchen zur Welt kommen soll?"

„Im Frühlingsmonat, warum?"

„Wird euer Hund Borgia in der Lage sein, mich in mein Kloster zu führen? Dort ist auch zeitweise ein Padre, vielleicht könnte er die Eheschließung noch vollziehen bevor das Kind kommt; dann müsste Mauro bei der Beichte auch nicht lügen."

„Frate Michele, Euer Gedankengang ehrt Euch sehr, aber es ist wie es ist. Solange Schnee liegt ist es nahezu unmöglich und zu gefährlich durch die Wälder und Berge zu gehen. Wölfe, Bären und Lawinen, wollt Ihr unbedingt umkommen? Nein, wir werden bis Mitte oder gar Ende April warten müssen und langweilig wird uns ja wohl nicht werden."

„Wolltet Ihr mit den bereits geschlagenen Bäumen nicht eine kleine Kirche errichten? Wenn wir alle zusammen arbeiten könnte sie in einem Monat stehen..." fragte Ginetto lockend.

Jemand hämmerte vehement gegen die Türe der Hütte. Verwundert blickten die vier Freunde und Frate Michele sich an.

„Macht auf! Um der Liebe Christi Willen öffnet!"

Borgia stand mit gesträubtem Nacken-Fell hinter der Pforte und knurrte aggressiv. Von draußen vernahm man ein tiefes, gefährliches Brummen.

„Hilfe, so öffnet doch, er wird mich sonst zerfleischen!"

Mauro und Ginetto hatten ihre Armbrüste ergriffen und Tanja hatte eine alte, aber scharf geschliffene Hellebarde in der Hand. Auf einen Wink hin, riss Frate Michele die Türe auf. Ein Mann, in unförmige Pelze gehüllt, fiel herein und ein Apennin Bär der hoch aufgerichtet hinter ihm stand, wollte nachsetzen..., doch da flogen bereits zwei Armbrustpfeile direkt in seine Augen. Ein grollender Laut entrang sich der Kehle des Tieres und es schwankte bedrohlich. Da stieß ihm Tanja, unterstützt von Michele, die Hellebarde in das Herz. Mit einem dumpfen, grollenden Geräusch ging der Bär zu Boden und rührte sich nicht

313

mehr. Eine große Blutlache breitete sich unter ihm aus.

In der Zwischenzeit hatte Lucia den, durch einen Pranken Hieb verletzten Jäger in den Raum gezogen und aus dem Pelz geschält. Gemeinsam mit Tanja, versorgte sie die Wunden des Fremden. Zum Abschluss flößten sie dem Unbekannten einen Schlaftrunk, in Form eines Bechers Rotwein, versetzt mit Branntwein ein. Die Männer hatten in der Zwischenzeit den Bären gehäutet und zerlegt, was in der Hütte einen denkbar schlechten Geruch hinterließ. Ein festliches Mahl zu Christi Geburt war ihnen sicher, da der anhaltende Frost das Fleisch konservieren würde Die Innereien würden im Freien verbrannt und der Pelz sollte geschabt und gegerbt werden.

Nun waren sie zu sechst. Der schwer verletzte Jäger der, wie sich herausstellte, aus Bologna stammte und bei entfernten Verwandten in Florenz untergekommen war, erholte sich nur sehr langsam. Tiefe Fleischwunden, geschlagen von den Bärentatzen, befanden sich auf seinem Rücken und da Lucia sich weiterhin um ihn kümmerte, fand er in ihrer und Mauros Hütte seinen Platz. Frate Michele zog zu Ginetto und Tanja in deren Hütte.

Am Abend dieses so ereignisreichen Tages, saßen Mauro und Lucia eng umschlungen am Feuer und der junge Mann begann leise und ernst, seiner Gefährtin seine Zukunftspläne darzulegen.

„Liebste, sobald das Wetter es zulässt, werden wir mit dem Kind in das nächst gelegene Dorf gehen; Borgia wird uns führen. Dort werde ich zur Beichte gehen und ich werde sagen, dass ich dich mit Gewalt genommen habe. Dabei sei dieses Kind entstanden und da ich dich sehr gerne habe und ich das Geschehene zutiefst bereue, würde ich dich gerne zur Frau nehmen und das Kind als das meine akzeptieren und taufen lassen."

„Aber das geht doch nicht, du kannst doch nicht etwas beichten, was du niemals tun würdest! Mauro, damit stellst du dich in ein schlechtes Licht! Du wärst ein Außenseiter und niemand würde etwas mit dir zu tun haben wollen. Das kannst du nicht machen!"

„Und ob ich das kann. Die Ächtung wäre doch nur in dieser Gegend. In Florenz kräht kein Hahn danach; niemand wird es erfahren und wenn doch, ist es egal... denn wir sind dann vermählt und im übrigen, uns steht die ganze Welt offen. Tun wir das nicht, bleibt an dir der Makel der Hurerei kleben, denn unseren Mitmenschen ist egal, dass du vergewaltigt wurdest... sie sehen nur das uneheliche Kind. Verstehst du...? Du weißt doch durch deine Mutter, wie bigott die Leute sein können. Ich weiß das du keine Hure bist oder jemals sein wirst. Wir werden die Ehe schließen und außer uns Sechsen hier, wird niemals jemand die Wahrheit erfahren. Es ist ja nur eine Notlüge, um dich vor weiteren Schaden zu bewahren. Es ist auch kein Opfer von mir, denn ich liebe dich wirklich sehr und wir werden auch weitere Kinder haben und das Kleine wird niemals eine Unterscheidung erleben..., das verspreche ich dir aus tiefsten Herzen." Zärtlich legte er seine Arme um sie und zog sie an seine Brust. „Ich liebe dich mehr, als ich dir sagen oder zeigen kann..." flüsterte er in ihr Ohr.

Sanft schob sie ihn von sich, „auch ich liebe dich sehr, aber du musst mir Zeit lassen. Die Erinnerung an diesen ekelerregenden Hauptmann, verfolgt mich noch immer in meinen Träumen. Noch ertrage ich die Nähe eines Mannes nicht. Kannst du das verstehen?"

Mit einer energischen Bewegung, wischte sie sich die Tränen von den blassen Wangen und machte sich geschäftig an den Verbandswechsel, des noch immer besinnungslosen Jägers.

Die Tage wurden immer kürzer und sie waren doch vollgestopft mit Arbeit. Eine nochmals einsetzende Milderung, begünstigte das Wachstum des 'Dorfes' Ginonna. Nach Tagen des Baumfällens, Entastens und Verarbeitens, entstanden zwei größere Blockhütten für die beiden Paare, ein größerer Stall und eine Kapelle. Mauros Muskeln wuchsen und ein wilder Vollbart, zierte sein Gesicht. Doch auch Ginetto glich mehr und mehr einem Waldschrat. Frate Michele war dankbar für die aus dem Banditen-Lager geborgenen Gegenstände wie eine Bibel, ein großes Standkreuz und eine Monstranz mit einem Knochensplitter des Florentiner Stadtheiligen San Giovanni (Johannes der Täufer). Als einfacher Mönch durfte er zwar keine Sakramente spenden doch er durfte, als einziger Kirchenmann, das Wort Gottes verbreiten, Segen spenden und auch Nottaufen ausführen. Predigen ja, dass tat er oft und besonders gerne erzählte er aus dem Leben des Franziskus.Tanja flocht dabei mit wunden Fingern wieder Reisig-Matten für die Böden der Hütten und Lucia kümmerte sich aufopfernd um den Verletzten und um das Essen aller.

Mitte Dezember erst, die Holzbauten waren nahezu fertig, setzte anhaltender und ergiebiger Schneefall ein, doch es herrschte in dem kleinen Dorf keinerlei Mangel. Der Jäger hatte in einem wachen Moment erzählt, dass er beim umherirren auf ein verlassenes großes Holzfäller Lager gestoßen sei und zwar müsste dies, in nördlicher Richtung sein.

Dieser Bericht löste bei Ginetto große Unruhe aus und er verkündete, dass er mit Tanja in das erwähnte Lager suchen würde, um alles verwertbare nach Ginonna zu schaffen.

Bereits einige Tage später, waren sie vollgepackt wieder zurück und berichteten, dass nun nichts mehr zu holen oder zu verwenden sei. Durch den Einsatz der Beiden verfügte der winzige Ort sogar über ein Badehaus, in dem ein erbeuteter riesiger Badezuber stand.

„Kinder..., morgen ist Christi Geburt. Schrubbt und schmückt eure Häuser und bitte, säubert auch euch! Ihr seid ein stinkender, schmutziger Haufen und ihr seht mit euren wilden Bärten zum fürchten aus! Mit Gottes Segen, auch wenn ich keine Priesterweihen habe, eröffne ich das Badehaus. Mauro, heize ein und hänge den großen Kessel über das Feuer..., hahaha..." Michele bekam einen Lachanfall „kaum zu glauben, dass ich mich mal über Banditen und Holzfäller freuen würde..., aber es gibt einen Badezuber, Seife und dank Mauro, heißes Wasser. Gelobt sei Gott der Herr!"

Sie kamen überein das die beiden Frauen zuerst ein Bad verdient hätten. Lucia, die sich jetzt im sechsten Monat befand, benötigte dabei die Hilfe von Tanja. Auch sie war in den letzten Monaten nochmals gewachsen und der, sich immer mehr wölbende Bauch wirkte wie ein Fremdkörper und man hatte Angst, dass sie das Gewicht nach vorn ziehen könnte.

Der Jäger war zu Beginn des Dezember, aus seiner teilweisen Umnachtung vollends erwacht.

„Warum denkt ihr, ich sei ein Jäger?"

„Euer Gewand, das Fell oder warum habt Ihr Euch sonst im Wald befunden?" Auffordernd blickte Mauro ihn an.

„Nun, so möchte ich mich erst einmal vorstellen. Mein Name ist Riccardo di Ponte und ich stehe..., nein ich stand in den Diensten des französischen Königs, der sich das schöne Florenz einverleiben wollte. Nun, da ich annehme, dass ihr zum Teil Florentiner seid und ihr mich des halb nicht ausliefern werdet, kann ich euch berichten, dass ich den König verraten und mich Nicolo Machiavelli zugewandt habe. Nicolo hat eine Jagd veranstaltet, um der Bärenpopulation hier in der Gegend Herr zu werden. Stattdessen hat der aggressive Bär uns getrennt und mich gejagt. Stimmt es, dass ich bereits seit über vier Wochen bei euch bin?" Er hatte die Erklärung zu Ginetto gewandt abgegeben und dieser erklärte ihm, nachdem er alle vorgestellt hatte, dass Mauro in diesem Dörfchen das alleinige Sagen hatte.

„Zunächst möchte ich dich Riccardo bitten, uns alle zu duzen. Wir werden die nächsten Monate hier, auf Gedeih und Verderb an diese Lichtung gefesselt bleiben und als einziger Rückzugsort dienen unsere Hütten. Du wirst dir eine mit Frate Michele teilen. Die Arbeit wird aufgeteilt und reihum hat jeder einmal den Stall zu reinigen und die Tiere zu füttern. Ausgenommen sind die Frauen, die sich um unser aller leibliches Wohl kümmern. Ich hoffe du bist körperliche Arbeit gewohnt?"

„Ja, meine Eltern hatten nahe Bologna einen Gutshof bewirtschaftet und ich habe bis zu einem Überfall, dort gearbeitet. Leider wurde der Hof gebrandschatzt und ist bis auf die Grundmauern abgebrannt. Mauro, ich erkläre mich mit allem einverstanden und ich muss sagen, dass ich es großartig finde, was du hier tust. Also... ich hätte diesen Mut nicht aufgebracht, nicht in diesem jugendlichen Alter. Darf ich dich fragen wie alt du bist?"

„Ich bin siebzehn Jahre und bald Vater, da muss man doch Verantwortung tragen oder etwa nicht?"

„Doch und das ehrt dich, Du wirst deinen Weg gehen, dass kann man jetzt schon erkennen. Bist du auch zur Klosterschule gegangen?"

„Nein, aber ich hatte zwei Frati, Lionardo und Matteo, gute Lehrer, die mir auch die Höhen und Tiefen des Lebens gezeigt haben und auch, auf was es im Leben ankommt."

„Das ist sehr gut für dich und wenn wir irgendwann nach Florenz zurückkehren, werde ich sicher etwas für dich tun können."

„Bis dahin vergeht noch viel Zeit und zuerst einmal, ein bitterkalter Winter."

„Seid ihr endlich fertig?" Tanja hatte zugehört und dabei nervös mit den Füßen gescharrt. „Ginetto erwartet euch zur Taufe des Dorfes und Frate Michele, erwartet uns alle in der Kapelle. Er möchte sie doch feierlich einweihen. Nun macht schon...!" Tatsächlich warteten alle auf dem schmalen Pfad, der auf die Lichtung führte.

Collodi hielt einen kleinen Kessel, voll mit heißem gewürzten Wein in seinen Händen, Riccardo hatte die Becher und Frate Michele hielt mit beiden Händen eine Schale aus Rinde, auf der sich Brot und Salz befanden.

„Ich taufe dieses Dorf, auf den Namen Ginonna. Möge es von Krieg und Pest verschont bleiben und glückliche Menschen beherbergen. Möge es wachsen, blühen und gedeihen. Gott mit dir Ginonna."

Mit stolzem Blick sah Lucia in die Runde und leerte, nachdem sie einige Tropfen auf den Boden hatte fallen lassen, ihren Becher in einem Zug „Gott schütze dich Ginonna!"

„Vivat, vivat, vivat... hoch Ginonna," taten es die Anderen Lucia nach und Frate Michele verteilte Brotstücke und Salz mit den Worten „ seid willkommen und Gott mit euch." Einige Zeit darauf meinte er „verdammt, ist das eisig geworden..." der schmächtige Mönch klapperte laut mit den Zähnen. „Es ist so kalt...und eine Feuerstelle für unser Kirchlein, haben wir vergessen. Seht nur, sogar auf dem Wein ist Eis entstanden; ich glaube wir müssen die Einweihung unserer Kirche verschieben, bis wärmere Zeiten kommen." Traurig schlurfte der Mönch zu seiner und Riccardos Hütte.

„Ginetto?" Mauro blickte den Freund fragend an und dieser verstand die stumme Frage.

„Aber sicher...," sagte dieser „ich bin dabei," antwortete er lachend und mit Vorfreude im Blick.

„Ich bin auch dabei... auch wenn ich nicht weiß wobei."

„Nein Riccardo, du bist wirklich noch zu schwach, aber du kannst uns trotzdem helfen. Hole Michele zurück und beschäftige ihn. Geht in meine Hütte, sie ist größer und weit genug von der Kirche entfernt. Singt, erzählt und lasst ihn vom heiligen Franziskus berichten. Lenkt ihn einfach nur ab. Das wird morgen eine Überraschung für ihn werden! Ich freue mich auf sein Gesicht!"

Collodi und Mauro gaben vor, noch Arbeit im Stall zu haben und warteten, bis die Anderen im Haus verschwunden waren.

„Ich hole das Werkzeug und die Glocke..." Ginetto rannte zum Stall, um die dort versteckten Hämmer, Meißel und eine, von den Räubern erbeutete Schiffsglocke zu holen. Mauro hatte in der Zwischenzeit das bereits vorbereitete, jedoch abgedeckte Feuerstellen

Fundament, bestehend aus mühsam geglätteten Fels freigelegt. Die Steine waren weitgehend vorbereitet und bedurften nur noch einer kleinen Nacharbeit. Nun schlichteten sie diese mit bindendem Mörtel belegt aufeinander, verschmierten noch die Fugen und brannten dann ein schwaches Feuer an, um das ganze zu trocknen. Am einfachsten war der Kaminanschluss, am schwierigsten das Aufsetzen der steinernen, schweren Abschlussplatte auf die Brandstelle.

Vor den mit Pergament bespannten Fenstern graute bereits der kalte Wintermorgen, als sie an der inneren Wand noch Holz stapelten. Zur fertigen Arbeit gehörte aber auch das aufhängen der großen Schiffsglocke, die kurzerhand zur Kirchenglocke erklärt wurde. Damit sie nicht vorschnell erklang, hatte Mauro sie mit getrocknetem Laub ausgestopft. Nun kletterte der junge Gelsino auf das innere Holzskelett des angedeuteten Kirchturms, klopfte einen gebogenen, starken Haken in den Querbalken und hing die Glocke daran auf. Er führte das Seil am Balken entlang, fädelte es durch eine metallenen Öse und ließ den Rest des Glockenseils zum Boden hinab. Vorsichtig entfernte er das Laub aus dem Klangkörper...; da ging die Pforte auf und Lucia betrat mit einem Stapel schneeweißer und bestickter Tücher Kirche.

„Mauro! Komm da sofort herunter...,

bist du vollkommen verrückt? Puhhh..., ich dachte mein Herz bleibt stehen, als ich dich gesehen habe."

„Ich bin ja schon fertig," brummte dieser und sprang elastisch herunter.

„Ruhig ihr Beide, keinen Streit jetzt! Schläft Michele?"

„Ja, Riccardo und Tanja auch. Es war eine gute Idee, Branntwein in den heißen Wein zu geben..., die schlafen wie die Kinder," kicherte die werdende Mutter und fegte das Laub zusammen. „Seid ihr hier fertig?"

„Ja gleich..., nur noch die Glocke testen." Zaghaft zog er am Seil und ein dünner, scheppernder Laut durchzog die Nacht. Er zog kräftiger und Laub fiel nochmals aus der Glocke..., noch ein Zug und der nun erklingende Laut war voll, dunkel und nachhallend..., ein mit klopfendem Herzen erwarteter Erfolg!

Die Überraschung für Frate Michele war fast fertig und als Lucia die Tücher auf dem Holzkasten, der den Altar darstellen sollte ausbreitete und die Kerzenleuchter samt Kreuz aufstellte, stiegen Mauro ungewollt Tränen in die Augen. Fragend blickte Lucia in seine Augen und Ginetto legte seine Hand auf die Schulter des Freundes.

„Was hast du?"

„Verzeiht, aber mir kamen soeben das Weihnachtsfest in Santa Croce und meine Eltern in den Sinn. Ich kenne ja noch nicht einmal mein jüngstes Geschwisterchen. Ich habe keine Ahnung ob Junge oder Mädchen. Wie geht es meiner großen Schwester? Ich..." schluchzend brach er ab und Lucia küsste ihm die Tränen von den Wangen.

„So Gott will werden wir im Frühling alle wiedersehen,auch deine Familie," sagte sie leise.

„Unsere Familie Tesoro (Schatz), es ist unsere Familie."

Der Spurensucher drängte „los, lasst uns noch ein wenig schlafen gehen; der Tag dämmert ja bereits herauf. Die Überraschung soll doch gelingen. Ich freue mich bereits jetzt schon auf Micheles dummes Gesicht, wenn er die Glocke bimmeln hört, er denkt doch gewiss, er sei im Himmel." Lachend unter gehakt verließen die drei Freunde das winzige Kirchlein, um endlich ihre Schlafstätten zu erobern.

Einige Stunden später, erwachten Riccardo und Michele mit einem gewaltigen Brummschädel.

„Was in Gottes Namen war das für ein Wein? In meinem Kopf befindet sich ein Bergwerk der Zwerge und diese kleinen Geister hämmern um die Wette." Stöhnend hielt Riccardo seinen Kopf ganz so, als hätte er Angst das ihm dieser von den Schultern fallen könnte. Lachend stand Tanja am Herd und rührte gut gelaunt in einem Trank gegen das verfluchte Kopfweh.

„Ich weiß gar nicht, was ihr habt? Also...ich spüre nichts, dabei habe ich ebenso gesoffen wie ihr. Männer..., sie halten einfach nichts aus." Wohlweislich verschwieg sie, dass sie reinen Wein getrunken hatte. Auch Ginetto, Mauro und Lucia schälten sich nun aus ihren Decken.

„Oh Gott, ich bin wie gerädert... auch wenn das in diesen Zeiten kein guter Ausdruck ist, aber mir tut alles weh," stöhnte Collodi, mit vor Schmerz verzogenem Gesicht und nickte Tanja, die ihn fragend anblickte beruhigend zu.

„Frate Michele, wann wollt Ihr Eure Festpredigt halten?" Keiner der vier Freunde konnte sich dazu durchringen, Michele zu duzen, trotz der freundschaftlichen Gefühle. Zu groß war der Respekt für den zierlichen, kleinen Mönch.

„Es ist egal wann, unser Kirchlein ist ohnehin eisig kalt."

„Tatsächlich? Ist das so?" Mauro der von draußen hereingekommen war, rieb sich die blau gefrorenen Hände. „Und weshalb steigt dann Rauch aus der Kirche?"

„Sagt nur ihr habt die Heizstelle gebaut? Ward ihr deshalb nicht bei diesen fürchterlichen Besäufnis dabei? Himmel... ich habe doch nur drei oder vier Becher getrunken; weshalb habe ich nur solch einen großen Bienenschwarm im Schädel?"

„Genau deshalb waren wir nicht hier und Euer Kopf? Nun Michele, vielleicht habt Ihr doch ein bisschen mehr getrunken." Mauro tat als prüfe er die Stärke seines Bartwuchses, doch in Wahrheit wollte er nur das verflixte Zucken seiner Mundwinkel verbergen. Verschwörerisch blinzelte er den Freunden zu und wand sich dann, noch immer schmunzelnd Lucia zu.

„Tesorino (Schätzchen) wir werden alle in unserer Hütte feiern, richtest du mit Tanja alles festlich her? Ginetto und ich braten draußen das Fleisch und den Fisch. Riccardo, kümmerst du dich um Brot, Kohl und Wein?"

„Und ich? Was kann ich tun..." jammerte Michele.

„Ihr? Wollt Ihr Euch nicht um Eure Festpredigt kümmern Frate? Pergament, Feder und Tinte findet Ihr in jenem Kasten dahinten. Ihr und Riccardo bleibt im warmen, es ist nämlich sehr kalt draußen."

Jeder ging nun seiner zugeteilten Arbeit nach und so vergingen die Stunden wie im Fluge. Dann war der Weihnachtstag da...! Alle saßen erwartungsvoll in der Hütte Mauros und der Bratenduft zog appetitanregend durch den Raum.

„Wo ist der Bengel nun schon wieder, ständig kramt er irgendwo herum. Wir wollten doch zur Kirche..." irritiert blickte Michele in die Runde, doch alle blieben still und lauschten. Tanja legte sogar den Finger mit einem hörbaren „scht" an die Lippen und schüttelte mit dem Kopf.

Urplötzlich zog ein nahezu überirdisches Leuchten über das Gesicht des kleinen, zierlichen Mönches. Ein zwar schwaches, aber doch gut hörbares Läuten, drang durch die geschlossene Türe zu ihnen.

„Es ist soweit..." Lucia öffnete die Pforte „gehen wir, denn die Glocke ruft zum Gebet."

Mauro hatte am Weg zum Kirchlein Laternen aufgestellt, den Schnee weggeräumt und das Tor zu dem kleinen Gotteshaus festlich geschmückt, so das der Schnee im Licht zahlreicher Kerzen geheimnisvoll glitzerte und funkelte. Auch auf dem improvisierten Altar und im Raum selbst, erleuchteten viele Kerzen das Geschehen. Wohlige Wärme empfing die Eintretenden und die ganze Zeit über erklang die Schiffsglocke, an deren Seil Mauro voller Freude zog. Feierlich schritt Frate Michele zum Altar und hielt andächtig seine Weihnachtspredigt.

WINTER IM APENNIN

So verging Tag um Tag. Eine dicke Schneedecke hatte Ginonna eingehüllt, doch die sechs Einwohner hielten fest zusammen. Die Wochen verstrichen und die Kälte des Winters hatte den Apennin fest im Griff. Gott sei es gedankt..., niemand wurde krank oder gar verletzt. Der einzige Zwischenfall wurde durch den Leichtsinn Ginettos ausgelöst.

Anfang Januar waren die Mauro und der Fährtenleser jagen gewesen, hatten dann im Dorf die beiden Wildschweine ausgenommen und Collodi, sollte den tierischen Abfall verbrennen; doch er war zu tief in den Branntwein Schlauch eingetaucht, zwar hatte er ein Feuer entzündet, doch die Innereien der Schweine im Schnee vergessen.

In der darauf folgenden Nacht, kamen die hungrigen Wölfe. Es mochte um Mitternacht gewesen sein, als das jaulen, knurren und heulen begann und der volle Mond beleuchtete das Szenario.

Der Missetäter schnarchte seinen Rausch aus und so ergriffen Mauro und der, im schießen mit der Armbrust ungeübte Riccardo, die unförmigen Waffen. Leise lösten sie das Pergament vom Fenster und wollten auf die gierig fressenden Tiere schießen, wobei einige bereits an der Türschwelle kratzten. Geschmeidig wie eine Katze kam

Lucia zu ihnen. Leise hauchte sie in Mauros Ohr.

„Nur nicht schießen, dass frische Blut der Wölfe würde nur andere Rudel anlocken. Nur einen Augenblick, ich habe für diesen Fall bereits etwas vorbereitet."

Die Frau öffnete vorsichtig eine grob zusammengezimmerte Kiste und holte Stäbe heraus. Es waren Fackeln..., aber was für welche! Statt wie üblich mit Fetzen und Pech, waren diese stramm mit Wolfsfell umwickelt. Rasch und nahezu lautlos, goss sie etwas Branntwein darüber und drückte den Schützen und dem wach gewordenen Mönch je zwei in die Hände; dann stellte sie sich mit einer Kerze in der Hand neben die Türe.

„Macht schon und zieht euch warm an..., ihr müsst sie auf diese Art verscheuchen. Das Feuer und der Geruch des verbrannten Felles wird sie verscheuchen und fernhalten."

Also defilierten die drei Männer an Lucia vorbei und steckten dabei, mit dem Gebet das es wirken möge auf den Lippen, ihre Fackeln in Brand. Schreiend rannten sie gegen die Wölfe an und versengten deren Fell. Die plötzliche Helligkeit und die Lautstärke der Stimmen, aber mehr noch der Geruch nach verbranntem Fell, schlug das achtköpfige Rudel in die Flucht.

Zurück in Mauros Hütte nahmen sie sich vor, am nächsten Tag einen provisorischen Flechtzaun zu errichten. Man sollte vielleicht noch erwähnen, dass dies der einzige Besuch der Tiere blieb; denn ab dieser Nacht, wurde jeden Abend ein Stück Fell verbrannt... gut, dass die Wölfe einen so vorzüglichen Geruchssinn haben.

Man schrieb den März 1499, in der Mitte des Monats. Ein lauer Wind war von Süden her gekommen und hatte damit begonnen, an der dicken Schneedecke zu knabbern. Von den Dächern der Hütten tropfte, im gleichmäßigen Rhythmus des Herzschlags das Wasser. Lucia stand an der Feuerstelle ihrer Hütte und rührte versonnen in einem Kessel voller Minestrone. Die Herren der Schöpfung waren auf der Jagd und Tanja werkelte im Stall herum. Unförmig wölbte sich Lucias Leib so, dass sie sich schräg zur Kochstelle hinstellen musste. Lächelnd vor sich hin summend dachte sie an Mauro, als ein jäh einschießender Schmerz ihr den Atem raubte und sie in die Knie sinken ließ. So schnell er gekommen war, ebbte er auch wieder ab. Instinktiv wusste Lucia, dass es soweit war... ihr Kind wollte zur Welt kommen. Die alten Ängste um seine Entstehung, kamen zurück und überfielen die junge Frau mit aller Macht.

'Was würde geschehen, wenn das Kleine so aussah wie sein brutaler Erzeuger? Würde Mauro sie verstoßen? Was würden die Leute denken und sagen, würde die Gesellschaft sie Hure nennen und aus ihrer Mitte ausstoßen?' Sie hielt sich ihren Bauch und murmelte leise und eindringlich,

„Bleib wo du bist..., du machst mir nur Kummer..., ich will meinen geliebten Mauro nicht deinetwegen verlieren, also bleib wo du bist und wenn ich platze, dann sind wir Beide erlöst. Hörst du mich?"

Verzweifelt spürte sie wie sich ihre Bauchdecke erneut zusammenzog. Wieder dieser heftige Schmerz. Laut und voller Verzweiflung schrie sie auf, wollte sich erheben und griff dabei versehentlich auf die heiße Steinplatte der Feuerstelle und erneut schrie sie laut auf.

„Nein, ich will dich nicht!" Heiße Tränen liefen über ihr Gesicht. Da wurde mit einem Ruck die Türe aufgerissen und Tanja stürmte herein.

„Lucia! Ist alles in Ord..." Die Angerufene lag verkrampft auf dem Boden und hieb mit beiden Fäusten auf ihren Leib.

„Du sollst aufhören..., ich will dich nicht haben! Aufhöööören!" Doch wieder krampfte sich die Bauchdecke sichtbar zusammen und zwischen Lucias Beinen breitete sich ein nasser Fleck aus, die Fruchtblase war geplatzt!

Tanja hatte in der Zwischenzeit die Minestrone umgefüllt und den großen Kessel gründlich gereinigt. Nun trat sie hinter Lucia, griff unter ihren Armen hindurch und verschränkte ihre

Hände. Auf diese Weise zog sie Lucia zum Bett, wobei sie fluchend schimpfte.

„Verdammt nochmal..., immer wenn man einen Mann gebrauchen könnte, ist keiner da!" Keuchend hob und zog sie die Gebärende auf das Bett. „Du könntest auch ein bisschen mithelfen, schließlich muss ich zwei heben," fauchte sie die Freundin an. Die Anstrengung und die feuchte Wärme in der Hütte, ließen den Schweiß in Bächen über ihren Körper laufen zumal Lucia begann, nach ihr zu schlagen und zu treten.

„Lass mich in Ruhe verrecken, du verdammte Hexe; mich und das Balg in mir..., dann seid ihr uns wenigstens los. Hau ab und lass mich allei..." eine erneute Wehe raubte ihr den Atem und gab Tanja die Gelegenheit, ihr die Hände festzubinden.

„So, nun mache ich erst einmal Wasser heiß!" Eilig hetzte sie zum Bach und füllte den großen Kessel mit klarem Wasser und legte Holz nach. Die ganze Zeit über begleitete sie das schimpfen, fluchen und schreien der werdenden Mutter. Die Zeit eilte und rannte Tanja davon und das Wasser wollte und wollte nicht kochen!

Wieder eine heftige Wehe..., rasch wurden die Abstände kürzer. Die Frau zerriss Leintücher und heizte die Feuerstelle, bis die Steinplatte nahezu glühte. Die nächste Wehe... Lucias Körper bäumte sich auf und sie schrie laut vor Schmerz.

„Gleich meine Kleine..., gleich ist es vorbei." Tanja hatte ihre Vorbereitungen abgeschlossen und zog nun die Freundin aus. Bedächtig und aufmerksam tastete sie den Bauch ab und fühlte vorsichtig im Leib nach dem rechten. „Ich kann bereits das Köpfchen fühlen, es ist alles gut Lucia."

„Nichts ist gut..." keuchte weinend die junge Frau „bitte, binde mich los, ich bitte dich."

„Schlägst du wieder nach mir?"

„Nein, aber ich will dieses Kind nicht. Tanja, hilf mir! Aaahhh..." eine gewaltige Wehe brachte das Kinderköpfchen zum Vorschein.

„Bei der nächsten Wehe, noch einmal kräftig drücken, dann hast du es überstanden."

„Ahhh... ich kann nicht mehr... au, aua..."

„Dein Kindchen ist da, es ist ein kleines Mädchen und alles dran! So wie es ausschaut, ist es kerngesund. Du hast sehr viel Glück gehabt Lucia; andere Frauen brauchen Stunden, ja sogar Tage, bis sie ihr Kind in den Armen wiegen können."

„Bah, Glück, was heißt das schon? Ich will diesen Bastard, dieses verfluchte Balg nicht! Meinethalben behalte du es, wenn es dir so gefällt, aber las mich in Ruhe!"

„Ich bin nicht die Mutter Lucia, ich habe keine geschwollenen Brüste und keine Milch, um das winzige Dingelchen zu nähren und außerdem... was würde Papa Mauro dazu sagen?" Liebevoll wusch Tanja den Säugling der dabei kräftig zu schreien begann. „Hörst du Lucia? Sie ruft nach dir."

Trotzig hatte die Angesprochene ihre Decken über den Kopf gezogen, was aber nicht verhinderte, dass sie die Milch fordernde Stimme der Kleinen und die sanfte, zärtliche der Freundin hörte.

„Ja mein Kleines, da deine Mutter sich weigert, dich anzuschauen und zu nähren, werden wir dich den Wölfen überlassen müssen. Dabei bist du ein so goldiges Engelchen mit deinem feinen schwarzen Haar, dass bereits ungewöhnlich lang ist; mit deinem Stups-Näschen und den winzigen Ohren. Deine Haut ist rosig, wie bei einem Ferkelchen und deine Augen sind dunkel, mit goldenen Sprengeln darin, wie bei deiner Mama. Tja Kleines, sie will dich nicht haben, also werde ich dich jetzt, nackt und namenlos wie du gekommen bist draußen ablegen, aber keine Angst mein Engelchen...du wirst die Bisse der Wölfe nicht spüren, denn davor wirst du erfroren sein."

Als ob das Kind die Worte verstanden hätte, war das Schreien in ein leises Wimmern übergegangen, als Tanja laut zur Türe ging und diese geräuschvoll öffnete.

„Bist du Hexe denn ganz und gar verrückt geworden, dass arme Wurm nach draußen zu bringen?" Lucia hatte eilig die Decken zurück geworfen und sprang mit beiden Beinen aus dem Bett. Schnell eilte sie, eine Blutspur und die Nachgeburt hinter sich lassend, zu Tanja und riss ihr wütend das Bündel aus den Armen. Deren Augen blitzten vor Freude und Erleichterung auf... hatte ihr Plan doch die erhoffte Wirkung gebracht und da sie sah, dass Lucia vor Schwäche taumelte, stützte sie die junge Mutter und nötigte diese, sich auf das zweite Bett, welches extra für Mauro aufgestellt worden war zu setzen.

„Nun schau dir doch endlich deine süße Kleine an..., ich säubere derweil dein Lager und anschließend werde ich dich waschen und verbinden du Dickkopf. Saubermachen muss ich auch noch ehe unsere Männer nachhause kommen."

Geschäftig machte sie sich ans Werk beobachtete aber, unter gesenkten Lidern hervor, misstrauisch das Verhalten ihrer Freundin Lucia.

Vorsichtig hob die junge Mutter einen der Deckenzipfel und lugte darunter. Ihre Augen weiteten sich und begannen dann zu leuchten... das Strahlen erfasste ihr ganzes Gesicht und als wenn sie nie etwas anderes getan hätte, schob sie ihr Hemd beiseite, hob die volle Brust heraus und legte die Kleine an.

„Mein Kind, mein Herzchen... trink du nur. Gott möge dich für alle Zeiten schützen und behüten und die Jungfrau Maria dich auf all deinen Wegen begleiten. Mein geliebtes Kind..." murmelte sie leise und Tanja schickte ein inniges Dankgebet gegen die Holzdecke der Behausung.

Stunden später kehrten die Jäger mit reicher Beute zurück. Auf dem Dorfplatz blieben sie stehen und blickten sich verblüfft um.

„Was ist denn hier los? Von unseren Frauen ist weit und breit nichts zu sehen." Ginetto nahm seine Fellmütze ab und kratzte sich am kahlen Hinterkopf. Auch Mauro blickte sich verblüfft auf der Lichtung um.

„Taaanjaaa! Luuuciaaa!" Zuerst erfolgte keine Reaktion, doch dann huschte Collodis Gefährtin aus Mauros Hütte.

„Ihr geht alle, bis auf Lucias Schatz, in unser Haus. Du aber mein Freund, du kommst mit mir." Streng und energisch stand Tanja da, die Arme resolut in die Hüften gestemmt und keinerlei Widerspruch duldend. „Nun macht schon... ihr neugieriges Mannsvolk. Ihr werdet zur rechten Zeit schon alles erfahren." Brummend und müde fügten sich die Angesprochenen.

„Weiber..., wenn die ihre Launen haben, furchtbar," meinte Ginetto erbost, folgte aber den Anordnungen seiner Gefährtin.

„So mein Freund und nun zu dir..." fröhlich hakte Tanja sich bei Mauro ein und zog ihn in sein Haus. Dort schlug ihnen feuchte Wärme ins Gesicht. Der junge Mann wollte etwas sagen, doch Tanja legte den Zeigefinger an ihre Lippen. „Pssst, still und keine Fragen." Ihre Augen blitzten vor Übermut und auf ihren Lippen lag ein verschmitztes Lächeln. Ein merkwürdiger Duft und ein Geheimnis lagen schwer im Raum. Sie wies auf das Bett „nun geh schon du schwerfälliger Bär. In deinem Herzen ahnst du doch schon längst, was geschehen ist." Nahezu lautlos verließ sie das Häuschen und begab sich in das ihre, um ihren Ginettino und die Anderen zu begrüßen und um ihnen die frohe Botschaft zu verkünden.

Leise und mit klopfendem Herzen trat Mauro an das Bett. Da lag seine Lucia...das schmale Gesicht, auf dem ein feiner Schweißfilm lag von dunklem Haar umrahmt und schlief. Die langen seidigen Wimpern malten dunkle Schatten unter die Augen und auf ihren Lippen trug sie ein weiches, zärtliches Lächeln. Er beugte sich hinab um sie zu küssen und zuckte wieder zurück. Aus einem Bündel welches neben ihr lag, ertönte ein leiser zitternder Schrei.

„Es ist alles gut mein Kleines, ich bin ja hier."

„Lucia..." leise rief er ihren Namen. Sie öffnete die Augen und blickte ihn unsicher an.

„Mauro, das Kind..."

„Nicht das Kind amore mio (Liebste), unser Kind. Zeig her und wie wollen wir es nennen? Ist es ein Mädchen oder ein Junge?" Freudentränen liefen über seine stoppeligen Wangen.

„Mauro, bist du dir wirklich ganz sicher?"

„Ja Lucia. Es ist und bleibt unser beider Kind."

„So soll sie den Namen Nicoletta tragen...," antwortete die junge Mutter mit vor Tränen erstickter Stimme. Mauro ließ sich auf der Kante des Nachtlagers nieder, küsste Lucia und betrachtete mit zärtlichem Blick das kleine Wesen. Dann nahm er das Bündel auf den Arm und studierte das winzige Gesicht.

„Ja, du bist eine Nicoletta. Willkommen auf dieser Welt. Willkommen bei uns... Gott schütze dich." Beinahe scheu zeichnete Mauro vorsichtig ein Kreuz auf die kleine Stirne. Da schlug das Kind die Augen auf und blickte ihn an. Für einen Moment erschien Mauro die Welt still zu stehen und er vermeinte einen Hauch von der Herrlichkeit Gottes und der Schöpfung zu verspüren. Dann schlief das Kind wieder ein und er nahm seine Freundin sanft in den Arm.

„Amore mio ich danke dir für deine Liebe, dein Vertrauen und für unser Kind. Ab diesem Augenblick wollen wir alles Böse, alles Unglück vergessen und nur noch für unsere Zukunft leben. Niemand außer Tanja, Ginetto und uns wird jemals erfahren, was tatsächlich geschehen ist. Ich liebe dich mein Engel"

ENDLICH FRÜHLING

Der Lenz hielt Einzug in Ginonna. Schnell taute der Schnee ab und nahezu über Nacht stand das Dörfchen in einem Blütenmeer. Ein betörender Duft lag über der Lichtung. Die Männer hatten Pferche für die Tiere errichtet und Ginetto säte die letzten Getreidekörner, Erbsen und Bohnen in dem fruchtbaren Boden aus. Er und Tanja hatten beschlossen nicht in das gelobte, überseeische und unbekannt Land zu segeln; sie wollten hier im Apennin bleiben, da sich auch unter dem Herzen der Mittdreißigerin, Leben bemerkbar machte.

Mauro war mit Michele und dem Hund Borgia aufgebrochen, um das Kloster des Mönches ausfindig zu machen; jedoch hatte dieser versprochen, auf jeden Fall und wenn möglich, mit einem Priester wieder zu kommen.

„Also ich bleibe auch hier, aber nur wenn ihr mich hier haben wollt..." erklärte Riccardo und weiter „zuhause warten nur die verdammte Politik, die ohnehin nichts bringt und ein zänkisches Weib, welches mir keine Kinder gebären kann auf mich. Wenn Gott der Allwissende ein Einsehen mit mir hat, wird er mir schon ein Weibchen zu schicken vermögen... hier auf diese Lichtung. Ich kann abwarten." Alle lachten und freuten sich das der, durch den Pranken-Hieb eines Bären Behinderte, bei ihnen blieb.

„Und du Lucia...? Möchtest du Michele und mich begleiten?" Mauro blickte seine Gefährtin bittend an.

„Nein mein Herz, habe bitte Verständnis, ich bleibe hier. Unsere Nicoletta ist noch so zart und den Strapazen nicht gewachsen. Wir wissen ja nicht in welcher Richtung und wie weit weg das Kloster liegt. Bitte hab Verständnis für meine Entscheidung. Ich erwarte hier deine Rückkehr..., außerdem benötigt Tanja auch meine Hilfe, bringe du nur alleine Michele in sein Kloster." Friedlich schlief die kleine Nicoletta im Bett der Eltern, als Mauro und der Mönch aufbrachen, mit dem Versprechen bald wieder zukommen.

Tanja benötigte tatsächlich die Hilfe der jungen Mutter. Ständig war ihr übel und sie musste sich übergeben. Schnell wurde sie schwächer...; doch zum Glück ließ Gott gegen jedes Übel ein Kräutlein wachsen und es war Frühling..., also machte Lucia sich auf, die kleine Nicoletta mit einem Tuch auf den Rücken gebunden, Kräuter, Rinden und Wurzeln zu sammeln.

Wieder zuhause, erwärmte sie in einem Kesselchen roten Wein und Honig, dann warf sie einige Veilchenblüten, einige frische Frauenmantelblätter und Kamille Blüten vom Vorjahr hinein und ließ dann das Ganze etwas ziehen.

„Was die Natur so bietet und Gott

wachsen lässt, kann nicht verkehrt sein. Mehr Sorgen mache ich mir um ihr Kind," murmelte Lucia vor sich hin und ein Stoßgebet, entrang sich ihren Lippen.

"Heilige Maria Mutter Gottes, bitte lass es helfen." Nachdem sie den Sud durch ein Tuch gegossen hatte, süßte sie noch mit etwas Wildhonig nach und hieß der Freundin, drei mal täglich einen Becher davon zu trinken.

Der Erfolg gab Lucias Überlegungen recht, die Übelkeit verschwand und Tanjas Appetit kam zurück. Diese schloss Lucia in ihre Arme und küsste und herzte sie.

„Ich danke dir meine Freundin, ich werde mein Kind behalten. Nun habe ich nur noch Angst vor dem Tag, da ihr gehen werdet, du, Mauro und Nicoletta." Tränen des Schmerzes füllten Tanjas Augen.

„Wir gehen weder heute, noch morgen. Ich habe sogar überlegt, dass wir erst einmal in Ginonna bleiben uns außerdem müssen wir ohnehin warten bis Mauro zurück ist. Hier ließ..." sie reichte der Freundin ein Stück Pergament und diese las vor:

'Meine geliebte Frau (bald wirst du es ja sein)! Ich danke dir für unsere Kleine und ich verspreche dir, immer lieb und geduldig mit ihr zu sein. Du und nur du allein entscheidest, wann wir das Dorf verlassen; doch eines solltest du bedenken..., irgendwann benötigen wir auch den Segen meiner Eltern, Nicolettas Großeltern. Wäge du das für und wieder ab und wenn du bereit bist zu gehen, dann lass es uns alle wissen. Ich liebe dich von ganzem Herzen. Für immer dein Mauro.'

„Oh Lucia..., ist das schön. Er überlässt dir die Wahl. Er ist ein richtiger Don (Herr). Don Mauro, Donna Lucia... das klingt als wärt ihr Heilige...", kicherte Tanja albern, jedoch mit respektvollem Blick.

Aus dem März, wurde ein April der seinem Namen alle Ehre machte. Harte Nachtfröste und Schneefall; im Wechsel mit starken Regenfällen und warmen Sonnenstrahlen, setzten den Bewohnern von Ginonna zu. Starke Stürme mit nicht enden wollendem Regen, orkanartigen Windböen, Blitz und Donner, ängstigten die Leute und brachten sie in das kleine Gotteshaus. Lucia betete um die Unversehrtheit Mauros, denn die Spitzen der alten Bäume knickte reihenweise ab.

Doch auch diese Zeit verging und bald kehrte die Sonne zurück und sie erwärmte nicht nur die Lichtung, sondern auch die Herzen. Ungeduldig und unruhig blickte Lucia jeden Morgen den Pfad entlang..., wo Mauro nur blieb? Die Angst schnürte ihr die Kehle zu und auch Nicoletta spürte die innere Unruhe der Mutter; das Kind wurde immer knautschiger.

„Wenn Mauro nicht bald zurück kommt,

sehe ich schwarz für Lucias Gesundheit. Die Warterei und die Unsicherheit zehren an ihr.

„Ginetto kannst du denn nichts für sie tun?" Tanja, nun im fünften Monat, blickte ihren Gefährten fragend an.

„Wo sollte ich ihn denn suchen? Dazu müsste ich wissen, wo in etwa Micheles Kloster liegt..." antwortete dieser.

Etwa eine Woche später, war plötzlich Borgia wieder da. Er kratzte an Lucias Türe und als diese öffnete, begrüßte er sie lebhaft und mir freudig wedelndem Schwanz.

„Mauro, Liebster..." rief die junge Mutter erfreut und stürzte aus der Tür; doch da war niemand. Müde und enttäuscht kraulte sie den Wolfshund hinter den Ohren. „Du bist ihm entwischt, aber warum nur?" Plötzlich stutzte sie und zog einen länglichen, kleinen Gegenstand aus Borgias Halsfell. Es war eine kleine Metallkapsel mit einer Schnur um den Hals des Hundes gebunden. Mit zitternden Händen öffnete Lucia sie und entrollte den Inhalt; es war ein Brief! Ein Lebenszeichen von Mauro!

'Meine geliebte Lucia! Verzeih das ich mich so verspätet habe, aber in etwa einer Woche, sind wir bei euch in Ginonna. Unser kleines Dorf wird ein Kloster bekommen und wir, die Mönche und ich, sind dabei einen breiten Weg zu euch zu schlagen. Füttere unseren braven Hund gut und wenn er wieder verschwindet..., keine Sorge, denn er wird unsere Verbindung bleiben. Küsse unsere Nicoletta von mir und fühle auch du dich gedrückt und geküsst. Bis bald, dein Mauro' Erleichtert ließ die junge Mutter das Brieflein sinken und eilte zu ihrer Freundin Tanja, um ihr die Neuigkeiten mitzuteilen.

Eine gute Woche später kratzte der vierbeinige und verlässliche Freund erneut an der Hüttentüre, wedelte freudig erregt mit seiner Rute und begehrte Einlass.

„Komm nur herein Borgia, wo ist dein Herrchen?" Der Hund ließ sich genüsslich neben der alten Wiege nieder, beschnüffelte Nicoletta und legte dann seinen großen Schädel müde auf die Vorderpfoten.

„Soll das heißen, er ist in der Nähe? Ach..., wenn du doch nur sprechen könntest."

Lucia ging vor die Türe und blickte sich suchend um; nichts... kein Mauro. Enttäuscht wollte sie ins Haus zurück, da vernahm sie ein leises, gleichmäßiges Geräusch. Was war das? Angestrengt lauschte sie gegen das Rauschen des Windes und den Lärm der Vögel an...da, da war es wieder dieses tacktack tacktack..., aber was zum Henker war das? Es kam ihr merkwürdig bekannt vor, doch sie konnte es nicht zuordnen.

Einige Zeit später stand Riccardo am Hackstock und spaltete Holz. Lucia sah eine Weile zu und hieb sich dann plötzlich mit der flachen Hand an die Stirne und rief verblüfft: „...oh, was bin ich doch für ein Esel!"

„Für einen Esel siehst du aber verdammt gut aus und ich hatte auch keinerlei Ahnung, dass diese Tiere eine so melodische Stimme haben." Lachend blickte Riccardo die junge Frau an und erwartete eine Antwort. Doch Lucia lief laut rufend weg.

„Tanja, Taaanjaaa!" Eilig kam diese, mit wehenden Röcken angelaufen.

„Was gibt es? Ist etwas passiert?"

„Noch nicht, aber bald! Wir müssen einen großen Kessel Suppe kochen und Brot backen!"

„Aber warum und weshalb diese Aufregung?"

„Mauro kommt und er kommt nicht alleine."

„Woher willst du das wissen? Kannst du plötzlich hellsehen?"

„Der Brief Tanja und ich kann sie hören. Außerdem liegt Borgia im Haus und schläft. Endlich kommt er zurück! Tanja, kannst du die Suppe alleine kochen oder brauchst du mich?"

„Ich benötige dich nicht meine Freundin; lauf du nur zu deinem Schatz, aber sei vorsichtig."

„Ich danke dir meine Schwester, du verstehst mich, aber diese Männer..." sie warf Riccardo einen verächtlichen Blick zu, doch dieser lachte nur in seiner unverschämt fröhlichen Art.

„Weiber..., wenn die sich was in den

Kopf setzen..."

Lucia rannte ungestüm ins Haus, band sich Nicoletta mit einem Tuch vor die Brust und warf sich ihren Umhang über. Borgia, der die hektischen Vorbereitungen gelassen und gelangweilt beobachtet hatte erhob sich und streckte ausgiebig seine Glieder, dann stellte er sich abwartend und voller Vorfreude an die Türe. Sein Blick schien zu sagen 'na los doch, worauf wartest du noch?' Am Rande der Lichtung wartete reichlich ungeduldig Riccardo.

„Wo bleibst du denn? Ich werde dich begleiten, auch ich habe die Holzfäller vernommen und wir müssen uns erst vergewissern, dass es auch Mauro mit den angekündigten Mönchen ist. Vorsicht ist besser, als in einen Hinterhalt zu geraten. Jetzt wo es wärmer wird, treibt sich wieder allerhand Gesindel in den Wäldern herum."

Langsam trabte Borgia vor ihnen her und blieb immer wieder stehen, um auf sie zu warten. Als Lucia über ihn strauchelte und beinahe vornüber auf ihr Kind fiel, befahl ihr Begleiter eine Pause. Wesentlich lauter hörten sie nun das tacktack der Äxte.

„Lauf Borgia! Sag deinem Herren, dass wir auf dem Weg sind." Der Hund wedelte mit seinem Schwanz und gab wieder jenen brummenden Laut von sich, der eine Zustimmung bedeutete. Ehe er mit freudigem Gebell davon stob, stupste er Lucia und die schlafende

Nicoletta nochmals an und verschwand dann im Unterholz. Es mochte vielleicht eine Stunde vergangen sein, da hörten sie Stimmen.

"Mauro..." Lucia hatte den Namen laut ausgerufen und damit den Säugling geweckt. Das Kind begann lautstark zu protestieren und Milch zu fordern. Die Mutter entblößte ihre Brust und begann das Kind zu nähren; da trat der junge Gelsino aus dem Gebüsch.

„Lucia...!" Sie stellte fest, dass seine Stimme voller und männlicher und sein Brustkorb samt Schultern muskulöser und breiter geworden waren. Der jung Mann blieb wie angenagelt stehen und starrte auf das ungewöhnlich schöne Bild, dass sich ihm bot. Tränen des Stolzes und der Freude füllten seine Augen.

„Nicht einmal die, doch so hochgelobten Maler und Bildhauer aus Florenz wären fähig diesen Frieden, diese Schönheit und Ruhe festzuhalten. Gott sei gelobt und gepriesen, ich bin endlich wieder zuhause, endlich angekommen!"

Die Mönche machten sich umgehend daran, ein kleines Kloster zu errichten; nur Frate Michele war nicht mehr dabei. Er war dem Fieber, dass jährlich tausenden von Menschen das Leben kostete, qualvoll erlegen, was alle sehr bedauerten.

„Stellt euch nur vor; das Kloster ist nur fünf Tagesreisen von hier entfernt. Es liegt derartig versteckt, dass man glatt daran vorbei läuft und es ist ein Dorf darum entstanden mit Bewohnern, welche vor dem schwarzen Tod aus den Städten geflohen sind. Michele wurde mit großer Freude und Hochachtung begrüßt und er berichtete von der Entstehung unseres Dorfes, von uns und von unseren Schwierigkeiten und Problemen..."

Lucia sprang mit einem entsetzten Laut auf und wollte den Raum verlassen.

„Halt, hiergeblieben Tesoro (Schatz)! Über die Vorfälle die dich betreffen, wurde kein Wort verloren. Du solltest beginnen über diesen, wenn auch bösen Vorfällen zu stehen, ansonsten verfolgen sie dich den Rest deines Lebens. Wir haben ein wunderbares, gesundes Kind und wir sollten dankbar dafür sein."

„Recht hast du..." brummte Ginetto „glaub mir Lucia, auch ich freue mich auf meinen Sohn..."

„Hört nicht auf ihn, es wird ein Mädchen! Hast du gehört du Dickschädel? Ein Mähädchen..." betonte Tanja, ihrem Gefährten widersprechend. „Mauro, ein Priester ist wohl nicht zufällig unter den Mönchen? Ich würde die Ehe gerne schließen, ehe dieser Hallodri verschwindet, weil ich ein weibliches Wesen zur Welt bringe," entrüstete sie sich. Alle lachten da sie wussten, wie sehr die Beiden aneinander hingen und wie unvorstellbar groß die Freude auf das Kind war.

Als sich die Gemüter wieder beruhigt hatten, berichtete Mauro: „Um das Waldkloster ist ein kleiner Ort entstanden und so fand ich dort auch einen verlässlichen Mann, den ich nach Fontebuona gesandt habe, um meinen Eltern Nachricht von uns zu bringen. Der Prior des Klosters wollte nach Florenz und so habe ich auch ihm, Nachrichten an die dortigen Freunde Sergio und Fausto mitgegeben. Ein Medico und ein Farmaciste würden doch gut in unser Dorf passen, auch wenn Lucia sich zu einem richtigen Kräuter-Weiblein entwickelt hat. Doch auch Tanja kann ich beruhigen... ein Padre kommt zur Segnung des zu erbauenden Klosters. Wir können also nur abwarten und hoffen, dass alle gesund und munter hier eintreffen."

Bevor der Alltag sie wieder in den Griff bekommen konnte, nahm Lucia Tanja zur Seite und bat sie weinend um einen Gefallen. „Bitte Schwester, erzähle Mauro nicht was geschehen ist..., ich schäme mich entsetzlich."

„Was soll geschehen sein? Ich weiß nur das du euer Kind geboren hast; von was zum Henker sprichst du?"

„Danke, wir sind wirklich so etwas wie Schwestern und ich habe dich ebenso gerne."

„Ich dich auch meine Freundin und kleine Schwester und nun komm, helfen wir den Frati (Mönchen). Riccardo mit seinen Dauerschmerzen achtet derweil auf Nicoletta; der verdammte Bär hat mehr zerstört, als wir vermutet hatten."

Die ersten warmen Frühlingstage vergingen mit dem Bauen von Unterkünften für die Mönche und so vergrößerte sich die Lichtung rasch. Die eifrig suchenden Gottesmänner, fanden rasch eine Tongrube und eine Felswand, die sich scheinbar zum Steinabbau eignete und so beschlossen sie, das Kloster gleich mit Steinquadern zu errichten. Es dauerte auch gar nicht lange und die emsigen Frati, die sich in der Umgebung auskannten, hatten Steinhauer herbei geholt. Für ein neues Kloster ging eben alles und da diese Männer ihre Familien mitbrachten, wurden weitere Hütten errichtet, Brunnen gebohrt und Wege für die Fuhrwerke angelegt.

Am 27. Juli des Jahres 1499, gebar Tanja während sie Lehm stampfte einen Sohn. Ginetto war außer sich vor Freude und er nannte das propere Kind Benjamino. Bereits eine Woche später, stand Tanja schon wieder neben Lucia in der eigens errichteten großen Küche und kochte für die ganzen Bauleute.

Mittlerweile bewohnten um die fünfzig Arbeiter, Mönche, Frauen und Kinder das Dorf Ginonna. Aus den einfachen Hütten waren dank der Zusammenarbeit aller, mehrräumige feste Häuser geworden und an einem heißen Augusttag wurde sogar ein richtiger Baumeister bei den Mönchen vorstellig.

Arbeit über Arbeit, Mauro wusste kaum mehr wo ihm der Kopf stand. Überall und von allen Seiten wurde nach dem jungen Mann..., dem Dorfgründer gerufen. Doch auch Lucia forderte mehr Zeit, denn sie war erneut schwanger und sollte im folgenden, späten Frühjahr ihr zweites Kind bekommen.

Alle waren froh und glücklich darüber, dass es Riccardo di Ponte gab. Da er auf Grund seiner, zwar mittlerweile verheilten, doch noch immer stark schmerzenden Vernarbungen, keiner schwereren Tätigkeiten nachgehen konnte, gab er doch ein ganz passables Kindermädchen ab. Zudem war er der Taufpate der kleinen Nicoletta und auch Tanja und Ginetto hatten ihm dieses Amt für den Säugling Benjamino angetragen. Da sich jedoch noch immer kein Padre im Dorf befand, hatten die Kleinen wenigstens die Nottaufe vom künftigen Abt Sebastiano erhalten; nur die beiden Paare, die von den Neuankömmlingen misstrauisch beäugt wurden, waren noch immer nicht vermählt.

So kam langsam aber sicher der Jahrhundertwechsel auf die überängstlichen Bewohner von Ginonna zu. Dabei hatten sie keinerlei Grund dazu...; zwar war der Sommer durchwachsen und nur wenig heiß gewesen, doch das ausgesäte Getreide wuchs gut und kräftig und die Ähren waren voll, auch Obst und Gemüse waren reichlich vorhanden. Der Herbst war lang, mild und sonnig gewesen so, dass man viele Pilze, Beeren und Nüsse ernten konnte. Todesfälle hatte es auch keine gegeben, so das der neu errichtete Gottesacker leer blieb... man hätte eigentlich glücklich und zufrieden sein können und doch... durch die Ängste vor dieser Wende zum neuen Jahrtausend, kam es immer wieder zu Streitereien und zwar derart, dass bereits das Weihnachtsfest in gedrückter, gereizter Stimmung begangen wurde.

EIN NEUES JAHRHUNDERT

Dann war die so gefürchtete Nacht da und mit ihr auch der Zeitenwechsel..., nichts, aber auch gar nichts war passiert! Die Welt war nicht untergegangen..., das jüngste Gericht hatte nicht stattgefunden! Und doch... man war unzufrieden, die Arbeit im Wald, auf dem Feld und an den Häusern fehlte!

Ginetto, der geschickt das Korbflechten beherrschte, bestellte die männlichen Einwohner in das Kirchlein und hielt sie zu dieser Arbeit an. Tanja zeigte währenddessen den Frauen und Kindern, wie man aus Reisig Matten für Böden und Zwischenwände herstellen konnte. Nach wie vor wurden reihum die Tiere versorgt und die beiden Ställe gesäubert. Die Mönche kopierten in dieser Zeit eifrig und wundervoll illustriert ihre alten Schriften und unterrichteten, auf Mauros Fürsprache hin, die Kinder des Dorfes im Lesen und Schreiben. Durch all diese Tätigkeiten war der innere Frieden des kleinen Ortes, inmitten der schier undurchdringlichen und dunklen Wälder wiederhergestellt.

Spät kam der so ersehnte Frühling; erst gegen das Ende des vierten Monats schmolz der letzte Schnee und die Feldarbeit konnte beginnen und weiteres Land urbar gemacht werden.

Doch auch der Bau des Klosters, wurde fortgesetzt.

Im Mai gebar Lucia ihr zweites Kind... wieder eine Tochter und sie nannten sie Melissa. Während Nicoletta nach der Mutter schlug, hatte Melissa mehr Ähnlichkeit mit Mauro und dieser, gedachte wieder wehmütig seiner Mutter und der Geschwister. Wie mochte es ihnen ergehen? Täglich hielt der junge Mann Ausschau nach dem Boten aus Fontebuona und den Freunden aus Florenz.

In den Arbeiterhütten blühte der Klatsch und der Tratsch. Hinter vorgehaltenen Händen begann man zu tuscheln. Irgendwie war durchgesickert, dass die beiden Gründerpaare des Dorfes, nicht vermählt seien und dann kam der Tag an dem Tanja auf der Gasse als Hure beschimpft wurde. Sie packte der großschnäuzigen Bengel im Genick und schüttelte ihn kräftig durch.

„Wie hast du mich genannt du Rotznase?"

„Du bist eine Hure und das andere Weibsbild doppelt!"

„Wer sagt denn so etwas Abscheuliches?"

„Meine Mutter zur Nachbarin. Sie sagte ihr beiden Weiber seid nicht vermählt und eure Brut seien Bastarde, die ersäuft gehören und ihr gehörtet an den Pranger."

Tanja fragte wer seine Mutter sei, versetzte dem zwölfjährigen Giorgio eine schallende Ohrfeige und stürmte danach erbost zum künftigen Abt Sebastiano, um ihm zu berichten.

„Sagt mir Frate, gibt es den Leuten das Recht, einen rechtschaffenen und schwer arbeitenden Menschen so zu beschimpfen? Ihr wisst doch selbst weshalb wir noch nicht verehelicht sind! Können wir etwas dafür, dass die Zeiten so sind wie sie sind? Sollten diese Beschimpfungen und falschen Verdächtigungen nicht enden, werden wir Ginonna verlassen und alles abbrennen, was wir mit unserer Hände Arbeit geschaffen haben. Da würde gewisslich nicht viel übrig bleiben oder was meint Ihr?" Mit vor Zorn hochrotem Kopf blickte Tanja dem Mönch in die Augen.

„Weib, bitte kommt erst zur Ruhe und zu Besinnung. Ich gestehe, dass dies, durch eine Unachtsamkeit, auf der Straße mein Vergehen war."

„Euer Vergehen? Wie meint Ihr das Frate?"

„Mir ist bei einem Disput mit Antonio herausgerutscht, dass wir in diesem Jahr dringendst einen Padre herholen müssen, um euch beide Paare vor Gott zusammen zu geben. Ich hatte leider übersehen das, dass schwatzhafte Weib des Baumeisters in unserer Nähe stand."

„Was geschieht nun? Müssen wir uns weiter beschimpfen lassen?"

„Aber nein mein Kind, ich bringe die Sache in Ordnung. Bitte sagt Eurem Ge-

357

fährten er soll die Glocke Sturm läuten, denn ich werde eine Rede halten, um diesen Umtrieben Einhalt zu gebieten. Eine Rede über Klatsch und Verleumdung, über Sünde und Vergebung, aber auch über die Neugierde und die Sensationslust der Menschheit. Ferner werde ich die Frage in den Raum stellen, wem sie ihren, wenn auch bescheidenen Wohlstand und ihre Unabhängigkeit hier in Ginonna, übrigens eine wundervolle Ehrung für die Mutter Ginettos, zu verdanken haben und wie undankbar und verletzend ihr Verhalten ist. Ich hoffe das dies in eurem Sinne wäre. Eure Teilnahme setze ich voraus, also beruhigt Euch Tanja..., es wird alles gut werden."

Anhaltend bimmelte die Schiffsglocke und rief die ahnungslosen Einwohner in die Kirche. Böse schaute Frate Sebastiano über die Köpfe derer, die neugierig in das Gotteshaus gelaufen kamen. Neben dem Mönch, standen die betroffenen Paare mit ihren Kindern. Mit donnernder Stimme begann der Mönch zu wettern.

„Mir sind üble Gerüchte zu Ohren gekommen, betreffs dieser beiden Paare! Gerüchte die an Bösartigkeit nicht zu überbieten sind. Jesus Christus sprach: 'der von euch, der ohne Sünde ist, der werfe den ersten Stein.' Und dies solltet ihr bei diesen unbescholtenen Leutchen tun, wenn ihr selbst rein seid! Doch zuvor erklärt mir..., sind sie schuld daran das kein Padre greifbar ist? Nein..." aufgebracht fixierte der Mönch das bigotte Klatschweib „es werden auch noch falsche Worte und Verdächtigungen in die Welt gesetzt. Weib, dass Ihr so gut mit Worten umzugehen versteht..., wann ward Ihr das letzte mal zur Beichte? Wenn ich nun sagen würde, Ihr habt Euren Nachbarn schöne Augen gemacht, was würdet Ihr dann sa..."

„Was hast du Schlampe? Augusto schöne Augen gemacht? Lass uns erst nachhause kommen...," drohend schwang der Baumeister seine Fäuste gegen sein boshaftes Weib.

„Ich habe doch gar nichts getan, ich kann diesen Kerl nicht mal ausstehen...," kreischte die Frau voller Angst.

„Ruhe!" Der Frate schritt energisch ein und donnerte erneut los. „Haltet euer Maul, alle Beide" und wieder zu der Frau „nun verspürt Ihr am eigenen Leib, was Gerüchte und falsche Verdächtigungen anrichten können. Wollt Ihr weiterhin Zwietracht und Unzufriedenheit säen? Wenn ja, dann werdet Ihr mit Eurer Familie Ginonna verlassen müssen. Nun noch ein paar Worte an den Ehemann: Haltet Euer Weib im Zaum und beruhigt Euch, es ist nichts geschehen; es war nur ein Beispiel dessen, was ein ausgestreutes Gerücht anrichten kann. Deshalb Baumeister, muss ich mich bei Euch entschuldigen."

„Angenommen Frate, aber mein Weib werde ich trotzdem im Auge behalten, man kann ja nie wissen."

„Wie Ihr meint... und für alle anderen gilt, wir wollen Frieden und Ruhe in Ginonna, wer das nicht befolgt, kann sein Bündel schnüren und weiterziehen. Amen!" Zum Abschluss hieb er die flache Hand auf den Altar und verließ dann festen Schrittes und mit einem verschmitzten Schmunzeln auf den schmalen Lippen das Kirchlein.

Nach dem geheiligten Donnerwetter des Mönches, wartete eine Überraschung der besonderen Art auf dem Dorfplatz. Sechs hochbeladene Wagen standen dort und eine, Mauro und Lucia nicht unbekannte Stimme rief: "Ist dies hier das Dorf Ginonna?"

„Sergio Volpe... wo kommst du so plötzlich her!" Die junge Frau lief los und schluchzte dabei. „Mutter Nunziata! Wo bist du?"

„Hier mein Kind," die Gesuchte trat hinter einem Wagen hervor „Lucia, wie erwachsen du geworden bist." Liebevoll und erleichtert schloss die Matrone die Jüngere in die Arme und wollte sie nicht mehr loslassen.

„Sergio du alter Knochenbrecher wo du bist, ist unser verehrter Giftmischer nicht weit." Mauro umarmte herzlich den Medico und man klopfte sich gegenseitig gönnerhaft auf die Schultern.

„Mach die Augen auf Söhnchen, hier

bin ich. Euer Frate hat gut gesprochen. Ich stand in der Kirche und ihr habt mich nicht bemerkt..." lachte der Apotheker Fausto Berini hinter dem jungen Mann. "Wir haben, nachdem du in deinem Brief berichtet hast das ihr ein Dorf gegründet habt, auch Zuwachs an Bevölkerung mitgebracht."
Eine sensationslüsterne Menschentraube hatte sich um die Ankömmlinge gebildet und betrachtete neugierig, die hochbeladenen Fuhrwerke. Der Medico übernahm die Aufgabe des bekannt machen.

„Wenn ich euch vorstellen darf: Pepe Modica, seines Zeichens Schmied, mit Frau und Sohn. Die Steinhauer und Brüder Arcangelo und Pietro Leggero mit Familien und zuletzt...der Heilkräuter und Pelzhändler Claudio Dinotte und Ginettos Bruder Joachim Collodi genannt der Holzwurm, Zimmermann von Beruf." Mit einem Aufschrei stürmte der Gefährte Tanjas auf seinen Bruder zu.

„Woher wusstest du, wo ich zu finden bin?"

„Dein Freund Mauro ließ nach mir suchen, nachdem du ihm von mir erzählt hast."

„Es gibt noch einen Wagen, der einen halben Tag von hier wartet."

„Und warum wartet er Sergio?" Erstaunt sah Mauro den Heilkundigen an.

„Es ist ein Wirt mit drei Huren und sie wollen erst wissen, ob sie hier willkommen sind." Der junge Gelsino blickte fragend zu Bruder Sebastiano und dieser wiegte bedenklich seinen Kopf.

„Sind sie gläubig, gesund und sauber, so mögen sie wohl kommen; doch auch für sie gelten die herrschenden Regeln und meine Worte aus der Kirche."

„Auch ich denke es wäre gut; denn wir haben einige alleinstehende Männer hier, doch sie müssen etwas außerhalb siedeln. Geh sie holen Sergio."
Frate Sebastiano seufzte, „so wird sich der Klosterbau weiter verzögern, aber ein Obdach für die Menschen ist wichtiger..." und zu den neugierig Wartenden „an die Arbeit! Es muss Holz eingeschlagen, gerodet und urbar gemacht werden. Allein vom herumstehen und dumm glotzen wird nichts fertig!"
Es war gut, dass die Tage immer länger wurden, denn sie waren angefüllt mit Bau- und Landarbeiten. Die Tätigkeiten mussten oft für Tage unterbrochen werden, da der Sommer wiedereinmal kühl und verregnet war. Immer wieder fielen Wildschwein Rotten in die Felder ein und verwüsteten sie. Also mussten höhere Flechtzäune her, was den Bau des Klosters weiter verzögerte.

Nur zu gerne hätte Mauro seine Gefährtin gen Fontebuona entführt, aber die Verantwortung die er mit der Dorfgründung übernommen hatte, lastete schwer auf seinen Schultern und ließ ihn nicht zur Ruhe kommen. Immer öfter dachte er voller Sehnsucht an seine

Mutter, den Richter und an seine beiden Geschwister. Mit der Zeit hatte sich herum gesprochen das ein neues Kloster entstehen sollte und so fanden sich immer mehr arme Steinhauer und Zimmerer Familien ein so, dass Mauro kaum noch Zeit zum Nachdenken blieb. Am Abend fand man den jungen Mann des öfteren am Waldrand, in der Schenke 'zum roten Eisen' so genannt, weil sie sich in unmittelbarer Nähe zur Schmiede befand. Vor sich hin brütend saß er da und starrte in seinen Weinhumpen, von dem er jedoch kaum trank. Alles war ihm zu viel geworden..., das häusliche Kindergeschrei, das ständige Werkeln Lucias und die ewigen Fragen der Dorfbewohner. Seine jugendliche Kraft und Energie waren aufgebraucht und er fühlte sich ausgebrannt und uralt. Sein Körper und sein Geist sehnten sich nach Ruhe und nach Abgeschiedenheit... und dann, kam das Fieber.

An einem sonnigen heißen Augusttag ging Mauro über den vergrößerten Dorfplatz; er war auf dem Weg zu Frate Sebastiano, als er so plötzlich stehen blieb, dass ihm ein nachfolgender Zimmermann auflief und ihn umrannte. Der junge Mann blieb so liegen wie er gefallen war und rührte sich nicht mehr. Eine Frau die dies beobachtet hatte kam gelaufen und rief ihn an.

„He, hallo Signore... aufstehen, Ihr liegt in der prallen Sonne und mit dem Gesicht im Dreck..." und leiser setzte sie hinzu „am hellichten Tag besoffen, tja... es ist eben nicht alles aus Gold, was glänzt." Die Vettel erhob sich und ging zurück an ihre Arbeit. „Meinethalben soll er doch seinen Rausch auf der Straße ausschlafen, mich geht es nichts an."

Der Zimmermann jedoch war zum Medico gelaufen und bat diesen um seine Hilfe.

„Ich danke Euch Gioacchino. Ich kenne Mauro seit seinem vierzehnten Jahr, da ist etwas faul. Selbst wenn er etwas getrunken hätte, was ich aber zu dieser Tageszeit nicht glaube, würde er sich nicht auf die Piazza (Platz) legen um zu schlafen, zumal er in der Nähe sein Haus hat."

Eilig liefen die Männer zu dem Gestürzten. Noch immer lag dieser da, wie er gefallen war. Vorsichtig drehte ihn Medico Volpe auf den Rücken und hob ein Augenlid.

Starr, glasig und der Blick nach oben verdreht, „er ist ohnmächtig und außerdem glühend heiß. Joachim lauf schnell zu Lucia, sie soll in mein Haus kommen. Erwähne aber bitte nicht was geschehen ist und gib im vorbeigehen Meister Berini Bescheid, er soll mit einer Decke herkommen und mir helfen. Väterlich tätschelte Sergio die bleiche Wange Mauros. „Bitte wach auf mein Freund! Mauro... Mauro."

Der Apotheker kam mit einer Decke unter dem Arm gelaufen, „Was ist geschehen Knochenbrecher?"

„Mauro ist umgekippt und er hat hohes Fieber."

„Oh Herr im Himmel, wir haben doch nicht etwa den schwarzen Tod im Dorf, oh Himmel..., nicht Mauro!"

„Ich hoffe es nicht! Bringen wir ihn erst mal in mein Haus, dann sehen wir weiter..." und leiser „es finden sich immer mehr Leute ein, wir wollen doch keine Panik verbreiten Fausto." Vorsichtig legten sie den jungen Mann auf Decke, packten dann die vier Zipfel und trugen den Hilflosen in das Haus der Arztes. Nunziata, der das Geschehene bereits zugetragen worden war, hatte den großen Tisch abgeräumt und nun legten sie den Jungen darauf.

„Nunzi..." liebevoll sprach Sergio mit seiner Frau, „hole mir bitte kaltes Bachwasser, ich kleide derweil den Bengel aus. Komm Fausto, hilf mir dabei, was hast du Giftmischer gegen Fieber parat? Der Junge glüht ja zum Gotterbarmen..." Nunziata kam mit zwei Kübeln kalten Bachwassers, „gieß es nur gleich über ihn."

„Nein, ich mache es etwas anders..." die ältere und trotz ihrer Leibesfülle sehr wendige Matrone riss zwei Leintücher aus einer Truhe und tauchte sie in das klare kühle Wasser; dann wickelte sie Mauro stramm darin ein. Die Türe wurde aufgerissen und Lucia stürmte aufgelöst herein.

„Was ist geschehen? Wo ist er? Ist

er verletzt? So antworte doch, verzweifelt suchte Lucia den Blick des Arztes.

„Nein mein Kind..., sterben wird Mauro nicht, aber er ist sehr geschwächt."

Während im Haus der Medico die Zeit still zustehen schien, ging außerhalb die Arbeit am Kloster weiter. Nun hatte Abt Sebastiano, der einstimmig gewählt worden war, das Sagen in Ginonna. Umsichtig und niemand übervorteilend, erteilte er seine Befehle und er war es auch, der die junge Witwe und älteste Tochter des Baumeisters, als Hilfe für die Kinder zu Lucia schickte. Sieben Jahre älter als ihre Herrin, kümmerte sie sich umsichtig um den Haushalt und liebevoll um die beiden Kinder.

Zu Beginn von Mauros Erkrankung, hatte Sergio Volpe nochmals einen Boten nach Fontebuona gesandt, da der Junge immer wieder nach seiner Mutter verlangte. Wochen später, man schrieb bereits den Monat November im Jahre des Herrn 1500, kehrte dieser, unverrichteter Dinge, wieder zurück.

„Herr, die Familie des Giudice ist bereits zum Jahresende 1498 aus Fontebuona geflohen. Da sie in eine Vendetta (Blutrache) geraten waren, bezichtigte man die Tochter - Giuliana war, so glaube ich ihr Name – der Hexerei und des Zauberns. Als ich nähere Informationen einforderte, prügelte mich dieses abergläubische Volk aus dem Dorf und hat mich in Angst und Schrecken versetzt.

„Die Nachrichten klingen gar nicht gut. Ich mache mir große Sorgen um den Jungen..., seine Mutter hätte ihm und mir gewiss helfen können. Ercole, habt Ihr noch genug Kraft und Energie um nach Florenz zu reiten?"

„Aber sicher doch Herr, was kann ich für Euch tun?"

„Ihr werdet nach Firenze gehen, nach Santa Croce. Ich werde Euch einige Zeilen für den dortigen Prior mitgeben. Dann werdet Ihr Euch in die Signori begeben und nach dem Giudice di Vitali erkundigen. Wenn Ihr ihn gefunden habt, so berichtet ihm von der Erkrankung seines Sohnes. Alles andere, wird der Giudice selbst veranlassen, wenn Ihr ihm diesen Brief aushändigt. Es ist mir bewusst, dass Ihr Euch in Gefahr begebt; ich weiß um die Unruhen in der Stadt, doch glaubt mir...Eure Bezahlung, welche Ihr vom Richter erhaltet, wird fürstlich sein. Gott mit Euch Ercole und buon Viaggio (gute Reise)." Während Sergio sich mit dem Boten unterhielt, hatte er einige Zeilen auf ein Pergament geschrieben, dass er nun sorgfältig faltete, versiegelte und dem Boten aushändigte. „Nehmt mit meiner Genehmigung das robusteste Pferd aus dem Stall und bitte..., eilt Euch."

In diesem Augenblick schlug die Schiffsglocke heftig an.

„Was ist denn nun schon wieder los..." Sergio öffnete das Fenster und sah die Mitbewohner eilig zum Kirchlein hetzen. „Ercole...worauf wartet Ihr? Auf, auf nach Florenz!" Der Mediziner warf sich seinen schweren Mantel über und eilte nun ebenfalls zu dem kleinen Gotteshaus.

Dort angekommen, verstand er erst einmal gar nichts, denn alles schrie und diskutierte durcheinander. Abt Sebastiano erstieg den Altar mittels eines Stuhles und brüllte mit sich überschlagender Stimme von oben herab, seine Gestik und Mimik, forderte Ruhe ein.

„Ruhe! Ruhuhe! Verdammt nochmal... verzeiht oh Herr", ein rascher Blick zur Decke und ein schnell geschlagenes Kreuzzeichen „ so seid doch endlich still! Es geht um Menschenleben! Na endlich, Leute...wir müssen alle zusammen halten. Im Steinbruch ist eine Wand umgefallen und hat unsere Nachbarn unter sich begraben. Die Männer alle mit Hämmern, Meißeln und Schaufeln zum Steinbruch und die Weiber und Kinder, zurück in die Häuser, sie mögen dort abwarten und sich auf die Verletzten einstellen! Doch zuerst müssen wir abschätzen können, wie viele verschüttet worden sind. Deshalb, wessen Ehemann, Freund, Vater, Bruder oder Onkel ist heute morgen in den

Steinbruch? Die Betroffenen bitte her zu mir!" Unruhe entstand und einige Personen drängten sich durch, zum Altar und zu Abt Sebastiano.

„Mein Ehemann..." ächzte eine ältere Frau und schwankte.

„Meiner auch..."

„Meiner..."

„Mein Bruder und mein Großvater!"

„Ich vermisse meinen Onkel und meinen Ehemann..." schrie hysterisch eine junge Frau „oh Gott, oh Gott, oh Gott!"

„Gott ist derzeit abwesend, wir müssen sie retten," schrie der Abt und Sergio nickte dazu. Da kam händeringend Frate Marcello gelaufen. Schluchzend blieb er am Altar stehen und blickte zu seinem Abt hinauf.

„Frate Abt, Sebastiano, auch die Frati Antonio und Giovanni waren im Steinbruch, sie wollten etwas vermessen!"

„Sprechen wir ein rasches Bittgebet für alle und dann an die Arbeit! Zu den Verletzten!"

Im Steinbruch bot sich den Helfern ein erschütterndes Bild. Steine über Steine... und was für große Brocken und Platten!

„Wir brauchen die Maultiere..." schrie Riccardo verzweifelt. "So hol doch jemand die Mulis und Seile!" Er hatte als einziger, die zwischen den Steinen herausragende Hand gesehen, die nun auch noch bewegte. Vorsichtig und langsam näherte er sich. "Ist da unten jemand?"

„Hilfe, wir sind hier verschüttet," dumpf ertönte die Stimme unter einer massiven Steinplatte hervor. Riccardo rief Ginetto und den Abt zu sich. „Lasst die Leute da drüben suchen Abt."

„Warum das?"

„Sonst wird der Mann, dessen Hand ihr da seht, erdrückt und ich habe keine Ahnung wie viele Menschen noch da unten sind."

Der Klostervorsteher beugte sich hinab „wer bist du da unten..." fragte er in die Richtung der Hand.

„Arcangelo, bei mir ist noch mein Bruder Pietro, einige Helfer und Frate Antonio. Es ist so kalt, bitte holt uns hier raus!"

„Wie kann es sein, dass ihr alle an einem Ort seid?"

„Ginetto, bist du das? Wir hörten das Bersten des Steines und flüchteten hierher, zwischen die Felsbrocken. Gott sei es gelobt und gedankt, über uns liegt eine kompakte Felsplatte, die uns vor dem schlimmsten bewahrte."

„Ist jemand verletzt?"

„Außer das es mir einen Fuß eingeklemmt hat...ich denke nein. Was ist mit Frate Giovanni, er hat direkt an der Wand Messungen durchgeführt?" Die Männer blickten zum Abbruch, an dessen Fuße sich Bruchsteine jeder Größe häuften.

„Wir haben ihn noch nicht gefunden. Waren sonst noch Leute hier?"

„Nein, nur wir acht. Holt uns nur schnell hier raus!"

„Verflucht, wo sind die anderen Männer?" Ginetto bekreuzigte sich schnell und lauschte dann in den Wald. Leise hörte er ein 'tacktack, tacktack...

„Sie sind im Wald beim Holz fällen..." tönte es unter der Platte hervor „wir wollten die Wand noch stützen, aber es war bereits zu spät." Ginetto rannte los, um die Holzfäller zur Unglücksstelle zu holen. Alle gemeinsam schafften sie es, den Schutt und die kleineren Steine von der Platte zu räumen; doch den gewaltigen Stein selbst, konnten sie nicht bewegen. Nachdenklich starrte der Abt auf dessen nahezu glatte Oberfläche.

„Unser Mauro fehlt, er hätte wahrscheinlich gewusst, was zu tun ist."

Die Abenddämmerung senkte sich herab, Fackeln wurden überall befestigt und sie beleuchteten ein gespenstisches Bild. Plötzlich sprang Ginetto auf, als hätte ihn eine Schlange gebissen.

„Von unten..., wir müssen es von unten versuchen! Arcangelo..." rief er den Verschütteten an, „wir werden mit Fackeln langsam um diese verdammte Platte laufen und du vermeldest, wenn du Licht siehst, denn dort werden wir graben!"

„Aber bitte, eilt euch! Es ist frostig und einige Leute antworten bereits nicht mehr." In regelmäßigen Abständen, hatte der Steinhauer seine Leute angerufen, um sich aus deren Antwort, ein Bild über ihren Zustand machen zu können. Doch nun bekam er kaum noch Antwort.

„Licht, ich kann Licht erkennen," schrie er nun erfreut und die Suchenden begannen unverzüglich an der angegebenen Stelle zu graben. Bald waren sie Schweiß durchnässt, konnten aber einige Zeit später, zwei entkräftete Leute bergen.

Die ganze Nacht hindurch, ging die Suche weiter und schließlich gegen Morgen, konnte auch der eingeklemmte Arcangelo, als letzter geborgen werden. Alle lebten und außer dem Steinhauer, dem der zerschmetterte Fuß amputiert werden musste, war niemand verletzt. Er wurde im Haus des Medico und dort in Mauros Krankenzimmer untergebracht. Nun hatte Lucia zwei 'große Kinder' zu betreuen und dem jungen Gelsino, ging es von Tag zu Tag besser.

Nur Frate Giovanni..., ihn konnten die Retter nur noch tot bergen. Ein Stein hatte ihm den Schädel zertrümmert. Er wurde im Kirchlein aufgebahrt, wo das ganze Dorf Abschied von ihm nehmen konnte. Nun hatte auch der Gottesacker, seinen ersten Bewohner.

Das Unglück zog nach sich, dass der Bau des Klosters erneut eingestellt wurde und Wochen später, bereits im Jahr 1501, beschloss Abt Sebastiano das Gott wolle, dass das Kloster aus Holz gebaut werden müsse und die bereits geschlagenen Steine, als ehernes Fundament dienen sollten.

ANKUNFT UND WIEDERSEHEN

Der späte Frühling 1501 war bereits sehr warm und ging nahtlos in einen heißen Sommer über. Der Medico Sergio Volpe bekam mehrfach Besuch von Mönchen verschiedenster Orden und er tat sehr geheimnisvoll und...er ließ ein festes zweistöckiges Wohnhaus errichten; wollte aber niemanden sagen, für wen dieser Bau sei. Sein einziger Kommentar war stets „...ihr werdet schon sehen." Auch das Kloster - gänzlich aus Holz - nahm nun seine endgültige Gestalt an.

Mauro nahm nun wieder rege, aber in seiner stillen und nachdenklichen Art, am Dorfleben teil und Lucia widmete sich voll und ganz, der Erziehung ihrer Kinder Alice und Mesissa und sie kümmerte sich auch um Benjamino Tanjas Sohn, wenn diese auf den Feldern arbeitete.

Der Herbst kam und er war ebenfalls ebenfalls ungewöhnlich warm und trocken. Das Wasser des Baches, von dem das Dorf lebte, drohte zu versiegen und das Getreide, dass bereits unter der Sommerhitze gelitten hatte, trocknete an den Halmen.

Die grausame Angst eines Hungerwinters ging im Dorf um und beherrschte den Alltag.

Ende Oktober verdunkelte sich der Himmel endlich..., nach Monaten des gleißenden Sonnenscheins und dann öffnete er seine Schleusen und eine wahre Sintflut ergoss sich daraus.

Nun gab es zu viel Wasser und der ausgetrocknete rissige Boden, vermochte die himmlische Flüssigkeit nicht aufzunehmen. Der Bach schwoll zu einem reißenden Gewässer, dass das Dorf überschwemmte.

Die Piazza stand unter Wasser, als in der Mitte des Monats November eine Kutsche am Waldrand erschien und aufspritzend auf dem tiefgründigen Dorfplatz hielt. Ein etwas gebeugt gehender, grauhaariger Mönch gekleidet, in die dunkelbraune Kutte der Franziskaner entstieg dem Gefährt. Nachdem er sich umgesehen und orientiert hatte, ging der Gottesmann zielstrebig auf das Haus des Medico zu. Das Prasseln des Regens übertönte sein klopfen und rufen, also betrat der Mönch ungezwungen und forsch das Haus.

„Hallo Sergio! Alter Knochenbrecher, bist du zuhause?" Der so gerufene stürmte aus einer der Zimmertüren.

„Lionardo, Frate du lebst noch? Mein Gott, wo kommst du nur her, bei diesem Sauwetter?"

„Aus Florenz, woher sonst. Kann der Kutscher ehe er ab säuft herein kommen?"

„Lass ihn kommen, er kann sich in der Küche aufwärmen. Bist du alleine gekommen?"

„Nein, aber ich benötige Leute..." der Mönch öffnete die Tür und rief nach draußen „he, hallo Rocco! Komm ins Warme!"

„Zu was benötigst du Leute Lionardo?"

„Ich sagte doch, ich bin nicht alleine gekommen. Mehrere Fuhrwerke mit Menschen die uns lieb und teuer sind, stecken am Fuß des Hügels im Schlamm fest. Sie kommen weder vor, noch zurück und die Ladung drückt sie immer tiefer in den Morast."

„Sind es die, so sehnsüchtig Erwarteten aus Florenz?"

„Aber ja und noch ein paar mehr."

„Gelobt sei Gott! Ich wurde bereits für verrückt erklärt und arg bedrängt, wegen des leer stehenden Hauses. Lass mich überlegen...; Mauro und Lucia, die beiden sollten so wenig wie möglich mitbekommen."

„Ich hatte einen anderen Plan Sergio; gerade Mauro sollte mitkommen, dass gibt eine Überraschung!"

„Gut, ich rufe ihn und trommle die Männer zusammen."

„Du hast mir mitteilen lassen, dass der Junge krank war, wird es denn gehen?"

„Auf jeden Fall und seine Stimmungsschwankungen, die werden sich auch in Luft auflösen..." lachend machte der Medico sich auf den Weg, um mit vor Freude strahlendem Gesicht, die nötigen Leute zu holen.

Nunziata tischte derweil dem Mönch und dem Kutscher, erfreut ein deftiges Mahl auf. Es verging kaum eine halbe Stunde, da stürmten Mauro und Lucia, die ihre Kinder trugen, in die Küche. Beide hatten nur erfahren, dass ein Mönch aus Firenze gekommen sei und sie erhofften sich Auskünfte, über die Familie und die Freunde. Unter der Türe bremsten sie jäh ihren Lauf.

Lucia riss die Augen weit auf und leise stammelte sie: „Großvater! Nonno... du lebst und bist hier?" Die junge Frau stürzte zu dem alten Mann und fiel vor ihm auf die Knie. „Nonno...bei Gott, du lebst..." schluchzend barg sie ihr Gesicht im Schoß des Alten.

„Beruhige dich mein Kind..., ich wollte nicht sterben ohne dich noch einmal gesehen zu haben," auch der Mönch wischte sich die jugendlich leuchtenden Augen und dann blickte er zu dem jungen Mann, der beide Kinder auf den Armen hatte.

„Mauro, Söhnchen, mach den Mund zu und stelle mir die Zwerge vor. Ich nehme an, es handelt sich um meine Urenkel?" Zögernd trat der Angesprochene näher und setzte Alice auf den Boden.

„Vater Lionardo, wie ich mich freue dich lebend zu sehen," dann konnte auch er die Freudentränen nicht mehr zurückhalten, „ich habe so oft an dich denken müssen und dankte dann jedes mal dem Herrn im Himmel, dass du mich so unendlich viel gelehrt hast."

Schüchtern lächelnd beobachtete Alice den alten Mann.

„Nun Piccolina, wer bist du? Kannst du mir deinen Namen nennen?"

„Alice, und wer bist du?"

„Ich bin dein Urgroßvater. Komm her zu mir und lass dich anschauen." Aufmerksam musterte der Mönch das kleine Mädchen. „Du schaust aus, wie deine Mama, als sie noch so klein war." Zutraulich erklomm Alice die Knie des Alten und ihre Eltern warfen sich einen erfreuten Blick zu.

„Und diese kleine Kröte auf Papas Arm, ist doch gewiss dein Geschwisterchen, kannst du mir dessen Namen auch nennen?"

„Ja, dass ist Melissa, die macht mir alles kaputt und lutscht darauf herum. Nonno, dass ist ganz ekelig." Die drei Erwachsenen mussten lachen und Alice zog einen Schmollmund. „Ihr seid böse, ihr dürft mich nicht auslachen.

„Mauro, Lucia, dass habt ihr gut gemacht. Die beiden Kinder erscheinen mir wohlgeraten."

Chiara betrat die Küche und nahm die Kinder auf die Arme."Gott mit Euch Frate. Leider muss ich Euch die Kleinen entführen. Die Kinder müssen essen und danach etwas schlafen. Ich wünsche Euch einen schönen Tag."

„Bist du alleine gekommen Vater Lionardo? Weißt du etwas von meinen Eltern? Ich mache mir solche Sorgen, dass ich kaum noch zu schlafen vermag." Verzweifelt blickte Mauro zu dem alten Mann, der die Augen gesenkt hatte und angestrengt versuchte, einen imaginären Fleck von seiner Kutte zu entfernen.

„Leider weiß ich gar nichts von ihnen mein Junge..." antwortete er mit belegter Stimme, die aber nicht verriet, dass er sich das Lachen verbiss. „Aber etwas anderes..., als ich ankam sah ich mehrere Fuhrwerke am Fuß des Hügels; sie sind vermutlich stecken geblieben. Als wahre Christenmenschen, sollten wir ihnen helfen."

„Es werden neue Handwerkerfamilien sein. Unser Ginonna, erfreut sich regen Zulaufs. Wo ist Sergio?"

„Der trommelt bereits Leute zum helfen zusammen. Gehen wir ans Werk!"

„Großvater, du solltest hier in der warmen Küche bleiben." Lucia schmiegte sich glücklich an das raue braune Gewand des Mönches.

„Nein mein Kind. Sergio und ich müssen mit. Es könnte ja sein, dass jemand medizinische oder geistliche Hilfe benötigt. Schaut, da kommt der Knochenbrecher schon."

Tatsächlich öffnete sich die Türe und der Medico streckte seinen Kopf herein. „Seid ihr soweit? Wir haben zwei Fuhrwerke und Seile dabei und welch ein Wunder...Frate Lionardo hat die Sonne mitgebracht! Nein Lucia..."

Die junge Frau hatte den Mantel übergeworfen und stand abwartend an der Türe. „Du bleibst hier und hilfst Nunziata. Du weißt doch...,alle die kommen, haben erst einmal Hunger und bedürfen der Wärme und Ruhe." Der Medico warf seiner Frau einen verschwörerischen Blick zu.

„Ja Töchterchen, ich kann tatsächlich deine Hilfe brauchen, es geht mir heute nicht so besonders wohl. Bitte bleib..." Lucia warf ihren Mantel in eine Truhe und ergab sich den Bitten.

„Na schön, da bleib ich halt hier."

Mehr rutschend als gehend erreichten die Helfer den Grund des Hügels und sahen das Dilemma. Die vorderen drei Fuhrwerke steckten, bis zu den Achsen, im Schlamm, da sie zu schwer beladen waren.

„Hallo, jemand da?"

„Hier hinten in der Kutsche!"

Mauro schaute sich um und wies einige der Helfer an, Reisig und kleine Äste zu sammeln. Die Anderen sollten einen Teil der Möbel, Truhen und Kästen, auf die mitgebrachten Fuhrwerke umladen. Dann schritt er forsch zu einer der beiden Reisekutschen und riss den Schlag auf. Eine ältere enorm dicke Frau mit drei Kindern, funkelte ihn drohend an.

„Hier, hier sind wir," ertönte es aus der zweiten Kutsche.

„Diese Stimme..." murmelte Mauro „wo hab ich die schon gehört?" Er sah sich nach Sergio und Vater Lionardo um, doch sie waren konzentriert mit dem Umladen beschäftigt.

„Mauroooo..." rief eine leise weibliche Stimme aus dem Gefährt.

„Mutter..." flüsterte er, um dann laut auszurufen „Muuutter!"

Er stürzte zur Kutsche und riss, vor Tränen blind, den Schlag auf... und tatsächlich, da saßen seine geliebte Mutter, seine Schwester Giuliana und der Richter. Mauro schnappte nach Luft und starrte gebannt in den Wagen, er schwankte...

Da sprang lachend der Giudice heraus, packte den jungen Mann um die Hüfte und hob ihn mit Schwung in das Gefährt; danach schloss er die Tür und eilte zu Sergio und Lionardo.

Mauro landete genau zwischen seiner Mutter und Giuliana. So wurde er von beiden Seiten gleichzeitig umarmt und geküsst.

„Oh mein Gott Bruder, wo bist du nur hin gewachsen, du bist ja ein Riese geworden."

„...und rappeldünn dazu..." ertönte Adrianas Stimme „wir füttern ihn schon wieder etwas auf die Rippen. Nicht wahr mein Sohn?" Die Mutter sprach leise und mit Tränen erstickter Stimme.

„Ja Mutter, aber ich war lange krank..." stammelte Mauro zwischen den vielen Küssen. „Mutter, ich muss den

Anderen helfen, wir werden noch genug Zeit zum reden finden."

„Geh nur mein Junge..." verständnisvoll schob Adriana ihren Sohn zur Türe.

„Das ist doch typisch für die Männer..." maulte Giuliana „da denkt man, sie freuen sich über das Wiedersehen; dabei haben sie nur Arbeit und Weiber im Kopf."

„Du tust ihm Unrecht Töchterchen. Mauro hat eine große Verantwortung für ein ganzes Dorf übernommen und wir, werden nun ein Teil davon sein. Du solltest einmal euren Vater hören, mit wie viel Hochachtung und Respekt er von Mauro spricht. Habe doch etwas Geduld, denn vielleicht will er nicht ohne Lucia mit uns reden. Geh du jetzt zu Enrica und deinen Kindern; die Kleinen werden bald Milch fordern. Enrica soll sich weiter um Martino kümmern, denn ich will draußen mit anpacken." Adriana eilte umgehend zu ihrem Mann „mein Lieber, wie kann ich euch behilflich sein?"

„Nein, nein, nein Mutter Adriana..." empörte sich Frate Lionardo, es sind genug junge Leutchen da. Geht ihr mit den Kindern nun mal schon vor ins Dorf; der Rest ist eine Sache der Männer."

„Schluss jetzt mit der Diskussion, es wird bald dunkel! Adriana, Giuliana, Enrica und die Kinder... und Ihr Frate Lionardo natürlich auch, geht mit Mauro hinauf nach Ginonna. Nunziata, die Frau des Medico und Lucia warten bereits auf euch. Der Junge wird euch führen."

„Aber Vater, ich muss doch auch mit helfen..."

„Nein mein Sohn, dass musst du nicht. Du bist doch der Padrone (Chef) des Dorfes und darfst dich selbst beurlauben, denn soweit ich vernommen habe, warst du sehr krank und bist noch immer nicht der Alte. Glaub mir mein Sohn, ich möchte keinesfalls den Vater heraus kehren, aber du schaust noch immer sehr blass und angegriffen aus. Außerdem deutete Lionardo an, dass du eine Überraschung für deine Mutter hast; ich sehe sie noch früh genug, denn ich nehme an sie hat zwei Beine, zwei Arme, eine Stupsnase und Kulleraugen..." lachte der Giudice. „Deine Schwester könnte auch jemanden brauchen, der ihre Kleinen trägt."

So kam es, dass eine kleine Karawane den Berg hinauf stieg und in das Haus des Medico Sergio einfiel. Lautstark war die Begrüßung, da dazwischen die drei Kleinsten – Lucias Melissa und Giulianas Zwillinge Alessio und Michaela – ihre Milch forderten. Die älteren Kinder – Adrianas Martino, Lucias Alice und Tanjas Sohn Benjamino – wurden kurzerhand in ein Zimmer verfrachtet, wo sie unter Aufsicht von Chiara spielen sollten. Die Frauen zogen sich mit Mauro in die große Küche zurück.

Sie unterhielten sich derart durcheinander, dass sie die ankommenden Männer überhörten, doch dann wurden auch diese überschwänglich begrüßt. Erst sehr spät in der Nacht gingen die Lichter aus und es kehrte wieder Ruhe ein in Ginonna.

Am nächsten Morgen kamen die Mönche des Klosters, die Einwohner des Dörfchens und die Neuankömmlinge in der, mittlerweile erweiterten Kirche zusammen. Bereits am Vortag hatte es sich herum gesprochen, dass ein Richter aus Florenz angekommen sei und so stellte man nun fest das einige Personen, fluchtartig das Dorf verlassen hatten.

„Gut so, weg mit dem kriminellen Gesindel, wir wollen ein sauberes und gewaltfreies Dorf," meinte Abt Sebastiano vergnügt und schüttelte dem Giudice erfreut und ausgiebig die Hand. „Wir werden jetzt Euch und Eure Familie zu eurem Haus bringen. Medico Volpe hat ein großes Geheimnis um Euch gemacht; aber nun seid Ihr ja hier und habt uns, durch das mitbringen des weitgereisten Frate Lionardo und der Spende von Santa Croce, unendlich bereichert. Nun wird es uns Mönchen möglich sein, einen etwas sichereren Steinbruch zu erwerben. Habt Ihr sonst noch Nachrichten aus Florenz Signore Giudice?"

„Diesen Brief soll ich Euch von Prior Santino aushändigen Abt." Der Richter griff in eine umgehängte flache Ledertasche und zog ein mehrfach gefaltetes und gesiegeltes Pergament hervor. „Also Abt..., ich muss schon sagen, der Junge hat hier großartiges geleistet und auf die Füße gestellt; ich bin voller Stolz für Adrianas Sohn. Ihr müsst wissen Sebastiano ich bin nur der Stiefvater."

„Und trotzdem ist er Euer Sohn, denn er hat viel von Euch; er handelt menschlich korrekt und hat für alles und jeden ein offenes Ohr. Der einzige Makel über den ich nur schwer hinweg sehen kann..., er ist nicht vermählt und lebt in Sünde mit einer Frau."

„Nun Abt, wenn das alles ist? Dem kann man doch Abhilfe schaffen; hier fehlt eindeutig ein Padre und ich werde mich darum kümmern..., und wenn ich einen niederschlagen und an den Haaren..." Des Richters herzhaftes Lachen erfüllte den Raum, als er sah, dass der Abt seine Kapuze abnahm und sich dann über die große Tonsur strich. „...na gut, an seiner Kapuze her schleifen muss." Noch immer lachend, begaben sie sich in das große Haus des Richters, wo Abt Sebastiano die Frau des Hauses und Giuliana begrüßen wollte.

Es dauerte einige Tage bis Mauro und Lucia das doch so überraschende Wiedersehen verarbeiteten; hatten sie doch so lange darauf gewartet.

„Ich will ja nicht neugierig sein, aber wieso hat Giuliana ein Kind?"

„Warum eines Lucia, es sind zwei. Giuliana hat Zwillingen das Leben geschenkt..." kicherte Mauro und sah seine Freundin vergnügt an. „Es sind ein Mädchen und ein Junge und sie sind zwei Jahre alt. Noch habe ich nicht gefragt wer der Vater ist, denn die Eltern sagten, ich möge Giuliana doch selbst fragen. Mutter möchte auch mit uns sprechen, aber ich sagte ihr, dass sie sich erst wohnlich einrichten sollten; wenn es erst schneit, ist noch Zeit genug. Kommst du mit? Ich möchte ihr Holz bringen und den beiden Frauen – wenn nötig – etwas helfen. Vater hat schon genug um die Ohren. Die Mönche haben ihn sofort in Beschlag genommen, mit ihren Rechtsfragen, Verträgen und Entscheidungen."

„Und unsere Kinder?"

„Die nehmen wir mit. Mutter hatte kaum Zeit, um sie richtig zu betrachten. Lass Chiara getrost zuhause oder wenn sie mag, kann sie ihre Familie besuchen, denn die Nonna (Oma) wenn die Kinder in die Hände bekommt..." lachend brach er ab und nahm die dreijährige Nicoletta auf den Arm „und bitte kein Wort wegen ihr hier Lucia. Auch die Eltern sollen nicht erfahren, was es mit ihrer Geburt auf sich hat. Es bleibt unser Geheimnis."

Zärtlich küsste er seine Freundin, was die kleine Nicoletta mit heftigen Gesten verhindern wollte. Lucia hatte Melissa wieder in das Tragetuch gesetzt, was ihr einige Frauen des Dorfes mittlerweile nachahmten und so verließen sie das Haus.

Die Luft war frostig geworden und einzelne Schneeflocken tanzten taumelnd vom Himmel. Ihr Weg führte am Kirchlein vorbei, neben dem Abt Sebastiano heftig mit dem Giudice diskutierte.

„Ah Mauro, gut das du kommst. Der Abt möchte noch in diesem Jahr, mit einer weiteren Vergrößerung der Kirche beginnen... was hältst du davon?"

„Wenn du mich so fragst, nichts Vater. Man wird es nicht vor dem Christfest schaffen. Abt, Ihr könnt doch nicht mit allem gleichzeitig beginnen." Mauro wand sich zur Kirche, fasste den Mönch an der Schulter und wies mit der anderen Hand auf die Kirche. „Wenn Ihr aber unbedingt beginnen lassen wollt, so zieht hier, außen herum erst die Wände hoch; so könnte man den Innenraum der Kirche weiter nutzen. Ihr habt doch vor das Kloster aus Stein zu errichten..."

„Aber sicher doch, der Steinbruch wird gekauft."

„...nun, dann könnt Ihr auch später eine steinerne Kirche errichten und unser kleines Gotteshaus, nutzen wir weiter wie bis her. Wo seht Ihr das Problem?"

„Seht Ihr Giudice? So ist er unser Mauro," lachte der Abt und der Richter stimmte fröhlich in das lachen ein.

„Nicht böse sein mein Sohn, aber es gibt gar kein Problem; Abt Sebastiano hat mir nur deine Arbeitsweise erörtern wollen. Kommt Kinder, gehen wir zu eurer Mutter; die bereits sehr gespannt auf euch und vor allem die Kinder wartet. Abt... wir sehen uns später. Gott zum Gruße." Hastig nahm Pietro di Vitale Mauro seine Tochter vom Arm und setzte sie sich auf die Schultern.

„So du kleine Kröte, ich bin nun dein Pferdchen, reitest du auf mir zur Nonna?"

„Jaaaa" jubelte Alice. Mit der Zunge erzeugte der Richter an seinem Gaumen Geräusche, die dem klappern der Pferdehufe ähnelten und dann galoppierte er davon. Das vergnügte Juchzen und Jauchzen des Kindes hallte hell und herzerfrischend durch das Dorf. Im Haus von Mauros Eltern stapelten sich die Kisten, Kästen und Truhen voll mit Büchern, Geschirr und Wäsche, doch in der großen Stube, die gänzlich mit geölten Holztafeln ausgekleidet war, brannte ein wärmendes Feuer. Dicke Teppiche und Wandteppiche schafften eine gemütliche Atmosphäre die, die Hand einer erfahrenen Frau erkennen ließ. In einem der schweren Polster, die mit Rosshaar gestopft waren, saß Adriana mit ihrem schlafenden Sohn Martino im Arm. Auf einem Bett in einer Ecke der Raumes, lagen Giulianas Kinder Alessio und Michaela und schliefen. Irgendwo im Haus wurde geklopft und man hörte gedämpfte Stimmen.

Leise um die Kinder nicht zu wecken, betraten Mauro und Lucia die Stube. Adriana blickte auf und ein erfreutes Lächeln hielt Einzug auf ihrem Gesicht. Sachte und vorsichtig erhob sie sich und legte ihr Kind bei den Zwillingen ab; dann nahm sie Mauro in den Arm und drückte ihn fest an sich.

„Gelobt sei Gott, du bist gesund..." sie schob ihn eine Armlänge von sich und musterte ihn eingehend, „oh, du bist gewaltig gewachsen und ein gut anzusehender Mann geworden." Neckisch zog sie ihn am Bart, um ihn dann mütterlich zu küssen. „Und zweifacher Vater bist du auch schon. Wo ist eure Große?"

„Beim Großvater und wir werden bald zu fünft sein Mutter..." antwortete Lucia mehr fragend.

„Aber natürlich bin ich auch deine Mutter Kind, es hat sich nichts geändert. Auch du bist sehr erwachsen geworden..., doch habe ich recht gehört? Bald zu fünft?"

„Lucia, davon hast du mir ja noch gar nichts gesagt," erfreut blickte

Mauro sie mit strahlenden Augen an „mein Herz, wie ich mich freue."

„Sergio hat es erst heute morgen bestätigt."

„Ich wollte schon immer eine große Familie, mit vielen Kindern," lachte Adriana erfreut und tadelte aber gleichzeitig die Kinder „aber ihr solltet langsamer machen und nach diesem Kind eine Pause einlegen. Lucia, du bist so zart. Hast du überhaupt jemanden, der dir zur Hand geht?"

„Ja, unsere Chiara und sie ist sehr lieb zu den Kindern."

„Trotzdem, dieses Haus ist riesig und Freund Sergio, hat es für viele Personen bauen lassen. Ihr wisst, was ich damit sagen will?"

„Ja Mutter..." antworteten Beide wie aus einem Mund.

Der Richter betrat den Raum, die kleine Alice auf dem Arm. Deren Augen blitzten vor Vergnügen und die Wangen glühten von der frostigen Luft. Der Mann reichte Adriana das Kind.

„Hier du Großmutter, deine Enkelin."

„Was für ein hübsches Kind, dass habt ihr Beide gut gemacht!"

Mit anerkennendem Lächeln schaute sie zu Lucia, die mit gesenktem Blick dastand und zu Boden blickte. Die Mutter begann zu ahnen, dass da etwas nicht stimmte und unausgesprochenes im Raum stand. Sie nahm sich vor, später mit Lucia zu reden, doch im Augenblick galt es den kleinen Bruder Mauros, der soeben erwacht war vorzustellen.

„Mein Sohn, nun möchte ich dir das jüngste Mitglied meiner neuen Familie vorstellen. Komm her mein Kleiner..." rief sie den Jungen und als er auf ihrem Schoß saß, „dies ist dein Halbbruder Martino der Sohn Pieros, auf den du so unsagbar neugierig warst, dass du die Gefahr nicht gescheut hast."

Mauro nahm den Bruder auf den Arm und drückte ihn an sich.

„Ich bin dein großer Bruder..." der Kleine legte sofort seine Ärmchen um den Hals des Älteren und kuschelte sich an ihn.

„Und bei dir Lucia ist alles in Ordnung?"

„Ja Mutter..." sagte Mauro schnell „es ist alles so, wie es sein soll, nicht wahr mein Herz?"

Es ist alles gut Mutter..." wieder wich ihr Blick den forschenden Augen Adrianas aus und sie fing sich dafür einen warnenden Knuff von Mauro ein. Adriana war das Verhalten nicht entgangen und sie überlegte: 'Nun, wenn sie über ihre Probleme nicht reden wollen, so ist es ihre Sache. Dabei wirken sie so glücklich...' Doch sie wurde durch eine Frage ihres Sohnes abgelenkt.

„Was ist mit Giuliana? Mir wurde berichtet, sie ist in eine Vendetta geraten? Und wo ist der Vater der Zwillinge?"

„Deiner Schwester geht es nun das erste Mal gut, sein wir aus Fontebuona fliehen mussten. Den Rest soll sie euch selbst erzählen und nun, setzt euch endlich. Ich werde auftragen und Wein bringen lassen."

„Nein Mutter, wir sind gekommen um zu helfen. Wir wollten die Kinder bei dir lassen und beim Einräumen mit zupacken."

„Das ist gut, mir ist das alles zu viel. Ich werde langsam alt..., halt eine richtige Nonna," lachte Adriana „und ihr könnt auch gleich euren Umzug hier her vorbereiten. Ich freue mich schon darauf, euch wieder bei mir zu haben."

Der Richter öffnete eine kleine Truhe. Neugierig waren Nicoletta und Martino ihm gefolgt und nun begannen sie zu jubeln. Die Kleine kam mit einem Püppchen in der Hand zurück und Martino, beinahe gleich alt und doch ihr Onkel, trug stolz einen Beutel voller Holzklötzchen.

„So...," meinte Adriana „wenn ihr etwas tun wollt, könnt ihr gehen. Vater und ich, wir kümmern uns um die Kinder." Schmunzelnd legte Mauro den Arm um Lucia.

„Lass uns gehen und Giuliana helfen ich denke, hier sind wir überflüssig."

GESTÄNDNISSE

„Mauro?"
„Ja Liebste, was gibt es?"
„Ich habe deiner Mutter gegenüber ein schlechtes Gewissen und ich befürchte, sie hat es bemerkt."
„Sie wird dich niemals darauf ansprechen. Wichtig ist nur... es ist mein Kind, ebenso wie Melissa und das Ungeborene oder hast du bemerkt, dass ich einen Unterschied zwischen den Kindern mache?"
„Nein Liebster, dass hast du nicht, aber trotz allem, ein schlechtes Gefühl bleibt und ich hoffe nur, dass es sich irgendwann verliert." Sie hatten den ersten Stock erreicht und schauten sich nun ihre künftige Wohnung an. „Ist das schön Mauro; die Kleinen haben dann ein eigenes Zimmer und schau mal hier..., eine extra Kammer für Chiara und das, direkt daneben."
„Auch unsere Wohn- und Schlafräume sind schön und hier, eine Abtrennung..."
„Sie bietet sich als deine Schreibecke an und unten ist die Küche?"
„Ja komm, schauen wir sie an! Ich höre bereits Enrica werkeln und dieser verführerische Duft..." Mauro schnupperte „es riecht nach frisch gebackenem Brot." Die alte dicke Köchin freute sich die Beiden zu sehen und be-

strich für sie, frisch abgeschnittene Brotscheiben mit Schmalz.

„Enrica ich glaube, ich ziehe zu dir in die Küche," sagte Lucia und biss genussvoll in eine Scheibe „keiner kann so gutes Brot backen wie du." Mit strahlendem Gesicht bestrich die Köchin noch eine Scheibe und legte diese auf den Teller der jungen Frau.

Zwei Wochen später wohnte das junge Paar im Haus des Richters. Ihr eigenes hatten sie Riccardo überlassen, der Giuliana kaum noch aus den Augen ließ. Frate Lionardo hatte ihm mitgeteilt, dass seine Ehefrau dem Fieber erlegen sei, er nun Witwer wäre und sich eine neue Frau suchen dürfe.

„Bedenke Riccardo, meine Schwester hat bereits zwei Kinder; doch auch sie sieht dich nicht ungern." Mauro nahm sein Barett ab und kratzte sich gedankenverloren am Kopf „Im Prinzip habe ich nichts gegen eure Verbindung nur... ein Padre muss endlich her!" Nach diesen Sätzen zu seinem Freund, eilte der junge Gelsino zu seiner Schwester, um ein ernstes Gespräch mit ihr zu führen.

„Giuliana, entschuldige wenn ich dich störe, aber Mutter berichtete etwas von einer Vendetta in die du geraten bist?"

Die Schwester, die soeben dabei war ihre Zwillinge zu säubern, sah ihn mit großen Augen, die sich nun mit Tränen füllten an. "Muss ich davon reden?"

„Du musst nicht, aber es wird dir gut tun darüber zu sprechen und soll das heißen, dass auch die Eltern nichts wissen?"

„Sie haben nie alles erfahren..." erschöpft legte die junge Mutter die Kinder in ein Bett und ließ sich dann auf einem Stuhl nieder. Mit leiser Stimme begann sie zu berichten.

„Ich fand in Fontebuona einen Freund, Rocco Sergiono war sein Name."

„Wieso war es sein Name?"

„Bitte Bruder, lass mich nacheinander erzählen und unterbrich mich nicht; ansonsten verlässt mich der Mut davon zu sprechen. Rocco war lieb und zärtlich. Mutter wollte erst nichts von ihm wissen und auch unser Vater war voller Skepsis. Doch als sie dann sahen, dass er arbeiten konnte wie ein Pferd, ließen sie die Freundschaft zu. Auch sein Vater Filippo, war ein gern gesehener Gast in unserem Hause. Dann, einige Wochen später, fand man ihn in unserer Scheune; man hatte ihn mit vierundzwanzig Messerstichen zu Tode gequält; er war regelrecht ausgeblutet." Ein trockenes Schluchzen schüttelte ihren zierlichen Körper. „Ein Zettel war an seine Brust geheftet worauf stand: 'So ergeht es jedem Sergiono der es wagt, sich an das Gesetz zu wenden. Die Sache ist alleinige Angelegenheit des Dorfes.' Vater ließ versteckt ein Fuhrwerk beladen, mit dem Rocco und ich in der folgenden

Nacht fliehen sollten. Noch in der gleichen Nacht ging der Wagen in Flammen auf und es drang jemand in mein Zimmer ein. Dieser Jemand würgte mich so lange, bis mir die Sinne schwanden." Sie fuhr mit einem Tuch über ihr nasses Gesicht, wobei ihre Hände flatternden wie kleine weiße Vögelchen. Schluchzend erzählte sie weiter: „Am nächsten Tag erwachte ich frierend auf einem Feld. Weit und breit war niemand zu sehen und überall war Blut. Ich wollte um Hilfe rufen, doch meine Stimme brachte nur ein krächzen her vor. Blut rann an meinen Beinen herab...und dann, sah ich ihn," ihre Stimme war zu einem Flüstern geworden „er lag mit entblößtem Geschlecht und ebenfalls voller Blut neben mit und in seinem Rücken, steckte mein Messer, dass ich stets bei mir getragen habe. In meinem Kopf drehte sich alles und ich muss wieder ohnmächtig geworden sein. Plötzlich wurde ich geohrfeigt. Unser anderer Nachbar Angelo Mercanto stand über mir und schrie: 'Du Hure, du Hexe...du hast Rocco umgebracht, als er dich vergewaltigt hat!' Das konnte aber nicht sein, denn Rocco hätte mich nicht zu entführen brauchen und er hätte mich auch ohne rohe Gewalt bekommen. Dann kam Mercantos Sohn Vincenzo hinzu, der hatte tiefe blutende Kratzer im Gesicht. Ich betrachtete meine Finger und unter deren Nägeln befanden sich blutige Hautfetzen. Ich zwang mich, meinen Rocco nochmals anzusehen und siehe da..., da waren keinerlei Verletzungen. 'Hol den Giudice Vincenzo, er soll selbst sehen, was für eine Schlange er ernährt hat...eine Hure! Eine Mörderin!' Mauro, es war entsetzlich.!"

Sie empfand den Ekel auf ihren Körper erneut und deshalb drückte sie den Bruder, der sie umarmen wollte, von sich weg. „Ich wusste nicht was ich davon halten sollte, bis mir Vater sagte, dass ich Opfer einer Vendetta zwischen den Familien Sergiono und Mercanto geworden sei. Vincenzo hatte mir gedroht das, wenn ich auch nur ein Wort darüber verlauten ließe, er unsere ganze Familie auslöschen würde. Doch ich habe es Vater erzählt und er verbreitete umgehend, dass er gar dringlich in Firenze gebraucht würde und so reisten wir schnell, so ziemlich alles zurück lassend, nach Florenz. Brüderchen, du kannst dir vorstellen was ich durchgemacht habe, als ich feststellte das ich ein Kind trug und nun sind es sogar zwei und ich weiß nicht, wer der Vater ist." Mauros Hemd war nass von ihren Tränen.

„Da kann einer sagen was er mag, ich bin der Meinung, dieser Vincenzo ist der Erzeuger und nun habe ich auch eine Ahnung, weshalb unser Vater demnächst nach Florenz reisen will. Was dir geschehen ist, tut mir entsetzlich leid Giuliana, aber nichts desto trotz... deine Kinder brauchen einen Vater und Freund Riccardo eine Frau. Er ist im richtigen Alter, freundlich, lieb und hilfsbereit und wenn du noch Bedenken hast, dann wird er dich auch in Ruhe lassen, denn er ist auch voller Rücksichtnahme. Lass es dir durch den Kopf gehen...wir haben alle Zeit der Welt Schwesterchen und noch ist kein Padre hier. Ich danke dir für dein Vertrauen, darf ich es Lucia sagen?"

„Ich weiß nicht Mauro; sie scheint selbst Probleme zu haben."

„Die den deinen nicht unähnlich sind, doch dazu später. Vielleicht möchte sie es dir selbst sagen. Es wäre besser für sie, wenn sie endlich darüber reden könnte, aber lassen wir ihr Zeit."

„Danke fürs zuhören Bruder."

Erneut mussten die Bauarbeiten wieder eingestellt werden, da es Anfang Dezember begann ausgiebig zu schneien. Die Bäume sich unter der Last der weißen Pracht. Lucia und Mutter Adriana standen in der Küche und bereiteten alles für das Christfest zu. Im Haus des Richters war es seit jeher Brauch, den Ärmeren in der Nachbarschaft, einen sorgenfreien Tag zu bescheren und dazu gehörte auch ein opulentes Menü. Nebeneinander rührten die Frauen in den Töpfen. Unvermittelt hielt Adriana inne und sah die junge Frau an.

„Was ist mit dir mein Kind, warum weichst du mir aus? Habe ich dir was getan?" Schweigend und mit rotem Kopf rührte Lucia weiter und man hörte nur, dass leise vor sich hin Schimpfen der Köchin Enrica.

„Ich glaube Alice hat nach mir gerufen..." versuchte die junge Mutter abzulenken.

„Ich habe nichts gehört. Ich weiß aber, dass sie mit Chiara im Stall ist. Also, entweder sagst du jetzt, dass mich deine Probleme nichts angehen oder du erklärst mir, was los ist. Liebst du Mauro nicht mehr, ist es das?"

„Nein Mutter Adriana, dies ist es nicht."

„Aber du hast Sorgen, dass sehe ich dir an. Geht es um die erneute Schwangerschaft?"

„Nein, da ist alles in Ordnung..." Lucia rannen bereits die Tränen über die Wangen. „Ich weiß nicht wo und wie ich beginnen soll und ich schäme mich so sehr Mutter." Adriana schloss sie in die Arme und scheuchte mit einer energischen Handbewegung die alte Enrica, deren Ohren so groß wie Scheunentore geworden waren, aus der Küche. Dann schob sie Lucia auf einen Stuhl und zog einen weiteren für sich heran. Sie hob mit der rechten Hand Lucias Kinn und sah ihr fest in die Augen.

„So, jetzt sind wir alleine und nun heraus damit! Was versuchst du zu ver-

drängen und dämpfst damit deine Lebensfreude? Weiß Mauro was dich bedrückt?" Ein kleinlautes „ja" entrang sich Lucias Lippen. „Nun mein Kind, ich habe zwar einen schwachen Verdacht, doch ich möchte es aus deinem Munde hören, weshalb du Nicoletta immer mehr zu Chiara abschiebst. Sie ist so ein liebes sanftes Kind und gerade die Kleinen..., sie werden nicht gefragt, ob sie zur Welt kommen wollen."
„Ach Mutter, immer wenn ich meine Älteste anblicke, schiebt sich das abstoßende Konterfei ihres Erzeugers vor meine Augen. Ich mag mein Kind, aber ich kann es nicht lieben; zumal auch dieser verfluchte Guido, derjenige gewesen sein könnte. Sie haben Beide, nacheinander auf mir gelegen..." schrie Lucia urplötzlich heraus und lies sich völlig aufgelöst auf den Boden fallen.

„Steh auf mein Kind und erfrische dein Gesicht. Du wartest hier, ich bin sofort wieder zurück!"

Während Adriana nach oben eilte um Nicoletta zu holen, tat die junge Frau was ihr aufgetragen wurde; anschließend setzte sie sich abwartend auf einen Stuhl. Würde nun das erwartete Strafgericht eintreten? Aber das, war nun auch egal; sie hatte alles gesagt, was zu sagen war. Trotzig schob Lucia ihre Unterlippe vor und nahm sich vor, keinen Ton mehr von sich zu geben. Da öffnete sich die Türe wieder und wie sie es erwartet hatte, erschien der Richter mit Nicoletta an der Hand und dahinter Adriana, mit einem feinen Lächeln auf den Lippen. Ernst setzte der Giudice sich Lucia gegenüber und nahm ihre kleine Tochter auf den Schoß.

„Kann ich jetzt mein Balg nehmen und mein Bündel schnüren?" Patzig und verletzend kamen die Worte über ihre Lippen. Kaum das sie es ausgesprochen hatte, krachte die Hand des Richters hart auf den Tisch, der unter der Wucht des Schlages ächzte. Adriana hatte sich geschäftig zu den Töpfen umgewandt und ihre Schultern begannen verdächtig zu zucken. Auch Nicoletta begann vor Schreck zu weinen und wollte zur Mutter; doch der Richter hielt sie fest. Lucia sprang mit einem Schrei auf...

„Lasst augenblicklich mein geliebtes Kind los Ihr Rohling! Wie könnt Ihr sie nur so erschrecken und so etwas ist Giudice..." zärtlich nahm sie die Kleine in ihre Arme und begann sie zu herzen „mein Kind, was hat der böse Mann gemacht? Mein armer Liebling..." Sie wollte zur Türe hinaus, doch die dunkle Stimme des Richters hielt sie zurück.

„Warte meine Tochter!" Erstaunt über diese Worte wand sie sich um. „Gibst du mir mein Enkelchen wieder? Ich will sie füttern und du dummes Mädchen... setz dich endlich."

Das Zucken von Adrianas Schultern löste sich in einem befreienden Gelächter, in das der Giudice einstimmte.

„Komm setz dich zu mir Töchterchen, was du ja nun bald bist. Lucia, ich habe alles gewusst, denn schließlich habe ich ja die Bande gerichtet. Nachdem sie ihre bösen Taten gestanden hatten und ich gestehe, ich hatte keine Ahnung, dass es dabei um euch Beide ging, kam der Befehlshaber zu mir und berichtete von dir und Mauro und wie ihr zusammen gehalten habt. Weiter erzählte er von einem Freund..., nein, von zwei Freunden, die euch begleitet haben Gino und Borgia." Gedankenverloren kraulte er den Hund, der wegen seines Alters, seinen Platz in der Küche am Ofen gefunden hatte hinter den Ohren. „Nun, nachdem wir auch noch mit Sergio und Fausto Rücksprache gehalten hatten..."

„Was? Diese beiden Erzgauner haben gewusst, dass ihr wieder in Florenz ward..." rief Lucia entrüstet.

„Aber natürlich, doch lass mich bitte fertig erzählen. Also, nachdem die Banditen uns ihre schwarzen Zungen entgegen gestreckt hatten, also gehängt waren, wollte Mutter gleich zu euch; doch da stellte Giuliana fest, dass sie ein Kind erwartete. Was blieb mir anderes übrig, als mit Hilfe der Soldateska auch in Fontebuona Ordnung zu schaffen und die Vendetta zu beenden. Dann schrieb und der alte Knochenbrecher Sergio, dass er sich große Sorgen um euch Beide macht. Mauro sei sehr krank und du würdest immer eigentümlicher und so sahen wir die Zeit des Eingreifens, für gekommen." Tief durchatmend schwieg der Vater Mauros und nahm einen großen Schluck Wein.

„Vater, Mutter, es tut mir leid, aber ich hatte die panische Angst, dass ihr mich verstoßen würdet. Ihr wisst ja noch nicht alles..." schuldbewusst senkte Lucia den Kopf „ich wollte mir auch das Leben..."

„Wir wissen das alles Kind. Bitte sei ihm nicht gram, aber Mauro hat es uns berichtet. Auch ihn hat das belastet uns Sergio war gar der Meinung, es hätte seine Erkrankung mit ausgelöst. Du wirst sehen mein Mädchen..." liebevoll fuhr ihr Adriana durch das volle Haar „du wirst dich jetzt, wo alles heraus ist, wesentlich freier fühlen und die ausgesprochenen Worte und eure Beichten uns gegenüber, bleiben hinter verschlossenen Lippen. Nicoletta ist und bleibt eure Tochter und unser Enkelkind. Ich möchte den sehen der eurem Vater, dem Richter di Vitali zu widersprechen wagt. So und nun zur Armenspeisung! Alle mir nach..." lachend und unendlich erleichtert begaben sie sich, auf den Weg zum Kloster von Ginonna.

ENDLICH VEREINT!

Zum Jahreswechsel machten sich, der zu trockene Sommer und der extrem nasse Herbst bemerkbar und nicht nur die Menschen hungerten.
Das letzte Getreide verfaulte in den Vorratssäcken und die letzte Speckseite war angeschnitten. Abt Sebastiano saß ratlos im Arbeitszimmer des Giudice und mit anwesend waren die Herren Sergio Volpe, Fausto Berini, Gino und Mauro. Seit Stunden diskutierten sie bereits die Lage des Dorfes und unterbreiteten verschiedene Lösungsvorschläge.

„Also Abt, ich sehe die einzige Lösung darin, dass wir einige Fuhrwerke in das Umland von Florenz entsenden, um Getreide und was wir ansonsten noch benötigen zu erwerben; jedoch die Teuerungen durch die Missernte und die Steuern, dürften gewaltig sein. Mauro mein Junge, ist genug Geld in der Gemeindekasse?" Der Richter blickte seinen Sohn fragend an.

„Ich denke eher nicht Vater, es wurde ja viel gebaut."

„Medico, Farmaciste..., welche Auswirkungen hätten einige magere Monate auf uns?"

„Nun, zu den jahreszeitlichen Erkrankungen käme Schwäche, was sich wiederum in dieses verfluchte Fieber wandeln könnte. Es wäre mit zahlreichen Siechen und sogar Toten zu rechnen."

„Ich schaue bestimmt nicht tatenlos zu, wie uns unsere Leute wegsterben," Abt Sebastiano blickte tadelnd zum Medico „und Ihr mein Lieber solltet, angesichts unserer Situation, das Fluchen lassen. Es ist ohnehin schon schlimm genug." Mauro stand respektvoll auf und meldete sich nun zu Wort.

„Meine Herren, soweit ich mich erinnere, erwartet mich in der Signoria noch ein schöner Batzen Belohnung, für die Ergreifung der Banditen. Wie würdet ihr sagen, wenn wir davon Getreide kaufen würden?"

„Aber mein Junge, es handelt sich um deine Belohnung! Du hast bei der Befreiung Lucias, dein Leben riskiert, es ist dein Geld!" Fausto schaute verblüfft und verständnislos Mauro an.

„Ach Apotheker, ich habe doch hier alles was ich brauche und ich habe zwei gesunde Hände. Nein, nein, nein, ihr werdet die Belohnung nehmen und Getreide kaufen. Notfalls auch in Siena." Beinahe Tränen lachend, wand der Giudice sich an Fausto:

„Na Meister Berini, wollt Ihr es ihm weiter ausreden? Glaubt mir, es gelingt Euch nicht! Wenn mein Sohn sich etwas in den Kopf gesetzt hat..."

„Nun denn Mauro..." der Abt sah anerkennend und voller Respekt zu dem jungen Gelsino „nehmen wir dein großzügiges Opfer dankend an."

„Es ist kein Opfer Abt, wohl aber eine Spende für meine Mitbewohner. Sind wir nicht alle, auf Gedeih und Verderb, aufeinander angewiesen? Steht nicht bereits schon in der Bibel, der eine trage des anderen Last?" Mauro sprang aufgeregt auf „Wer fährt?"

„Ich dachte an Ginetto, dich und..." der Richter lehnte sich müde zurück und kratzte sich nachdenklich am Kopf „und die beiden Steinhauer Arcangelo und Pietro. Ich habe bereits vorab mit ihnen gesprochen und sie wären bereit dazu."

„Aber wie ist es um ihre Sicherheit bestellt? Im Umland der großen Städte, treiben sich viele marodierende Banden herum." Skeptisch sah Medico Sergio in die Runde.

Der Richter hob beschwichtigend die Hände „Ich fahre mit und ein paar Brüder Eures Klosters Sebastiano. Nachdem es sehr kalt werden wird, werden auch uns die Kutten der Franziskaner wärmen. Hahaha..., wer überfällt schon Mönche die Holz für ihr Kloster transportieren. Was meint Ihr Sebastiano, ist dies machbar?"

„Wann fahrt Ihr Giudice?"

„Je eher, umso besser."

So kam es, dass am 2. Januar 1502 drei Fuhrwerke voller kostbarem Brennholz Ginonna verließen. Das Holz war Abt Sebastianos Initiative zu zuschreiben, da er nicht wollte, dass Mauro sein gesamtes Vermögen opferte.

Lucia war nicht besonders begeistert darüber, dass ihr Liebster nach Florenz fahren würde; doch der Richter beruhigte sie damit, dass er ja ebenfalls mitfahren würde. Abt Sebastiano hatte für alle Beteiligten alte, bereits getragene Kutten bereit gehalten und so fuhren sie, mit dem ersten Morgengrauen gen Florenz.

Sechs Tage später passierten sie nach einer, wenn man von einem Rad Bruch absieht, reibungslosen Fahrt, die Porta San Nicolo und fuhren nach Santa Croce wo sie herzlich aufgenommen wurden. Prior Santino erkannte Mauro nicht mehr und wollte ihn als Laienbruder anwerben, was allgemeines Gelächter erzeugte, da der junge Mann, mit entsetztem Ausdruck antwortete.
„Prior, aber ich will doch heiraten und bin bereits zweifacher Vater!"
„So,so...konntest wohl nicht abwarten und hast bereits mehrfach, von der verbotenen Frucht Weib genascht..." drohte er mit dem Zeigefinger „nun mein Sohn, wie wäre es dann mit einer ausführlichen, ehrlichen Beichte?"
Richter di Vitali stieß seinen Sohn in die Seite, er flüsterte „Wolltest du das nicht mein Sohn?"
„Ja Prior, ich möchte beichten und wenn Ihr dann noch mögt, würde ich gerne ein Gespräch mit Euch führen."
„So sei es denn, komm nur mit."

Nach etwa drei Stunden war Mauro wieder zurück. Er strahlte eine gelassene Ruhe aus und seine dunklen Augen glänzten voller Unternehmungslust.

„Vater, würdest du mich freundlicherweise in die Signoria begleiten?"

„Gerne mein Sohn, ich muss doch Obacht geben, dass du bei der Belohnung nicht übers Ohr gehauen wirst. Dir werden die Augen übergehen, denn dein Lohn für die Ergreifung der lange gesuchten Banditen, ist enorm hoch."

„Woher weißt du das Vater?"

„Vergiss nicht, ich habe sie gerichtet und nicht nur in Florenz wurden sie gesucht!"

Der Giudice sollte recht behalten. Mauro war nun ein reicher Mann; zweihundert Silbergulden nannte er nun sein eigen und damit gingen sie einkaufen. Der erste Weg führte Vater und Sohn zu einem Getreidehändler, wo sie hundertfünfzig Säcke Korn erstanden. Fässer voller kostbarem Olivenöl und Wein folgten. Salz, Kräuter, Stoffe. Alles fand Platz auf den Fuhrwerken. Der Richter erinnerte seinen Sohn daran, dass auch Geräte für das Handwerk von Nöten sein könnten. Prior Santino steuerte noch einige Kisten und Truhen, voll mit Büchern, Kutten und sonstigen Utensilien, deren Gebrauch Mauro verschlossen blieb bei. Den Abschluss bildeten zwei Webstühle, Spielzeuge für alle Kinder, Medizin und vor allem kostbares Saatgut. Am

Ende befanden sich so viele Waren in einem Lagerhaus, dass der Giudice noch zwei weiter Fuhrwerke, samt Ochsen erstehen musste.

Am letzten Tage ihres Aufenthaltes in Florenz, besuchten sie nochmals Santa Croce. Mauro bestellte Seelenmessen für Lucias Mutter Fabiana und für seinen leiblichen Vater und während sich der junge Mann im Kräutergarten des Klosters erging und sich Ratschläge vom Frate Gärtner anhörte, führte Pietro di Vitali ein letztes Gespräch mit dem Prior.

„Giudice, dieser Padre ist Davide Maestro, der sich bereit erklärt hat, Euch nach Ginonna zu begleiten. Euer Dorf ist voller sündiger Menschen und es herrschen gottlose Verhältnisse; dem wird er Abhilfe schaffen. Wohnen wird er im Kloster und er ist angewiesen, eine Klosterschule zu gründen. Gott mit Euch und gute Reise."

„Ich danke Euch Prior Santino. Vielleicht mögt Ihr nächsten Sommer Mauros Dorf besuchen? Ich denke es wird Euch gefallen. Gott auch mit Euch Prior."

Ein allerletzter Besuch in der Signoria stand nun noch an. Dort im Innenhof standen etwa zwanzig Soldaten in Rüstung und unter voller Ausrüstung. Sie sollten die Eskorte für den wertvollen Konvoi der vollbeladenen Fuhrwerke bilden. Zu Mauros Überraschung befand sich unter ihnen auch Capitano Pulce. Scherzhaft fragte er den alten

Kämpen, was er in der Wildnis von Ginonna wolle, er habe sich doch zur Ruhe setzen wollen.

„Tja mein Junge, wenn man sein ganzes Leben lang Soldat war, dann ist ein Haus nichts mehr für einen. Ich brauche die Natur um mich und die Gelegenheit, etwas neues zu beginnen und als ich hörte, dass du mit deiner Gefährtin ein Dorf gegründet hast, wurde ich neugierig."

„Na dann Capitano..., sehen wir zu das wir nach Hause kommen."

Eine lange Schlange wand sich Anfang Februar 1502 durch den hohen Schnee den Hang hinauf. Die Schiffsglocke bimmelte ohne Unterlass Alarm und die Bewohner von Ginonna fanden sich auf der Piazza ein.

Der Padre hatte sich bereits umgezogen und ging zu Fuß den Fuhrwerken voraus. Es war ein beeindruckender Einzug in das Dorf und der Priester versprengte reichlich Weihwasser. Im Kreis fuhren die Fuhrwerke auf den Platz vor dem Kirchlein.

„Was? Ihr Gottlosen habt ja sogar eine Kirche!" Laut tönte der überraschte Ausruf des Priesters über die Piazza. Die Einwohner lachten und einer rief mit kehliger Stimme zurück.

„Padre, dachtet Ihr Ihr kommt an das Ende der Welt zu lauter Wilden?" Und ein Anderer brüllte laut lachend: „Es wird Zeit das Ihr kommt! Wir mögen zwar unseren Abt Santino, aber ihm gehen die Ideen für seine Predigten aus!" Wieder ertönte Gelächter, zumal der Besagte gerade um die Ecke kam, um den angekommenen Padre zu begrüßen. Scherzhaft drohte er dem Sprecher mit dem Zeigefinger, was aber erneute Lachsalven auslöste.

Die Mönche und der Priester zogen sich in das Kloster zurück und dann half das ganze Dorf, beim Abladen der Waren. Mauro, sein Vater, der Medico und der Apotheker fanden sich zusammen mit Capitano Pulce im Haus des Giudice wieder. Der Vorgesetzte der Soldaten erzählte von seiner ersten Begegnung mit Mauro; aus seiner Sicht und sehr humorvoll und er endete mit anerkennenden Worten für den jungen Mann. Es war ein feucht fröhlicher Abend und in der darauf folgenden Nacht, wurden einige Heiratsanträge ausgesprochen, denn...ein Priester war ja nun endlich da!

Doch es sollte noch einige Zeit dauern, bis der große Tag kommen sollte, denn der Padre empörte sich über die magere Schiffsglocke.

„Die Glocke soll das Lob Gottes weit in das Land singen. Dieses dünne Gebimmel aber, mag ja auf hoher See reichen, doch hier in den Bergen, hört man bereits hinter den nächsten Hügel nichts mehr davon. Es ist ein Hohn für unseren Schöpfer."

„Aber Padre, dass verzögert ja nochmals alles und meine Gefährtin erwartet unser drittes Kind!" Mauro starrte den Padre entsetzt an und auch der Giudice blickte entgeistert auf den Gottesmann.

„Nun, dann werden die drei Paare die in Sünde zusammen leben, die Glocke finanzieren, gewissermaßen als Strafe und sie werden solange getrennt leben und fasten. Nun geht, ich habe zu arbeiten. Giudice, Ihr werdet für Sitte und Anstand sorgen und die Paare trennen."

„Vater, du wirst doch nicht..." Mauro blickte dem Richter in die Augen „meint er allen ernstes was er sagt?"

„Du hast es gehört mein Sohn. Geh und erkläre es den anderen, ich komme später nach." Mit gesenktem Kopf und hängenden Schultern verließ der junge Gelsino das Gebäude und schlich davon. Der Giudice sah ihm nachdenklich nach und suchte dann nochmals das Arbeitszimmer der Padre auf, um mit ihm zu sprechen.

„War das nicht zu hart? Sie leben schon seit Jahren zusammen..."

„Es ist Gottes Wille und Gesetz. Doch um es den jungen Leuten etwas leichter zu machen, habe ich eine Idee." Verschmitzt schmunzelnd blickte der Gottesmann den Richter an. „Die Glocke ist von Prior Santino schon lange bestellt und auch bezahlt; sie brauchen also nicht zu warten, nur abholen. Ich dachte, eine kleine Trennung wird den Paaren gut tun und die Köpfe der jungen Männer reinigen. Mauro, Ginetto und Riccardo sollen nach Venetien, in das Dorf Ceneda reisen und die Glocke abholen. Selbstverständlich werden Soldaten, natürlich in Zivil, sie begleiten und wir hier bauen derweil einen Campanile (Glockenturm). Wenn die Bande sich beeilt, werde ich sie alle in der Osternacht trauen und die Kinder richtig taufen; denn soweit mir berichtet wurde, haben die Kleinen nur eine Nottaufe erhalten. Nun Giudice, zerstreut dies Eure Bedenken?"

„Oh ja..." grinste dieser „frei nach dem Motto:'drum prüfe wer sich ewig bindet...'"

„ob nicht ein Anderer sich findet," ergänzte der Priester lachend.

Nicht eben erfreut, nahmen die Paare diese Nachricht auf und das einzige was der Richter von seinem Gespräch – natürlich unter dem Siegel der Verschwiegenheit – erwähnte war, dass die Glocke bereits fertig und von Santa Croce bezahlt sei.

So begab es sich, dass Mitte Februar eine Kavalkade von neun Reitern in Richtung Nordosten aufmachte und davor versprach, bis spätestens Mitte April zurück zu sein.

Weinend standen die drei künftigen Ehefrauen und Adriana am Dorfrand und sie winkten den Scheidenden nach, bis diese im Wald verschwunden waren. Auch Richter di Vitali war mitgezogen und er übernahm die Verantwortung für die gesamte Reise.

Um den Apennin zu überqueren, benötigten sie bereits zwei volle Wochen, da der Schnee tief war und die Pferde schnell ermüdeten. Doch in den Tälern am Gebirgsrand, war bereits ein Hauch vom kommenden Frühling zu spüren.

„Hat der Priester überhaupt gesagt, wie groß die Glocke ist?"

„Nein mein Sohn, doch kann ich mich des Gefühls nicht erwehren, dass es Pfingsten wird ehe du deine Lucia freien kannst. Es tut mir leid mein Junge."

„Aber dann hat sie bereits ihr Kind..." Mauro wischte sich die Augen „doch sie hat Mutter bei sich; wenigstens ein Lichtblick."

„Sehe es positiv mein Sohn. Dein Dorf hat dann wenigstens eine gut hörbare Glocke."

„Ein schwacher Trost Vater; doch sieh, wir haben die Berge hinter uns. Gelobt sei Gott." Die Emilia-Romagna empfing sie mit linder Luft und ersten Blüten. Der Lenz zeigte sein mildes, sonniges Gesicht und die Laune aller stieg schlagartig an.

„Giudice di Vitali?"

„Ja Riccardo, was gibt es?"

„Ein Bett, bräuchte ich. Könnten wir in einer Schenke nächtigen? Mein

Rücken schmerzt furchtbar, dieser verdammte Bär."

„Gut, zwei Tage der Erholung in Bologna und dann im Vollen Galopp über Ferrara und Padua nach Ceneda. Hoffen wir, dass dieses schöne Wetter anhält. Kauft in Bologna nichts für eure Weiber; dazu ist auf dem Rückweg noch Zeit genug. Habt ihr verstanden?" Nachdem sie alle zugestimmt hatten, jagten sie ins Tal, Bologna entgegen. Unruhen in der Stadt und lange Schlangen Wartender an den Toren der Universitätsstadt, fraßen die beiden Tage schnell auf und an erholsamen Schlaf war, auf Grund des Lärms, nicht zu denken.

Auf ihren Pferden dösend ritten sie weiter nach Ferrara, dessen Mauern dick und fest waren. Doch auch an der Porta Paola staute sich eine Menschenschlange, da Markttag war.

„Wenn das überall so ist, benötigen wir die Hälfte des Jahres, nur um eine Glocke abzuholen..." schimpfte Mauro erbost und so erwarben sie nur eilig ihre Nahrung, tränkten und fütterten die Pferde und ritten dann weiter durch die Porta San Giovanni, in die Richtung von Padua. Ständig wurden sie angehalten und ihre Papiere geprüft und ständig war ihre Antwort auf die Frage wohin, die gleiche.

„Wir reiten nach Ceneda, um eine Glocke für unsere Kirche zu holen. Wir kommen aus dem Apennin, aus Ginonna."

„Noch nie gehört von einem solchen Ort."

„Da können wir euch auch nicht helfen Signori, aber wir müssen weiter." Langsam verlor der Giudice die Geduld.

„Habt ihr Geld bei euch?"

„Wir wollen eine Glocke kaufen und für Popel bekommen wir sie wohl nicht..." Die in Zivil gekleideten Soldaten bildeten einen Kreis um den Richter, zogen ihre Waffen und blickten drohend auf die Fragenden. Diese wichen zurück und endlich konnte man weiter in das schöne Venetien.

Endlich, man schrieb bereits die zweite Märzwoche, erreichten sie das Dorf Ceneda. Im Jahrhundert das hinter ihnen lag hatte ein talentierter Schmied hier, eine Fonderia (Glockengießerei) gegründet und diese hatte bereits in der dritten Generation, einen gewissen Bekanntheitsgrad erreicht.

Am Tag nach ihrer Ankunft, standen der Giudice und Mauro dem Padrone (Inhaber) der Hütte gegenüber: Jacob Cenetensis.

„Signore, wir kommen aus Florenz, aus dem Kloster Santa Croce. Der dortige Prior Santino hatte Euch den Auftrag zum Gießen einer Glocke erteilt."

„Oh nein, da war kein Auftrag für einen neuen Guss..."

„Aber wir sind doch extra gekommen um eine neue Glocke zu holen..." rief Mauro erschrocken aus.

„Ihr bekommt ja Eure Glocke junger Mann; ich meinte doch nur, dass mein Bruder mir keinen Gussauftrag erteilt hatte..."

„Bruder? Prior Santino ist Euer Bruder?" Wie aus einem Mund klang die Frage von Vater und Sohn.

„Aber ja..., die Hütte konnte nur einer erben und da mein Bruder der körperlich schwächere war, ging er ins Kloster. Zu eurer Beruhigung seht..., dort ist eure Glocke. Einst wurde sie mir zum Einschmelzen gebracht, doch das brachte ich nicht übers Herz, denn sie hat einen wundervollen Klang; voll und rund. Wir haben sie aufpoliert und mit Bann und Bittgebeten versehen. Ihr benötigt nur einen Ochsenkarren, alles andere hat mein Bruder bereits getan und nun kommt ins Haus, wir haben euch bereits vor Tagen schon erwartet.

Jacob und sein Weib tafelten auf, was Haus und Hof zu bieten hatten und Mauro erzählte, wie es zur Abholung der Glocke gekommen war. Jacob Cenetensis konnte vor lachen kaum essen.

„Das sieht meinem Bruder ähnlich, aber ihr Mauro seid mir nicht gänzlich unbekannt. Vor circa einem Jahr, als Santino mich besuchte, erzählte er von Euch und Eurer Frau Mutter und da ich an der Geschichte interessiert war, versprach er mir eine Fortsetzung. Doch es erfreut mein Herz aufrichtig, Euch leibhaftig vor mir zu sehen. Und

Ihr habt tatsächlich ein Dorf mitten in der Wildnis gegründet?"

„Ich verbürge mich dafür Signore Jacobo..." antwortete der Richter „und nun hat es der Bengel eilig, zurück in die Arme seiner künftigen Frau zu kommen." Mauro wurde rot und senkte verlegen seine Augen.

„Nun, da wollen wir uns doch eilen, ehe die junge Frau es sich anders überlegt..." lachte der Glockengießer vergnügt und erhob sich.

Über die ausgefahrenen alten Handelswege, ging es wieder zurück. Überall wo das stabilisierte, mit starken Ochsen bespannte Fuhrwerk, mit der schweren, in Stroh gepackten Glocke vorbei kam, zogen die Männer demütig ihre Kopfbedeckungen und die Weiber fielen auf die Knie und bekreuzigten sich. In den Orten wurden Kränze und Girlanden aus den ersten Frühlingsboten gewunden und an die Glocke gehängt. Das Wetter war gut und die Zugochsen stark, man kam also gut voran.

„Wir schaffen es nicht Vater, wenn ich an die Berge denke, wird mir Angst..., Ostern wird wohl ohne uns gefeiert werden."

„Mein Sohn, warum die enttäuschten Worte? Danke Gott für das herrliche Frühlingswetter. Hier..." er reichte seinem Sohn einen gefüllten Weinschlauch „trink einen kräftigen Schluck und lache, wir sind doch bald zuhause!"

Sie kamen durch viele Bergdörfchen, ähnlich entstanden wie Ginonna und Capitano Pulce, der mit zwei Mann in der Vorhut ritt, erzählte überall von dem jungen Paar und deren Not. So kam es, dass sich mehr und mehr Menschen anschlossen und die Ochsen – immer wenn es bergauf ging – durch schieben unterstützten.

Vier Tage vor dem Osterfest, Mauro hatte sich soeben erhoben, stürmten die Bewohner von Ginonna in das Nachtlager. Jubelnd und singend begleiteten die Leute die Glocke über die letzten Hügel und hielten dann, festlichen Einzug in das Dorf. Strahlend und den Weihrauchkessel schwenkend, kam auch der Padre mit den Mönchen den heimkehrenden entgegen.

Viel gab es an diesem Abend zu erzählen und berichten. Doch kurz vor Mitternacht mahnte der Priester zur Nachtruhe, verkündete aber für den nächsten Tag, eine große Ausnahme.

„Meine Lieben, wir sind zwar noch in der Fastenzeit, aber anlässlich der großen Anstrengungen die ihr geleistet habt und morgen noch leisten werdet und das so viele von weither mitgekommen sind und mitgeholfen haben, wird morgen ein Festtag! Schlachtet also zwei Ochsen und bratet sie für euch alle. Anschließend will ich denjenigen, welche die Glocke in den Turm hieven die Beichte abnehmen. Gute Nacht! Erfreuter Jubel verfolgte den

Padre bis in sein Quartier, doch bald danach kehrte Ruhe ein.

Am Karsamstag waren alle Fremden wieder in ihre Dörfer heimgekehrt und gespannte Ruhe lag über Ginonna. Zum Sonnenaufgang des Auferstehungstages zog ein Festzug, begleitet vom vollen Klang der neuen Glocke, in die Kirche von Ginonna ein. Am festlich geschmückten Altar stand in eine wertvolle, weiß goldene Albe gekleidet der Padre, neben ihm standen Mauro, Ginetto und Riccardo, ebenfalls in ihrer besten Kleidung, nervös die Barette in den Händen drehend und blickten dem Zug der Bräute entgegen. Hinter dem Altar standen aufgereiht die Mönche und sangen festliche Choräle.

Mauro stiegen die Tränen in die Augen, als er seine verschleierte Lucia und seine Mutter mit den drei Kindern erblickte.

„Gott ich danke dir für die Gnade dieses Reichtums und dieser Liebe."

Vierzig Jahre später... Das Dorf Ginonna war viel größer geworden, das Kloster und die Kirche ebenfalls und nun aus Stein gebaut und Straßen verbanden es mit anderen Dörfern.

Riccardo und Giuliana waren nach Sizilien gezogen und bauten dort, die kostbaren Oliven an.

Ginetto und Tanja hatte es wieder nach Florenz gezogen, wo sie einen schwunghaften Handel mit Tuchen aller Art betrieben.

Richter di Vitali und Adriana waren im zwanzigsten Jahr von Ginonna, dem Fieber erlegen und der gemeinsame Sohn Martino, war auf See ums Leben gekommen.

Mauro und Lucia, beide ergraut und doch rüstig, saßen Hand in Hand unter einem weit ausladenden alten Baum und sahen ihren fünf Enkelkindern beim Spielen zu.

„Lucia?"

„Hm..."

„Ich würde alles nochmals ganz genau so tun, wie ich es getan habe, denn ich liebe dich noch immer, so wie am ersten Tag."

„...und ich mein Lieber, habe niemals daran oder gar an dir gezweifelt und nur Gott allein weiß, wie sehr ich dich immer geliebt habe und noch immer liebe."

ENDE

NACHWORT

Girolamo Savonarola, Prior von San Marco in Florenz hat ebenso, wie die Familie Medici und Papst Alexander VI. Borgia im Italien des 13. Jahrhunderts gelebt. Auch ist bekannt das Savonarolas Kindermiliz - die 'weißen Engel' - existent waren. Die Fonderia in Ceneda ist real und ich danke dem Inhaber, dass ich den Namen 'Jacob Cenedensis' und die Glockengießerei erwähnen darf.

Alle anderen Akteure dieses Buches, sind meiner Fantasie entsprungen, so wie auch das Dorf Ginonna.

Seit ich das erste mal von Savonarola und seiner Kinderarmee hörte, haben mich die Fragen nach dem warum, wieso und wofür brennend interessiert. Eine Dokumentation im Fernsehen(ZDF)über diesen Prior und seine 'weißen Engel', gaben den Ausschlag zum Entstehen dieses Buches... Eine abenteuerliche Geschichte über das Erwachsen werden armer Kinder im Zeitalter der Renaissance.